ヒロイン？聖女？いいえ、
オールワークスメイドです（誇）！
2
あてきち
illust. 雪子
TOブックス

もくじ

プロローグ　006
ルトルバーグ家の新たなメイド　018
王立学園の新たな出会い　034
ルシアナお嬢様のサムズアップな学園初日　040
メロディのうきうきガックリな学園初日　053
中間試験結果とアンネマリーの考察　069
学園オリエンテーションと放課後の訪問者　075
再会の騎士と揺れるメイド魂　090
はじめての休日とハジけるメイドジャンキー　104
ドキドキ！　美少女マネージャー現る！　111
幻想の銀世界と動き出す影　122
セレーナの日常と桃色の髪の少女　136
メイド見習いマイカ誕生！　～黒髪ヒロインを添えて～　146

イラスト✦雪子
デザイン✦AFTERGLOW

シナリオブレイクなメイドヒロインと忍び寄る嫉妬の影 158
嫉妬の魔女事件 169
ルシアナの魔法と疑惑の視線 179
私はお嬢様を信じています！ 192
ツッコミ転生メイド見習い少女マイカちゃん 200
お忍び侯爵令嬢と揺れる操り人形 218
きっかけはたった一冊の本 233
彼女達の選択肢 245
嫉妬の魔女　対　嫉妬の魔女 264
どこまで行ってもシナリオブレイク 274
あいつの知られざる活躍 285
エピローグ 289
書き下ろし番外編　姫と護衛騎士の気晴らしデート 301
あとがき 312
描き下ろしおまけ漫画＆コミカライズ第一話 315

人物紹介

メロディ（セレスティ）

乙女ゲーム「銀の聖女と五つの誓い」の
世界へ転生した元日本人。
ヒロインの聖女とは露知らず、
ルトルバーグ家でメイドとして働いている。

ルシアナ

ルトルバーグ家のご令嬢。
貧乏貴族と呼ばれていたが、
メロディのお陰で舞踏会で「妖精姫」と
称されるまで成り上がる。
武器はハリセン。

レクティアス

乙女ゲーム「銀の聖女と五つの誓い」の
第三攻略対象者でメロディに片想い中。
メロディが伯爵令嬢であることを知っている。

マクスウェル

乙女ゲーム「銀の聖女と五つの誓い」の
第二攻略対象者。侯爵家嫡男にして
未来の宰相候補で、メロディとは友人関係にある。

クリストファー

乙女ゲーム「銀の聖女と五つの誓い」の
筆頭攻略対象者。元日本人の転生者でもあり、
王太子としてゲームの行方を見守っている。

アンネマリー

乙女ゲーム「銀の聖女と五つの誓い」の悪役令嬢。
元日本人の転生者でもあり、ゲーム知識で
ハッピーエンドを目指しているが……？

ビューク

乙女ゲーム「銀の聖女と五つの誓い」の
第四攻略対象者。魔王の傀《く》儡《ぐつ》だが、
ゲームとは違った行動も見られるようで……？

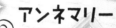

プロローグ

「おばあちゃーん、お見舞いに来たよ～」

中学生くらいの少女が病室の扉を開ける。その個室のベッドに、年配の女性が腰掛けていた。

「まあ、友里花《ゆりか》。いらっしゃい」

栗田舞花《くりたまいか》。先日還暦を迎えたばかりで、今は持病の検査のために数日検査入院をしている。何事もなければ明日には退院なのだが、孫娘の友里花は律儀《りちぎ》にもお見舞いに来てくれたらしい。

「わざわざ来てくれてありがとうね」

舞花がニコリと微笑《ほほえ》むと、友里花はちょっとだけばつが悪そうに苦笑いを浮かべた。

「今日は近くに寄ったついでのお見舞いなの。ごめんね」

「あらあら。用事というのはその荷物のこと？」

友里花は嬉しそうにゲームショップの紙袋を掲げてみせた。

「ゲームを買ったの？」

「ううん。ゲームはもう持ってるんだ。これはそのファンブック」

そう言って友里花が見せてくれたものに、舞花は目を見開いた。

「乙女ゲーム『銀の聖女と五つの誓い』？　どうしてこれが……」

それは、自分が子供の頃にハマって遊んでいたゲームだった。

だが、懐かしさ半分、悲しさ半分。彼女はこのゲームがきっかけで、実の兄・栗田秀樹《ひでき》と幼馴染《おさななじみ》のお姉さん・朝倉杏奈《あんな》を失っているのだから。

ゲームの懸賞《けんしょう》で当選した旅行企画で事故が起きたのだ。彼らを乗せた飛行機は行方不明となり、いまだにその行方は杳《よう》として知れない。

「今私がやってるのはリメイクなの」

「リメイク？」

「うん。何でも、当時このゲームにハマっていた人が責任者になって復活させたんだって。ゲームシステムとかは今風にアレンジされてるけど、イラストは当時のものをかなりリスペクトしたってネットでは結構評判らしいよ」

「……あら、本当だわ。当時の絵によく似てる」

「当時のイラストレーターさんの娘さんが描いてるんだって。その人もこのゲームにハマって、話を持ち掛けられて即オーケーしたってインタビュー記事に書いてあったよ」

舞花は「へぇ」と相槌《あいづち》を打ちながらファンブックのページをめくった。自分が中学生の頃だからかれこれ四十年以上前のゲームだ。それを同じ年頃の孫娘が遊んでいるなんて、不思議な気分になる。だが、面白いゲームでしょ、と自慢したくもなる。自然と口元が綻《ほころ》んだ。

「ふふふ、こういうことってあるのね。あら、これは？」

ファンブックをペラペラめくっていると、一ページぶち抜きのスチルが目に入った。

「この子、ヒロインちゃんよね？　でも、これって……」

乙女ゲーム『銀の聖女と五つの誓い』のヒロインの名を、セシリア・レギンバースという。白銀の髪と瑠璃《るり》色の瞳をした美少女で、平民として育った。しかし、母親が亡くなり父親であるレギンバース伯爵《はくしゃく》に引き取られることで、学園ラブストーリーが始まるのである。

だが、その設定から考えると、このスチルに描かれているヒロインの姿はおかしかった。

何せヒロインが黒髪黒目のメイド服姿をしているのだから。メイドとなったヒロインが、これまた見た事のない金髪の少女にお茶を給仕している光景が描かれていた。

二人とも笑顔を浮かべて、とても楽しそうにしている。これは一体……？

「それ、初代イラストレーターさんが残した未公開イラストなんだって」

「私の時代のイラストレーターさんの？」

「最近見つかって、制作側でも物議をかもしたらしいよ。結局、初期段階の没案だったのかなってことで、今のゲームにも反映されてないって話だけど」

「そうなの……」

舞花は思わずイラストのヒロインの頭を指で撫《な》でていた。少しだけ嬉しいと思う自分に気付く。

最終的にハッピーエンドになるとはいえ、ゲームにおけるヒロインは終始寂しそうだった。母親を亡くし、父親とは関係が上手くいかず、いきなり貴族社会に放り込まれて、なおかつ聖女と魔王の戦いに晒《さら》されて、彼女の人生は波瀾万丈《はらんばんじょう》に過ぎる。

だが、このスチルに描かれている彼女はどうだろう。とても生き生きとしていて人生を楽しんで

いるようだ。こっちの子がヒロインになっていたら、きっとゲームは面白おかしい物語になってい
たに違いない。不思議とそう思えてならなかった。

「おばあちゃん、何か飲み物買って来るね。何がいい？」

「そうね。じゃあ、紅茶か緑茶をおねがい」

友里花は病室を出て自販機に向かった。舞花は少し疲れたのか、ファンブックを腕に抱きながら
ベッドに背中を預けた。小さく息を吐き、そっと目を閉じる。

（まさかあのゲームがリメイクされていたなんてね。ふふ、退院したら私もやってみようかしら）

あの頃は楽しかった。三人でどの選択肢にするか悩んで、毎度秀樹はとんちんかんな方を選んで
は呆《あき》れられて……杏奈と自分で可笑《おか》しそうに笑って……。

「……お兄ちゃん、杏奈お姉ちゃん。また一緒に、ゲームをやりたいなぁ」

そう一言呟いて、舞花は微睡《まどろみ》の中に意識を手放した。


ふと、舞花は違和感に気づく。

（……ベッドが冷たくて、硬い……？）

まさか寝返りをしてベッドから落ちてしまったのだろうか。そんな風にボーッと考えながら、舞
花はそっと目を覚ました。

「……う、うん…………ほへ？」

目を開いた舞花の口から変な声が漏れ出る。無理もない。なぜなら彼女は地面に寝そべっていた

のだから。病室の床ではなく、正真正銘《しょうしんしょうめい》の土の上。舞花はそこに寝転がっていた。

「え？　あ？　……何？　どういうこと？　あれ？　声が……」

理解不能の状況にポツポツと独り言を呟く舞花。だが、またしても違和感が……声が、自分の声がいつもと違う。還暦を迎えただけあって、女性らしくありつつも年相応に低く、少ししわがれてしまった自分の声。それがまるで小さな子供のように涼《すず》やかで若々しい。

「あー……喋っているのは私で間違いない、わね？　それはともかく、ここは一体どこなの？」

立ち上がり、周囲を見回す。舞花はどこかの街中にいるようだ……が、既《すで》に廃墟なのだろうか、石造りの建物が立ち並んでいるがどれもボロボロで汚れていて、まるでテレビや映画で見かけるような古き時代のスラム街のよう。日本にこんな場所があったのかと疑問に思ってしまう。だが、廃墟のような建物はとても大きかった。背も高ければ、窓や扉も大人の自分が使うにしてもはるかに大きい造りをしている。わざわざあんなに巨大に作った意味が分からない。

（不思議なところ……本当に私はなぜこんな場所に。もしかしなくても夢なんじゃ……違う？）

夢確認の定番、ほっぺをつねってみるが普通に痛かった。ヒリヒリして思わずさすってしまう。

だが、理由が分からないからこそ、舞花はだんだん怖くなってきた。人間は理解の及《およ》ばないものにほど恐怖を抱きやすい。舞花の状況はまさにそれであった。

薄暗く、廃墟のような街並み。周りに人はおらず、不用意に声をかけて大丈夫なのかさえ不安になる。声を出したが最後、何か得体のしれない者が現れるのではと思うと身体がすくんでしまう。

そこで舞花は、自分の見舞いに来ていた孫娘の存在を思い出した。そして驚愕《きょうがく》することとなる。

（そ、そうだわ。あの子は大丈夫かしら。まさか私と一緒にここに連れて来られたなんてことはないでしょうね。私の大事な……大事、な……ど、どうして）

舞花は、孫娘の名前を思い出せなかった。それどころか顔すらおぼろげで、正確に思い出すことができない。気を付けないと完全に忘れてしまいそうなほどだった。

「……何、これ……？　私は、栗田舞花……この前六十歳になって、それで……それで……うそ」

舞花は、自分の半生を思い出せなくなっていた。還暦を迎えたこと、結婚して、娘が生まれて、孫は今中学生で……そういった概略《がいりゃく》は思い出せるのだが、これまでの自分を形作ってきた思い出のほとんどが、霞《かす》みがかったように思い出せない。はっきりと浮かんでくるのは――。

「……ちゅ、中学生くらいまでの記憶はむしろはっきりと思い出せるのに……何なの、これ？」

舞花は大人時代の記憶を失った代わりに、なぜか中学生時代の記憶が鮮明になっていた。

「何これ、ホントに意味分かんないよ……ふぇ、お母さん……お兄ちゃん……杏奈お姉ちゃん」

本人は気づいているのだろうか。舞花の言葉遣いが次第に幼くなっていく。大人時代の成長の経験が失われたことで、精神年齢が引き下がっているのかもしれない。

舞花の瞳に涙が浮かぶ。それでも必死に堪《こら》えようとふいに俯《うつむ》いた舞花は、またしても驚愕してしまった。目に留《と》まったのは自分の足。病室では靴下を履いていたはずだが、なぜか裸足だった。

いや、むしろ問題はそこではなくて……舞花の足が――。

「……この足、どう見ても……子供の足なんだけど……？」

ハッとした舞花は両手で全身を触りまくった。ペタペタと触り続け、そのたびにギョッと目を見開いてしまう。何せどう考えても今の自分は、紛れもなく……子供だった。

「は？　え……？」

きちんと言葉にできない。その目で両手を見つめる。細くて小さな手。指も腕も大人というにはあまりにも短く、弱々しい。それに着ているものも、まるで浮浪児《ふろうじ》のような襤褸《ぼろ》服だ。

そこでようやく思い至った。周りの建物が大きいのではなく、自分が小さくなったのだと。

（何これ何これ何なのこれ⁉　身体は子供、頭脳は大人って、どこの漫画の主人公だ私は！）

心が中学生に戻ってしまった舞花は、当時大人気だったとある漫画のことを思い出しながら、内心でツッコミを入れていた。まさか、何者かに毒薬を飲まされて——て、そんなわけあるか！

（第一これ、単純に若返ったってだけじゃないでしょ！　だって私の髪……なぜにピンク⁉）

先程からちらちらと視界に入る自分の髪。胸より長かったはずの自慢の黒髪はなぜか肩にかかる程度にまで短くなっており、なおかつ髪色は桃色であった。

（髪がピンクって、だからどこの世界の主人公よ⁉　私は魔法少女戦隊のリーダーか！）

中学生当時、子供達に大人気だった日曜朝の魔法少女アニメを思い出す舞花。日本人設定なのになぜか色とりどりの髪色をした少女達が活躍する、一部の成人男性にも愛されていたあのアニメ。

……ツッコまずにはいられないのだろう。舞花は完全に現実逃避をしていた。

そして、とうとう我慢の限界に達してしまう。

「ふえ、え。ぇ、ぇ……ふえーん！　何なの、何なのよおおおおお」

舞花は路地のど真ん中で大粒の涙を流しながら泣き出した。彼女に倣《なら》うように、空からポツポツと雨が降り出す。それを気に留めず、舞花はずっと泣き続けた。

やがて泣き疲れて少しだけ落ち着きを取り戻すと、舞花は地面にできた水たまりに気づいた。そこには、桃色の髪をした女の子の顔が映し出されていた。可愛いかどうかまでは揺らぐ水面のせいで判断できないが、中学生というにはなお若い。おそらく十歳くらいではないだろうか。

やはり意味が分からない。完全に別人である。これは、自分の知っている栗田舞花ではない。

舞花の瞳に再び涙が溜まり、もう一度大泣きをしようとして——舞花は腕を引かれた。

「きゃっ！　だ、誰っ⁉」

「……こっちだ」

舞花の目の前には、ぼさぼさに切られた紫色の髪の少年が立っていた。舞花同様にボロボロの服を纏《まと》い、片手で舞花の腕を掴《つか》み、反対の手には刃の折れた剣を携えている。

舞花は怖くなった。折れているとはいえ、武器を手にする少年の姿に。また、いかにもスラム街の不良少年のような佇《たたず》まいに、現代の日本を生きてきた舞花が恐れないはずもなかった。

「て、手を放し……」

「……早く、ここから出た方がいい」

「え？」

少年に強く手を引かれ、どうしようもなくて舞花は歩き出す。

「あ、あの、どこへ行くの？」

「……ここは危ないから」

ここはこの廃墟の街のことだろう。つまり、最初に舞花が考えた通りここはスラム街のような場所のようだ。

「……お前が泣いていた時、男達がずっとお前のことを見ていた」

「ふえっ!?」

思いがけない言葉に舞花は小さな悲鳴を上げた。見られていた？　いつ、どこから？

「もう一回泣き出したらあいつら、その隙にお前を連れ去るつもりだった」

「……だから、助けてくれたの？」

舞花の疑問に、少年は答えない。無言のまま、舞花の手をギュッと掴んで放さない。

気が付けば、舞花は少年が怖くなくなっていた。

「あの、ありがとう。でも、どうして助けてくれたの？」

「……」

少年は無言だった。あまり話をするのが好きではないのかもしれない。そう思っていると、少年はか細い声でポツリと呟いた。

「……泣いてる子供は、守ってやるもんだって、父さんと母さんが言ってた」

「お父さんとお母さんが？　……それで助けてくれたの？」

また、少年は無言に戻ってしまう。

「そっか。優しくて素敵なご両親だね」

「ああ……とても素晴らしい人達だった」

『だった』という言葉に今度は舞花が押し黙ってしまう。ボロボロの恰好《かっこう》をした少年の姿とさっきの言葉を推し量れば、深く考えなくても分かることだ。きっともう、彼の家族は――。

「……着いた」

「え？　あ――」

いつの間にか、舞花はスラム街を抜け出していた。少年に促されて前へ出る。先程までの暗い街並みとは打って変わって、夕日に映える中世ヨーロッパ風の街並みが広がっていた。通りには和気《わき》藹々《あいあい》とした人々が歩いており、さっきまでの言い知れぬ不安は感じられない。

全てが解決したわけではないが、それでも舞花の口から安堵《あんど》の息が零《こぼ》れる。

いつの間にか、雨は止んでいた。

「あの、ありがとうございました。おかげで……あれ？」

舞花が振り返ると既に少年の姿は消えていた。まるで最初からいなかったかのように。

「え？　まさか、もう向こうに帰っちゃったの？」

スラム街を出たら即反転されるとは思ってもみなかった。安堵や感謝の余韻《よいん》などどこ吹く風、舞花は再び路頭に迷ってしまった気分になる。

「そりゃあ、誘拐《ゆうかい》の心配はなくなったかもしれないけど、もう少し一緒にいてくれても……」

スラム街へ続く道を見つめながら、舞花はポツリと呟いた。

こちとらこの街のことも何も知らないのに……と考えてふと思い至る。彼は、舞花が元々病院で眠っていたはずのおばあちゃんで、なぜここにいるのかさえ分からない状態だなどと知るはずもないのだ。おそらく迷子か何かだと思ってスラム街の外へ連れ出してくれただけなのだろう。

舞花は手近な壁に手をついて項垂《うなだ》れた。

「おふぅ……仕方ない、仕方ないけど、もうちょっと事情を聞いてくれたりとかさ……」

助けてもらえただけマシではあるのだが、どうしてももう少しだけ高望みしてしまう舞花であった。だが、助けの手は少年一人だけではないと直後に知る。

「あらあら、どこか具合でも悪いのかしら？　わたくしにお手伝いできることはありますか？」

壁に体重を預ける姿を具合が悪いと思ったのか、女性が声を掛けてくれた。舞花が振り向くと、その女性は心配そうな表情をこちらに向けていた。

服装から察するにシスターだろうか。何だか少しアニメチックな雰囲気の修道服に身を包んだ美人のお姉さんが立っている。そして舞花は、不思議な既視感に襲われた。

（あれ？　この人、どこかで……）

「大丈夫？　どこか苦しいの？」

「あ、いえ……そういうわけじゃ……」

何と答えればよいのだろうか。舞花は言葉に詰まってしまう。それを訝《いぶか》しんだのか、女性は舞花の姿を上から下まで観察するように見つめて、何を納得したのか大きく頷《うなず》いた。

「もしかして、行くところがないのかしら」

「あ、う……」

また言葉に詰まってしまう。まさかそんな簡単に言い当てられるなんて……と、考えたところで自分でも納得してしまった。今の自分の恰好はどう取り繕《つくろ》ったところで家なき子、浮浪児である。

どう返事をすればいいのか迷っていると、シスターとおぼしき女性は優しい笑みを浮かべて。

「行く当てがないのなら、わたくしの孤児院に来なさいな。ご飯もあるわよ」

女性が舞花に向けてそっと手を差し伸べる。しばらくポカンとしていた舞花だが、現状を思い出したのか恐る恐るといった風で差し出された手を掴んだ。

「あ、あの……お願いします」

「ええ、よろしくね。わたくしの名前はアナベル。シスターアナベルと呼んでくださいね」

「はい、よろしくお願いします。シスターアナベル」

ニコリと微笑む女性ことシスターアナベルを見て、舞花は大きく安堵の息を零した。とりあえず寝床を確保することができて一安心……なのだが、舞花は再び既視感に襲われる。

（あれ？　やっぱりこの人、どこかで見たような……）

そう思って思い出してみるが、思い当たる人物はいない。

（こんな亜麻色《あまいろ》の髪の美人、一度見たら忘れるはずないのに）

忘れてしまった大人の記憶の中にいたのだろうか。首を傾《かし》げる舞花だったが、結局その日は答えに辿《たど》り着くことはできなかった。

だが、思い出せるはずもない。舞花は実在する人間の中から記憶を掘り起こしていたのだから。

彼女がこの世界の真実に気がつくのは、それから数日後のことだった。

そして彼女がとあるメイドと出会うのは、それよりももう少し後のこと——。

ルトルバーグ家の新たなメイド

春麗《はるうら》らかな……というには少々苦しくなってきた季節。なぜなら明日から六月だから。

「ルシアナ、準備はいい？　忘れ物はないかしら」

「大丈夫よ、お母様。心配性なんだから」

ルトルバーグ伯爵家の王都邸、その玄関ホールにて母マリアンナから受けた質問に、娘のルシアナはお気楽そうに答えを返した——のだが、マリアンナはジト目を向けている。

「そう言って入学式の日に入学許可証をうっかり忘れたこと、私は忘れていないのだけれど？」

ニコリと微笑むマリアンナ。ルシアナの口から「うへっ」という令嬢にあるまじき声が漏れた。

「メ、メロディ、お母様へ告げ口なんてメイドとしてどうかと思うわよ⁉」

ルシアナは慌てた様子で隣に佇《たたず》むメイドの少女、メロディへ抗議の声を上げた。しかし、当のメロディはどこ吹く風、ルシアナに笑顔を向ける。

「申し訳ございません、お嬢様。毎日の活動報告を女主人たる奥様へ提出することは、メイドとして当然の義務でございますから」

「お仕えする家の娘が窮地《きゅうち》に立たされてるってのに何で微妙に誇らしげなのよ⁉」

ルトルバーグ伯爵家のオールワークスメイド、メロディ・ウェーブ。十五歳。

元日本人の転生者にしてここ――乙女ゲーム『銀の聖女と五つの誓い』の世界における『ヒロイン』セシリア・レギンバース伯爵令嬢その人である……のだが、幸か不幸か、ゲームのことなどこれっぽっちもご存じなかった彼女は、メイドになるという前世からの夢に邁進《まいしん》し、ワザとやっているのではないかというくらい、シナリオブレイクな日々を送っていた。

ルシアナはメロディの影響をモロに受けた代表例といえよう。本来のゲームでは、貧乏ゆえのヒロインに対する嫉妬《しっと》心を抑えられずに敵対する中ボスであったのだから。メロディの常軌《じょうき》を逸《いっ》したメイドスキルと魔法による徹底奉仕のおかげ（？）で嫉妬心とは無縁な生活を送ることとなったルシアナとメロディの関係は大変良好。ゲームシナリオ開始前から中ボス引退状態である。

もしこの世界にゲームの運営的な存在がいるとしたら完全なる配役ミス。極度のメイドジャンキーを筆頭に、ヒロインには不要な属性てんこもりの黒髪美少女であった。

「窮地って、大げさな……」

マリアンナの隣に立つ伯爵家の主、ヒューズが呆れた様子で三人のやり取りを眺めている。

朝っぱらから玄関ホールに集まって何をしているのかというと、今日から王立学園の学生寮へ入寮することとなったルシアナを見送るためであった。

およそ二ヶ月前、入学式の日の夜に開催された春の舞踏会に謎の襲撃者が現れた。幸い大事には至らなかったものの、危機感を募《つの》らせた国王は安全を確保するため一時的に学園を閉鎖し、ようやく明日からの解禁となったのだ。

急遽《きゅうきょ》学園内に新たに学生寮が建設され、これまで主に平民の希望者のみを対象としていた寮制度を全生徒へ強制適用。屋敷から通えるはずのルシアナも学生寮に入ることとなったのである。

全生徒の登下校を学園の敷地内に留めることで不審者の侵入の機会を減らす試みのようだ。

ちなみにこの学生寮、平民は無料だが貴族は有料である。ヒューズが宰相《さいしょう》府に任官されたことで多少財政が上向いたとはいえ、『貧乏貴族』と名高いルトルバーグ家には手痛い出費。そうは言っても伯爵家としての体面もあるため寒い懐《ふところ》をさらに寒くさせながらもどうにか滞《とどこお》りなく支払いを済ませていた。

「ルシアナ、学生寮に入ったら思う存分余すところなく使い倒すんだぞ」

（訳：寮の費用分はしっかり元を取ってくるように！）

「つ、使い倒す？　う、うん。よく分からないけど分かったわ、お父様」

燃える炎でも宿しているかのようなヒューズの双眸《そうぼう》に……ルシアナはちょっと引いていた。

「あなた、はしたないわよ。メロディ、ルシアナのことをよろしくね」

「畏《かしこ》まりました、奥様」

美しい所作《しょさ》でサッとカーテシーを返すメロディ。彼女もまたルシアナのお世話をするために一緒に学生寮へ向かうことが決まっていた。

「お嬢様のお荷物についても事前に確認してありますので、忘れ物はないかと……その後でお嬢様が中身を全部出していらっしゃらない限りは」

「もう、もう！　メロディまで！　二ヶ月も前のことを蒸《む》し返さないでよ！」

入学式の前日、忘れ物がないかとカバンから中身を出して確認したまではよかったが、そのまま入学許可証を戻し忘れてしまったルシアナ。恥ずかしい失敗に赤面してしまう。だが、外野にとっては微笑ましい思い出である。恥ずかしがるルシアナを愛でる三人であった。

準備が滞りないことにマリアンナは満足そうに頷くが、すぐに頬に手を添えてため息を吐く。

「それにしても、結局、新しい使用人を雇うことができなかったわね」

「一人くらいは見つかるかと思っていたのだがね」

マリアンナに呼応するようにヒューズもはあと一息。伯爵家の王都邸に勤める使用人はメロディ一人。彼女をルシアナに付けると決めてから伯爵家では新たに使用人を募集していたのだが、今日に至るまでそれに応える者は一人も現れなかった。

先々代の失策により生まれたルトルバーグ家の通り名『貧乏貴族』は伊達ではないということだろう。メロディの力によって生活環境は劇的に改善しているものの、実情を知らない者にとってルトルバーグ家は就職先としては完全に『なし』なのであった。

そのため、メロディが屋敷を出る以上、ルトルバーグ家には使用人がいない状態……というわけでもなかったりする。

「お嬢様、馬車の準備が整ったようです」

「分かったわ、メロディ。それじゃあ、行ってきます、お父様、お母様。あと、うちのことをよろしくね、セレーナ」

「承知いたしました、ルシアナお嬢様」

ルシアナ達から少し離れたところに一人の少女が立っていた。メロディよりも少しだけ大人びた雰囲気を持つ彼女の名前は、セレーナ。

メロディと同じデザインのメイド服を着ているが、キャップで髪をまとめているメロディとは異なり、頭部を飾るのはレースのカチューシャ。胸まで長い茶色の髪がふわりと揺れる。首元にはハートを象った銀細工がキラリと輝いており、シックなメイドスタイルのメロディとは対照的にどこか華やかな雰囲気。どことなくもてなしのメイド『パーラーメイド』を想起させる娘であった。

何だ、メロディ以外にもメイドがいるではないか。さっきの伯爵夫妻の発言は何だったのか。

……その答えは、次のマリアンナのセリフで理解できるだろう。

「本当に美しい所作だこと。彼女が『人形』だなんてとても思えないわ」

「恐れ入ります」

そう告げながら微笑むセレーナの表情はとても自然で、何の事前説明もなく彼女を人形だと信じられる者など、おそらくいないのではないだろうか。

だが、ルトルバーグ一家はこの事実を疑うことはできない。なぜなら、彼らはセレーナが生まれる瞬間を直接目にしているのだから。

そしてもちろん、セレーナの作り手は――。

「それではセレーナ。私がいない間のお屋敷の管理をお願いしますね」

「はい、お姉様。創造主の名に恥じぬ働きをしてみせますわ」

――メロディなのであった。

魔法の人形メイド『セレーナ』。

メロディが彼女を生み出そうと思いついたのは、学園再開が近づく五月下旬のことだった。

ある日、メロディはルシアナから強制的に休暇を申し渡された。何せメロディ、彼女以外に使用人がいないとはいえ、一向にメイド業務を休もうとしないのである。うちはブラック企業じゃないのよ、と言わんばかりにメロディは屋敷を叩き出されてしまった。

その後、たまたま知り合ったとある少女と一緒に王都散策などをして意外と楽しい休暇を過ごすことができたのだが、それはまた別の話。

問題は、散策の間に市場で手に入れることとなった人形である。ぬいぐるみに近い、茶色の髪と藍色《あいいろ》の瞳をした布製の人形で、その時メロディはピンときた……きてしまったのだ。


——新しい使用人が来ないなら、この子に働いてもらえばいいんじゃない？


メロディも随分《ずいぶん》とこの世界の魔法に毒されたものである。どこかの物語に登場する魔法使いのおばあさんみたいなことを自然に考えつくようになっていた。

休暇を終えた翌日、メロディは人形を新たなメイドにすべく、行動を開始した。

「素材はこの子を使うとして、必要なのは頭脳よね。まあ、そっちは問題ないとして……」

自室のテーブルの上に座らせた人形を見つめながらメロディは小さく唸《うな》る。

魔法を利用するとはいえ、要するにロボットを作るようなものだ。ハードがあってもソフトがなければ動かない。しかし、その対応策は既に考えついていた。

魔法『分身《アルテレーゴ》』である。魔力こそ本体に劣るものの、メロディの記憶・知識・技術の全てが複製された写し身を作り出すこの魔法を応用して、新しい別人格を生み出すのだ。

そんな面倒臭いことをせずとも『分身』でよいのでは、と思う者もいるだろうが、なかなかそう上手くはいかないのが現実である。

『分身』は、メロディの意識がある間しか発動できないという欠点があった。つまり、学園へ行ったメロディが夜に就寝すれば、伯爵邸にいる分身メロディも消えてしまうのである。

そうなると、毎朝学園で目を覚ましたメロディが分身を生み出して屋敷まで送り届けなければならず、とても面倒で非効率なことこの上ない（できないとは言わない）。

だからこそのメイド人形創造なのだが……。

「空虚《くうきょ》な器《うつわ》に新たなる心を宿せ『人工知能《ノーヴォクオーレ》』」

サッと手を翳《かざ》し、人形が光り輝く。『分身』からメロディの思い出記憶を消去し、人格形成要素を乱数化することでメロディ自身にも人形の性格を予想できないようにする。

忠実なしもべが欲しいのではない。自ら考え、行動し、最善を尽くしてくれる同僚がほしいのである。そのため、メロディはメイド人形の人格形成を偶然に任せることにした。

ただし、最優先事項として『メイドとしての自覚』と、当然ながら一般的な社会的規範、倫理観を持つようにだけは設定してある。いくら偶然に頼るとはいえ、やる気のない暴力メイドなどが誕生されても意味がないので……だが。

「――あっ」

人形から光が消えてしまった。メロディは悔しげな表情を浮かべる。失敗したようだ。

「うーん、人形が魔法を維持できないかぁ。どうしよう、やっぱり何か『核』がほしいかも」

ドレスを『再縫製《さいほうせい》』することから分かるように、メロディは物質に魔法をかけることができる。しかし、それにも限度があった――魔法を受ける物質側に。

要するに、人間一人分の人格を形成するほどの魔法に消費される魔力がいかほどかという話で、小さな人形ひとつではとても受け入れきれなかったのである。

ルシアナ達のドレスには常に守りの魔法がかけられている。その魔力は強大だが、命令自体は守りに特化されているため、ドレスに魔法を保持させることができた。だが、元来布製品などは魔法を維持するにはあまり適さず、どちらかというと宝石や金属などの鉱物類の方が適している。

素材となる人形の瞳は、藍色に輝く石なのでいけるかもとメロディは考えていたが、なかなかどうして、メロディの魔法を受け入れるには力不足のようだ。

「何か別で核になるものを探さないとダメみたい。間に合うかな……て、いけない。そろそろ森に行って食料を調達してこなくちゃ。開け、奉仕の扉『通用口《オヴンクエポータ》』」

メロディの眼前に簡素な扉が出現する。魔法の扉を開けて、メロディは食料調達用の緑豊かな森（と本人だけは思っている、世界最大級の魔障の地『ヴァナルガンド大森林』）へ向かった。

そしてそこで、先の問題はあっさりクリアされることとなる。

「何かしら、これ？」

いつものように森で食料となる野草やきのこなどを採取していたメロディは、不思議なものを見つけた。それは、とてもとても古ぼけた銀製の台座であった。

「何かの遺跡かな？　もう何十年、いいえ、何百年？　放置されてるみたいだけど……」

長い間、何の手入れもされなかったのだろう。素材は銀で間違いないだろうが、ほとんどが黒く変色していた。おかげで、細部に至るまで美しい装飾が施《ほどこ》されているのだが今は見る影もない。

台座の上部を見ると、中央に小さな溝が見受けられた。過去にはここに剣の一本でも刺さっていたのかもしれないが、あたりを見回してもそれらしいものは見当たらない。盗まれたのだろうか？

「えーと、この黒いのは錆《さ》び、じゃなくて硫化《りゅうか》かな？」

銀は錆びにくい物質といわれているが、代わりに『硫化』という化学反応を見せる。空気中の硫《い》黄《おう》化合物（自動車の排ガスや温泉の硫化水素など）に反応して、銀の表面を黒く変色させるのだ。

この反応を利用して、貴族の食卓では硫黄化合物やヒ素化合物などの毒素に反応する銀食器が多く活用されていたのだとか。もちろんルトルバーグ伯爵家でも……まあ、その、お察しください。

「今までこの森で人なんて見たことないけど、何かの宗教的儀式をしていた頃もあったのかな？」

興味深そうに呟きながら台座をジロジロと見て回っていたメロディは、ふと思いつく。

「せっかくだからこれ、綺麗にしてみようかな。いつも森にお世話になってるお礼ということで。

極小の世界よ、我に従え『元素支配《エレ・ドミニーオ》』」

黒ずんだ銀の台座が光に包まれ、全体にとても小さな亀甲《きっこう》模様が浮かび上がった。しばらくすると模様の一部が黒ずみと一緒にパキリと音を立てて浮かび上がり、空気中に霧散《むさん》する。

その現象を皮切りに、次々と模様が浮上し台座から黒ずみが消えていく。程なくして真っ黒だった銀製の台座は、その素材に相応《ふさわ》しい白銀の光を放つ優美な台座の姿を取り戻していた。

これぞ恐るべきメロディのメイド魔法『元素支配』である。

原子・分子レベルで物質の結合を自在に操作する魔法で、熱を利用せずに水を水蒸気や氷に変化させたり、器具を一切使用せずに一瞬にして水分子を酸素と水素に分解したりできる。

今回は、硫化水素と反応し硫化銀となった台座の表面（黒ずんだ部分）を分解し、銀の状態に戻したわけなのだが……この魔法、やり方次第では人類の尊厳やら何やらを冒瀆《ぼうとく》しかねない、大変危険な魔法といえよう。

分解ができるなら結合もできるわけで、例えば人間の体内で意図的に過剰な酸化反応を引き起こすことも可能だ。つまり体内が錆びつき、老化や臓器の機能不全が急速に進むこととなる。

方法次第では誰にも気づかれることなく楽々と暗殺などもできてしまう、本当に危険な魔法なのだが……まあ、もちろん――。

「ふふふ、綺麗になった。本当は時間さえあれば歯ブラシと歯磨き粉でしっかり研磨してもよかったんだけど、そろそろ屋敷に帰らないといけないから仕方ないよね」

まあ、メロディ的にはそんなもんである。

この世界の人々は、メロディがメイドジャンキーであったことを喜ぶべきなのかもしれない。

……普通にヒロインしてくれていれば生まれる予定さえない魔法ではあるのだが。

などという、今のところ誰一人として危惧《きぐ》していない危険性はさておいて、台座に魔法を行使したメロディは、とあることに気がついた。

「あれ？　この台座……微弱だけど、魔力が循環《じゅんかん》している？　それに、これ……」

やはり宗教的な遺跡だったのか、台座の中に魔法的な気配《けはい》を感じ取ることができた。とはいえ、それは本当にかすかなもので、既に役割を果たしていないようにも見える。だが、問題はそこではなく、台座に浸透している魔力が、メロディの魔力に極めて高い親和性を有していることだった。

「……うん、やっぱり。さっきは気づかなかったけど、これ、今まで魔法を掛けてきた何よりも私の魔法に対する許容量が大きい。もしかして、これなら……」

メロディは両手で台座に触れ、循環していた魔力を台座の角に集中させるとその部分を魔法でスパンと切り取ってしまった。そして欠片《かけら》を手にしてようやく我に返る。

「て、私ってば勝手に何してるの⁉　もし本当に魔法的な何かがあったら……」

例えば何かを封印しているとか、森全体に何かしらの魔法が掛けてあるとか、などと不安に思いながらしばし周囲の様子を窺《うかが》うが、これといった変化は起こらなかった。

「ま、まあ、あの魔力量じゃ本当に大したことはできないはずだし、とっくに効果は切れていたのかもしれない、よね？」

自分に言い訳するように独り言を呟くメロディ。やっていることは正直、遺跡の盗掘と何ら変わらない行為なので後ろめたい気持ちで一杯であるのだが、この欠片が必要なことも確かだった。

メロディは台座の方を振り返った。全ての魔力が欠片に移ったせいなのか、何となく台座の輝きが失われたような気がした。台座を見つめること数秒、メロディはごめんなさいと言いながらペコりと頭を下げると、欠片を持ってルトルバーグ邸へ帰るのであった。

そしてその日の夜。食堂にて、夕食を終えた伯爵一家の前でメロディはそれを披露《ひろう》した。

「話とは何だい、メロディ？」

代表してヒューズが問い掛ける。ルシアナとマリアンナも不思議そうな顔をしている。

「はい、旦那様。新しい使用人が見つからない件について、私なりに対策の目処《めど》が立ちまして」

「それって、この前言ってたやつ？　メロディ」

メロディの言葉に最初に反応したのはルシアナだった。メロディは「はい」と答える。

「ふむ、誰か知り合いで募集に応じてくれる人でも現れたのかね？」

「いいえ、旦那様。この子です」

「「「この子？」」」

メロディは食堂のテーブルに、ぶかぶかのチョーカーを首にぶらさげた女の子の人形を置いた。

チョーカーの中央にはハートを象った可愛らしい銀細工が施されている。もちろん、昼間の欠片を加工したものである。

「メロディ、話がよく見えないのだけれど、この人形と使用人の件に何の関係があるのかしら？」

「はい、奥様。今、ご覧にいれます」

メロディは人形へ向けて両手を翳した。そして、魔法を発動する。

「空虚な器に新たなる心を宿せ『人工知能』」

人形が、いや、チョーカーの銀細工が強い光を放った。『人工知能』の強大で複雑な魔法が銀細工の中へと浸透していき、そしてその効果が人形まで波及《はきゅう》していく。

『分身』をもとにしている『人工知能』の魔法には、人体構造に関する情報も設定されており、テーブルに置かれていた人形の姿が変化を始めた――まるで、人間のような姿へと。

「お父様、ダメえええええ！」

「あなた、許さなくてよ！」

「な、何だ二人とも急に!?　何も見えないぞ！」

魔法によって人形が人間の姿へと変身する際……すっぽんぽんなのはある種のテンプレといえよう。人形は服を着ていたはずなのになぜこうなるのか。

ともかく、いち早く気づいた女性陣はヒューズの視界を塞《ふさ》ぐのに忙しくしていた。だが、変身を終えた人形を見て驚いたのはメロディも同じだ。なぜなら――。

「……おかあ、さん？」

その人形は、あまりにもメロディの母、セレナにそっくりだったから。正確に言えばセレナをメロディ世代まで若返らせたような姿をしていた。

おそらくメロディの想いが大きく反映された結果なのだろう。

人形はセレナと同じく、茶色の髪と瑠璃《るり》色の瞳をしていた。セレナは昔、メイドをしていた。メロディはもっと、母セレナと一緒にいたかった……そんな心に魔法が反応したのかもしれない。

呆然《ぼうぜん》と人形を見つめるメロディ。そして人形の視線はメロディへ向き……朗《ほが》らかに笑った。

「はじめまして。私の創造主、メロディお姉様。どうぞ私に名前をくださいませ」

そしてメロディは彼女を——セレーナと呼んだ。

「どうしたの、メロディ。ぼーっとしちゃって」

学園へ向かう馬車の中、セレーナが生まれた時のことを思い出していたメロディ。少し上の空だったらしい。ルシアナに心配されてしまった。

「あ、いいえ、大丈夫です。何でもありません、お嬢様」

「そう？　それならいいけど……あ、それよりこれ見て」

「これ？　あ、それ」

ちょっと得意げな表情のルシアナが、胸元から細い鎖を取り出してみせた。鎖には、貴族が使うには少々安っぽい、藍色の石の指輪が通されている。先日、ルシアナに強制休暇を取らされたメロディがお土産としてルシアナに贈った指輪であった。

「えへへ、ペンダントにしてみたの。結構可愛いでしょ？」

屋敷で普段使いする分にはいいが、学園で身に付けるには少々見栄えが足りない指輪なので、ルシアナは制服の下に隠して常に持ち歩くことにしたようだ。

「お嬢様……ありがとうございます」

ちょっとジーンとなるメロディ。そして何かいいことを思いついたように両手を鳴らした。

「そうだ、お嬢様。ずっと身に付けられるのでしたら、その指輪に『人工敏感肌《アーティルセンシティボ》』の魔法を掛けましょう。制服にも守りの魔法を掛けてありますけど、あった方がより安全ですし」

メイド魔法『人工敏感肌』。宝石などに付与することで敵意の視線を知らせてくれる魔法だ。春の舞踏会でもこの魔法のおかげで王太子の襲撃者に気がつくことができた便利な魔法なのだが――。

「いいえ、やめておくわ」

ルシアナはその申し出を断った。

「なぜですか？」

「メロディの魔法は物凄く便利で頼りになるけど、私は学園に勉強しに行くんだもの。人間関係の構築もそのひとつ。人を見る目も養っていかなくちゃ」

「お嬢様……とても素晴らしいお考えだと思います」

再びジーンとなるメロディ。家庭教師《ガヴァネス》的視点からルシアナの成長に感じ入るのだった。

「畏まりました、お嬢様。でも、衣服に掛けた守りの魔法は解きませんからね」

ルシアナはクスリと苦笑を浮かべる。

「ふふふ、そうね。そっちは最終安全装置《セーフティ》として頼りにさせてもらうわ……それとね、メロディ」

「はい、なんですか？」

「学園に行ったら、メロディには極力魔法の使用を控えてもらいたいの」

「魔法の使用を？　……ああ、これも勉強の一環ですね」

「う、うん。そういうこと。いいかな？」

「ええ、大丈夫です。ふふふ、魔法なしのメイド業務だなんて、それはそれで楽しそうですね」

メロディは蕾《つぼみ》が綻ぶような笑顔を浮かべた。有り体《てい》にいって大変可愛らしかった。まあ、心情的にはベリーイージーだったゲームがハードモードになってワクワクしている感じなのだが。

ウキウキした様子のメロディに苦笑しつつ、ルシアナは内心でホッと息をついていた。

（よかったぁ。どうにか自然に魔法禁止を言い渡すことができたわ。学園でメロディが自重《じちょう》なしに魔法なんて使ったらどうなることやら）

……多分、色々大惨事である。ルシアナは入寮前にひとつ大仕事をやり切ることができた。

（まあ、正直にメロディの魔法がちょっと強力過ぎるって教えてあげちゃえば済む話なんだけど、なんとなーく、言いにくいのよねぇ……なんでだろ？）

王立学園の新たな出会い

王都の中心に聳《そび》え立つテオラス王国の象徴的建築物、王城。

その王城の隣をどどんと陣取る位置に、乙女ゲーム『銀の聖女と五つの誓い』の舞台『王立パルテシア高等教育学園』——通称『王立学園』があった。

平民を含めた不特定多数の者達が出入りする施設が王城に隣接しているだなんて、警備的にこの立地はどうなんだとか、そんなことは言ってはいけない。全ては乙女ゲームの世界だからで軽く流してしまうのが精神衛生上よいだろう。歴史考証とか地政学とか気にしてはいけないのである。

誰に対してか不明な言い訳はともかく、これからルシアナ達が暮らすことになる学生寮も王立学園の敷地内に新たに建てられたものだ。学園内にあった庭園の一部を大胆に切り崩し、たった二ヶ月で全生徒が住むことのできる巨大生活空間を作り上げたのである。

正直、日本だったら設計の段階で二ヶ月を使い切ってしまうのではないだろうか。魔法がある世界だからこそできる偉業といえよう。とはいえ、国王による勅命《ちょくめい》で国中の魔法使いや建築家達がノンストップフル稼働で頑張った結果であることは言うまでもない。ホントにお疲れ様である……。

学生寮は男女別にされたうえで身分によってさらに三棟に区分され、合計六棟が建てられた。

王立学園は、在学中の生徒間の身分を重視しない校風ではあるが、身分によって生活スタイルが異なる以上、学生寮もそれに合わせた区別が必要であった。

まずは『平民寮』。名前の通り平民の生徒達はここで生活することとなる。家賃は無料。併設されている食堂で朝食と夕食が食べられる。もちろんそちらも無料である。また、簡易キッチンも部屋に備え付けられているので自炊も可能だ。至れり尽くせりである。

ちなみに寮は三階建てで、一年生は一階というふうに居住階層は学年に対応している。

続いて『下位貴族寮』。騎士爵《きししゃく》・準男爵《じゅんだんしゃく》・男爵・子爵《ししゃく》といった貴族の中でも比較的階級の低い者達がこの寮で暮らすこととなる。平民寮同様に三階建てで、身分が高いほど上層階に部屋を宛てがわれるように配慮されている。

最後は『上位貴族寮』。下位貴族を除いた伯爵・侯爵《こうしゃく》・公爵《こうしゃく》・王族がここに住まうこととなり、三棟の中で最も豪華な仕様だ。こちらは五階建てで、最上階は王族専用階層となっている。

貴族寮にも食堂、というかレストランが併設されているが、平民寮よりもしっかりしたキッチンが部屋に設置されているため、自室で食事をとる生徒もそれなりにいるものと思われる。

そして上位貴族に分類される伯爵家の娘、ルシアナ・ルトルバーグに割り当てられたのは『上位貴族寮』の二階だった。経済力こそないものの領地持ち伯爵家であるルトルバーグの家格はそれなりで、伯爵家の中では結構上位だったりする。

「うわぁ、私の部屋より断然ひろーい……」

ルシアナは口をポカンと開けながら自分の部屋を見渡すのだった。

「お嬢様、人前でないとはいえはしたないですよ」

メロディがルシアナを窘《たしな》めるが、それもまた仕方のないこと。王都邸にてルシアナの部屋は勉強部屋兼寝室の一室だけだったのに対し、学生寮の部屋の間取りは驚きの3LDKなのだから。

勉強部屋と寝室、そして応接間の三部屋に加えて、リビングとダイニングルーム、そして広めのキッチンを完備。もちろんバス・トイレは別で――って、マンション案内ではないのである。

ちなみに、これに加えて部屋続きで使用人部屋が設けられており、彼ら用に小さいながらもバス・トイレを完備。もちろんこちらもしっかり別々で……何度も言うがマンション案内ではない！

驚きのとは言ったものの、実のところ領地持ちの伯爵令嬢の私室としてはそれほど豪華というわけでもない。結局のところ『貧乏貴族』ルトルバーグ家の王都邸が小さいだけだったりする。

「ですが、王都のお屋敷はともかくご実家の自室はもう少し広いのではないですか？」

『貧乏貴族』とはいえ、ルトルバーグ家は何代も続く家柄だ。先々代がやらかすまでは真っ当な貴族として過ごしていたはずであり、手入れの良し悪しを無視すればこれくらいの部屋はあったのではないかと、メロディは考えていた……のだが。

「あぁ、うん、それね……」

何やらルシアナは決まりが悪そうな表情を浮かべた。メロディははてと首を傾げる。

「お嬢様？」

「メロディにも言ったと思うけど、うちは曽《ひい》お爺《じい》様の失策で大借金を抱えちゃったでしょ。それで領地の大部分を手放さざるを得なくなったわけなんだけど……」

「ええ、その話は初めてお会いした日に伺って……もしかして」

「う、うん。そうなのよ。その時に元々の我が家があった領地も手放しちゃったのよね、はは」

一般的に、領主の住まいがあるのは領内で最も栄えている街であることが多い。つまり、最も売却益の高い土地だったのである。そして残念ながら、どえらい借金を抱えてしまったルトルバーグ家に選択肢は残されておらず、彼らは先祖代々の屋敷がある領地を手放したのであった。

「で、うちは残った領地に改めて小さい屋敷を建て直したってわけ。だから大きさ的には王都邸とそんなに変わらないのよね」

「そ、そうだったんですか……」

もう何と返していいのか言葉に困ってしまう。本当に、先々代はやらかしてくれたものである。ちょっと暗い雰囲気になってしまったが、いつまでも呆けてはいられない。二人は気を取り直して部屋を整え始めた。正確にいうとメロディが整えて、ルシアナはティータイム（強制）である。

「メロディ、私も手伝うよ？」

「いいえ、これは私の仕事ですからどうぞお嬢様はリビングでゆっくりお寛《くつろ》ぎくださいませ」

楽しそうに微笑むメロディに、ルシアナは苦笑するしかない。仕方なくお茶を口にした。

メロディが部屋の整理を終えた頃、ドアベルが鳴った。

玄関に向かうとメイド姿の少女が立っていた。背筋をピンと伸ばし、メイドは優雅に一礼する。

「どちら様でしょうか？」

「お隣の部屋のインヴィディア家の者でございます。お嬢様がご挨拶申し上げたいとのことで、先触れに参りました。ご都合などはいかがでしょうか」

「ただいま主人に伺って参ります。少々お待ちくださいませ」

一旦扉を閉めてルシアナのもとへ戻ると、メロディは用件を告げる。

「お隣の部屋のインヴィディア家の方がお嬢様へご挨拶されたいそうです。どういたしますか？」

「お隣さんが？　だったら、今からでもいいわよ」

「こういった件は余裕を持って最低でも二、三日は空けるのが一般的なのですが……」

「でも、明日以降だと予定が立てられなくない？　授業でこれから忙しくなると思うんだけど」

「畏まりました、今からで大丈夫か聞いてまいります」

「よろしくね」

というわけでメロディが尋ねると、隣室のメイドはすぐに令嬢を連れて戻ってきた。

「初めまして、ルシアナ・ルトルバーグ様。インヴィディア伯爵家の長女、ルーナと申します。以後、お見知りおきくださいませ」

ルーナはルシアナへニコリと微笑んだ。髪色はルシアナに比べると少しくすんだ金髪で、長い髪の左側をワンサイドアップにしている。少し儚《はかな》げな印象の可愛らしい少女であった。

「ルシアナ・ルトルバーグです。こちらこそよろしくお願いいたします、インヴィディア様」

ルーナを応接間へ通し、二人だけの軽いお茶会が始まった。ティーセットの準備を終えると、メロディはルーナのメイドと壁際に並んでお茶会を見守る。

「急な申し出をお受けくださりありがとうございます。ルトルバーグ様」

「とんでもございません。寮に入った初日でとても緊張していたのです。声をかけていただいてとても嬉しく思いますわ。どうぞルシアナとお呼びくださいませ、インヴィディア様」

「そう言っていただけると私も嬉しいです、ルト……ルシアナ様。どうぞ私のこともルーナと」

「ではルーナ様と。お優しい方が隣室で安堵いたしました。これからよろしくお願いします」

「私も同じですわ。お隣がルシアナ様で本当によかった。こちらこそよろしくお願いします」

優雅にふふふと微笑みながら繰り広げられるプチお茶会。初対面ということもあって『淑女《しゅくじょ》ルシアナ』モードでお送りしております。

終始和《なご》やかな雰囲気のまま、滞りなくお茶会は終了し、ルーナは自室へ帰っていった。

メロディ達だけとなり、ルシアナはソファの上で大きく息を吐きながら脱力する。人前で晒していい姿勢ではないが、メロディはティーセットを片付けながら仕方なさそうに微笑むだけだ。

「ふぅ、緊張した〜」

「ふふふ、家庭教師としては『大変よくできました』と申し上げておきますね」

「そう？　よかった。……でもこんな堅苦しい話し方、学園でずっとやらなくちゃダメなのかしら？　正直、勉強よりもそっちの方がきついかもしれないわ」

「多分大丈夫だと思いますよ？　今日は初対面だからお互いに畏まっただけかと。きっと学園生活を過ごしていく間に打ち解けられますよ」

ルシアナの脳裏《のうり》に、柔らかい笑みを浮かべていたルーナの姿が思い浮かび、口元が綻んだ。

「……そうかな、そうだといいな」

窓から差し込む夕日を眺めながら、ルシアナは明日からの学園生活に期待を膨らませていた。

そしてメロディも……。

（ご令嬢と一緒に来てたメイドの子、凛《りん》として素敵だったなぁ。仲良くなってメイド談議とかできないかな、できたらいいなぁ）

愛おしそうに夕日を見つめながら、そんなことを考えていた。見た目だけならとても絵になる立ち姿だったと、のちにルシアナが語ったとか語らなかったとか。

ルシアナお嬢様のサムズアップな学園初日

翌朝。制服に着替えたルシアナは玄関の前に立っていた。

銀糸の刺繍《ししゅう》が施された深碧《しんぺき》のブレザーに、膝下丈のプリーツスカート。生足厳禁なので黒タイツを履いており、胸元には一年生を表す真っ赤なリボンがあしらわれている。

その姿はまさに……二次元世界にありそうな、おしゃれ学生服であった。

中世ヨーロッパ風異世界であるにもかかわらず、十九世紀頃に生まれたはずのブレザーを当然のように採用しているあたり、さすがは乙女ゲームの世界である。ビバ・デザイン重視！

「メロディ、変なところはないよね？」

「はい、お嬢様。とてもよくお似合いですよ。それより、お忘れ物はございませんか？」

「ええ、今度こそ大丈夫よ。しっかり確認したわ」

革製の学生鞄をポンと叩いて、ルシアナは得意げに答えた。だが、メロディは不安そうだ。

「……鞄の中身、一度全部出したりしてませんよね？」

思い起こされる入学式の日の朝。一度前科が付くと信用を取り戻すのはとても難しいのである。

「も、もう一回だけ確認してみようかな」

……出したらしい。ルシアナが鞄を開けて中身を確認すると――。

「きゃー！　筆箱が入ってなーい！」

まるでどこかのコメディドラマのように朝から慌ただしいルシアナなのであった。

「ううう、初日から遅刻するかと思った」

慌てて自室へ戻るものの、謀《はか》ったようにいつの間にか勉強机と壁の間に姿を隠した筆箱を探すのに時間がかかってしまい、ルシアナは慌てて学生寮を飛び出した。

まあ、幸いといってよいのか、もともと早めに登校準備を整えていたので実際には遅刻するような時刻ではなかったのだが。

学生寮は王立学園の南東側の庭園を大改修して造られ、そこから北へ十分ほど歩いた先に、これからルシアナ達が学ぶ場となる本校舎がある。

その威容《いよう》は、当然ながら日本の学校とは似ても似つかない。西洋風のレンガ・石造りの建物が立ち並び、至るところに緑が生い茂っている。

どことなく英国のとある歴史深い名門大学のような雰囲気が感じられる光景であった。

「は～、おっきい……」

もちろんルシアナにそんなことが分かるはずもなかったのだが。

学生寮から校舎へ続く道には、ルシアナ以外にも学年に関係なくたくさんの生徒の姿が見える。

全生徒が学生寮に入ったことで、学年関係なく皆一斉に校舎へ向かっているようだ。しかし、そこにあるのは生徒の姿だけで、使用人などは見当たらない。寮内では使用人に世話される貴族子女《しじょ》もこの時ばかりは一人だった。

基本的に校舎に入ることが許されるのは、生徒と教師及び一部の関係者のみで、メロディを含めた使用人達は必要がない限り入ることができない。学園内では平民も貴族も、自分の面倒は自分で見なければならないのである。これは学生寮ができる以前からの学園の規則だった。

実際、人によっては学生鞄すら持つのが面倒で使用人に任せる者がいてもおかしくなく、そんなことを認めていたら学園内が有象無象《うぞうむぞう》で溢《あふ》れかえってしまう。ある意味当然の決まりごとであった。

同年代の者達が一堂に会する光景に多少の緊張を見せるルシアナだったが、いつまでも道の真ん中で突っ立っているわけにもいかない。ルシアナは気を取り直して再び歩き出した。

校舎に入ると、すぐ目の前に人だかりができていた。突き当りの壁にクラス分けの一覧表が掲示されているようだ。全学年分が張り出されているので大変騒がしい。

「えっと、一年生は……」

「ルシアナ！」

「ルシアナさん」

聞き覚えのある声に思わず振り返るルシアナ。そしてパッと喜色《きしょく》を浮かべる。

「ベアトリス、それにミリアリアも。おはよう！」

「おはよう、ルシアナ」

栗色の髪を一本の三つ編みに結わえている快活《かいかつ》な雰囲気の少女の名は、ベアトリス・リリルトクルス子爵令嬢。

「おはようございます、ルシアナさん」

紫掛かった水色のストレートヘアを靡《なび》かせて優雅に微笑む少女の名は、ミリアリア・ファランカルト男爵令嬢。

二人は先々代ルトルバーグ伯爵が手放した領地を手に入れた新興貴族で、ルシアナとは仲の良い幼馴染だ。春の舞踏会以降なかなか会う機会が得られず、およそ二ヶ月ぶりの再会であった。

「久しぶりね、二人とも」

「何かとバタバタしてしまってお互いに時間が作れませんでしたものね」

「舞踏会であんなことがあっちゃね。うちもしばらく外出禁止だったたし、仕方ないわよ」

謎の人物による春の舞踏会襲撃事件は、王立学園以外にも当然大きな影響を与えていた。多くの貴族子女は学園が休学になると同時に安全のために外出禁止を言い渡されたのである。

「一ヶ月もすればさすがにそれも解除されましたけど……」

「今度は学園の授業の予習指示だもん。遊びに出掛ける余裕なんてなかったよね」

五月に差し掛かる頃、学園から教科書が各家に届けられた。六月から再開される学園に向けて、授業の予習をしておくよう指示されたのだ。二ヶ月分を一ヶ月で予習しなければならないため、外出禁止が解かれても、この二ヶ月間は何かと出掛ける余裕を得られなかったのである。

「そうね……ホント、なかったわぁ、余裕……」

「……大丈夫、ルシアナ？」

「……とても遠い目をされていますね」

切なげな表情でどこかを見つめるルシアナ。きっと思い出しているのだろう……スパルタメイドの激烈家庭教師っぷりを。為《な》せば成《な》ってしまう少女の教育は大変厳しいものだったと思われる。

「そんなことよりルシアナ、そろそろ私達もクラスの確認しちゃおうよ」

「え？　あ、そ、そうね。人だかりも大分減ったみたいだし」

ベアトリスの声で、半ば放心状態だったルシアナがようやく我に返った。

「ふふふ、三人とも同じクラスになれるといいですね」

ルシアナ達は掲示板のもとへ向かった。そして結果は――。

「私が一年Cクラス。ベアトリスさんがBクラス。ルシアナさんはAクラスですか」

「まあ綺麗に分かれちゃったか。世の中そうそう都合よくはいかないもんねぇ」

「ぐぬぬぬ。まさか三人とも違うクラスになっちゃうなんて」

三人は残念がりつつも、それぞれの教室へ向かうのであった。

「あ、Aクラスはここみたい」

「私は隣のBクラスで、ミリアリアがその奥のCクラスね。思ったより離れてないし、昼食とかなら一緒に行けそうね」

ベアトリスの言葉にルシアナはホッと息をつく。王都には二人以外に知り合いらしい知り合いがいないため、昼食だけでも二人と話せる機会が作れそうで安心したようだ。

二人と別れ、ルシアナは教室に入った――瞬間、クラスメート達からの視線が集まった。

「――っ⁉」

驚きに声を上げそうになるが、どうにか堪える。見ると黒板に席順が指示されており、ルシアナは自分の席へと歩き出した。

「あれが舞踏会の『妖精姫』」

「いや、『英雄姫』じゃなかったか？」

「『貧乏貴族』のくせに妖精だの英雄だのって……」

『妖精姫』とは、春の舞踏会に颯爽《さっそう》と現れたルシアナの美しさを称《たた》える通り名である。『英雄姫』

とは、謎の襲撃者に襲われた王太子クリストファーを庇《かば》った彼女を称賛する通り名だ。

春の舞踏会以降、公の場に姿を現す機会がなかったせいもあり、多くのクラスメートがルシアナへ好奇の視線を向けていた。ひそひそ話も割と耳に届いてしまうし、恥ずかしいことこの上ない。

それに、これまで『貧乏貴族』と揶揄《やゆ》されてきた影響か、悪意ある声もちらほらと……この場にメロディの『人工敏感肌』があったらどうなっていただろうか？

ため息が零れそうになるがグッと堪える。そして、ルシアナは自分の席に辿り着いた。

席に着く。窓際の中間の席で、前と右隣りには女子生徒が、後ろには男子生徒が座っている。幸い、ルシアナの周囲では内緒話をしている者はいないようで、彼女はようやく小さく息を吐き出すことができた。するとさっきからずっと教科書を読んでいた右隣りの女子生徒が本を閉じ、ルシアナの方へ顔を向けた。

「はじめまして、本日からどうぞよろしくお願いします。私はルーナ・インヴ……ルシアナ様？」

「……ルーナ様？」

何とルシアナの隣は、昨日挨拶にやってきたルーナ・インヴィディア伯爵令嬢だった。

「まあ、隣の席はルシアナ様だったのですね。お部屋だけでなく席まで隣だなんて嬉しいですわ」

「ええ、私もです。今朝から緊張し通しで、ルーナ様が隣の席で安堵しましたわ」

微笑み合うルシアナとルーナ。教室に入って感じた嫌な気持ちが、氷のように解けていく。

（……ああ、いいな、この子の笑顔。何ていうか、癒《いや》される。羨《うらや》ましくなるくらい素敵）

ルーナは笑顔がとても素敵な少女だった。特別に美少女というわけでもないのに、不思議な魅力を感じるのだ。メロディの指導によって社交に相応しい笑顔を習得したつもりだったが、この笑顔には敵《かな》いそうにない。自然とそう思える、優しくて柔らかい笑顔だった。

だからだろうか、ルシアナは少しだけ気が抜けてしまっていた。

「ルシアナ様、改めまして今日からよろしくお願いいたします」

「うん、よろしくね！」

ルシアナは元気よくサムズアップした……『淑女ルシアナ』モード終了のお知らせ。

「……」

「……」

「……えっと、ルシアナ様……今のは……」

「ご、ごめんなさい。その、えっと、ついいつものくせで……」

しばし沈黙する二人。ルシアナは顔を赤くして俯いた。想像以上に簡単に剥《は》がれてしまった淑女のメッキ具合に羞恥《しゅうち》は増すばかりである。そして隣から、ささやかな笑い声が届いた。

「クスクス……あ、ごめんなさい」

謝りつつも、ルーナはほんのり頬を上気させて、可笑しそうに笑う……可愛い、じゃなくて！

「あわわわ、し、失礼しました。その、えっと、二度とこのような失態は起こさないよう――」

「いいえ、どうぞくだけた話し方でお願いしますわ、ルシアナ様」

「気をつけて……へ？」

「先程は笑ってしまい申し訳ございません。あの時のルシアナ様があまりにも可愛らしかったので思わず笑いを抑えることができず……なぜかとてもルシアナ様らしいお姿に見えましたわ」

ルーナは恥ずかしそうに顔を赤らめて視線を下げた。

「それと、その……もしよろしければ……私も、くだけた口調で話してもいいかな？」

「ルーナ様？」

「昨日は初対面だから頑張ったんだけど、これから毎日隣の席になるわけだし、ルシアナ様さえよかったらこれからはお互い楽な口調で話しをするのはどうかなって思うんだけど……ダメかな？」

視線を上げて、ルーナはルシアナへニコリと微笑む。やはり照れ臭いのか頬が少し赤い。

ルーナの言葉を飲み込み、それを理解すると、ルシアナは嬉しそうに表情を綻ばせて――。

「もちろんよ、よろしくね！　私のことはルシアナって呼んでね」

――ビシッとサムズアップ！

「ありがとう、ルシアナ。もちろん私のことはルーナと呼んでね」

ルーナは照れながら遠慮がちに胸元で小さくサムズアップを披露した……何それ可愛い⁉

王立学園初日。ルシアナはクラスで最初の友達をゲットした。

幸先《さいさき》の良いスタートを切れたことに喜んでいると、教室にどよめきが起こる。

「まあ、王太子殿下。ご機嫌麗《うるわ》しゅう」

「アンネマリー様、おはようございます」

「やあ、おはよう、皆。今日からクラスメートだ。よろしく頼むよ」

「ごきげんよう、皆さん。お話をしたいところですけど、もうすぐ担任教師がいらっしゃるわ。今は席に着くことにいたしましょう」

　どうやら王太子クリストファーと侯爵令嬢アンネマリーも同じクラスらしい。同年代で最も有名な二人が現れたことで教室内はにわかに騒がしくなったが、二人の取り成しですぐに落ち着きを取り戻していく。

「……あの二人も同じクラスなんだ。全然気が付かなかった」

「ふふふ、自分のことで手一杯だったものね。私も今知ったわ」

　ルシアナとルーナは自分の席から遠巻きに二人を見つめた。舞踏会で仲良くなった手前、できることなら挨拶に行きたいが、状況的に控えた方が無難であろう。

　そう考えていると、ふいにアンネマリーと目が合った。チラリとではあったが、応答するようにアンネマリーの目が笑い、思わずルシアナもニコリと微笑み返す。

　幼馴染達とクラスが分かれてしまったのは残念だが、ルーナやアンネマリーが同じクラスとは心強い。ルシアナは一気にご機嫌になるのであった。

「そういえば、ルシアナはアンネマリー様とは知り合いなんだっけ？」

「うん！　……ルーナ、どうして知ってるの？」

　最後尾中央にある席へ向かうアンネマリー達を見送っていると、ルーナがそんなことを尋ねた。不思議に思い首を傾げるが、その疑問に対する答えにルシアナの笑顔が引き攣《つ》ってしまう。

「私も春の舞踏会には参加していたもの。あの日のルシアナはとても注目されていたから、舞踏会の後半から王太子殿下のグループと一緒にいたことくらい誰だって知ってるわよ」

「だ、誰だって……」

羞恥で机に突っ伏したくなる思いだった。王都での人間関係がまだまだ希薄なルシアナは、自分がそんなに注目されていたとは全く想定していなかったのである。

「も、もう恥ずかしくて学園に通えないわ……」

「ふふふ、大げさね。まあ、大丈夫よ。幸いこのクラスには王太子殿下やアンネマリー様もいるんですもの。注目されるといってもあの二人がいるんだからきっと分散されるわ」

「そっか、そうよね。ふぅ、よかっ……たっ⁉」

「ルシアナ？」

安堵の息をついた瞬間、ルシアナは悪寒《おかん》を感じてビクリと肩を震わせた。何事かとルーナは首を傾げるなか、ルシアナはそっと背後へ視線を送る。つられてルーナも目線を後ろに向けて――。

「……そういえば、あの方も同じクラスだったのね」

「う、うん。それも今知ったわ、私……」

――ルシアナと同列の最後尾の席に座る少女、オリヴィア・ランクドール公爵令嬢を目にした。

長くて美しい金髪を後頭でアップにまとめることで大人っぽく仕上げている。背後から覗《のぞ》くうなじはなかなかセクシーに違いない。切れ長の金眼に整った顔立ちと女性らしい優れたプロポーション。誰の目から見ても間違いなく美少女である……アンネマリーと比べなければ。

悲しいことに、家格こそ上なもののオリヴィアはその美貌《びぼう》にしろ能力にしろ、アンネマリーの下位互換のような少女であった。彼女を差し置いてアンネマリーが王太子の婚約者候補筆頭と呼ばれているることからも、周囲からそのように認識されていることは明らかだ。

その公爵令嬢は、優しげな表情を浮かべて席についているのだが……。

（……目、笑ってないよねぇ？）

まさかこんなところで因縁《いんねん》をつけてくるなんてことはないだろうが、用心のために目を合わせないよう注意する。

なぜなら、彼女は舞踏会でルシアナに敵意の視線を向けた一人だから。あの時メロディがペンダントに掛けた魔法『人工敏感肌』に反応したのがオリヴィアであった。

春の舞踏会で少なくともアンネマリーの次くらいには注目を集めるはずが、その座を颯爽とかっさらっていったルシアナへ敵意を向けているのではと考えられる。

「大丈夫、ルシアナ？」

「まあ、実害があるわけじゃないし、今は気にする必要なんて特にないとは思うけどね」

そう言いつつも内心でため息をついてしまう。まあ、万人に好かれるなんて土台無理な話なのだから気を付けておくくらいしかできないだろう。

（といっても、公爵令嬢相手に私ができることなんて思い浮かばないけど……）

そんなことを考えていると、教室の扉が開かれた。ソフトモヒカンの灰色の髪に厳《いか》つい風貌《ふうぼう》、スーツの上にローブを羽織っていても分かる鍛《きた》え上げられた大柄な体躯《たいく》。端的《たんてき》に言ってとても強そうな三十代くらいの男性が教室に足を踏み入れた。

「今日からこのクラスの担任をするレギュス・バウエンベールだ。一応国王陛下より子爵位を賜《たまわ》っている……中には俺よりも家格の高い者もいるようだが、学園に在籍する限り一生徒として扱うので見当違いな文句など喚《わめ》かぬように注意しろ」

威圧的な視線が教室中に向けられ、生徒達はたじろいでしまう。

「返事は！」

「「「は、はい！」」」

（うっわぁ、なかなか厳しそうな先生が来たものね。大丈夫かな、私の学園生活……）

「よろしい。では本日の予定だが、今日はクラスの顔合わせのようなものでまだ授業はない。というわけで、今から生徒同士で自己紹介をしてもらう……が、その前に」

レギュスは手に持っていた紙束をドンと教卓の上に置いた。

「さて、今日から六月に入るわけだが学園では本来、五月の終わりに中間試験を行うことが通例となっている。……が、諸君も知っての通り今年は諸事情によりいまだ実施されていない」

生徒達の中で『まさか』という考えが浮かぶ。

そして思い起こされるのは、一ヶ月前に学園から届いた教科書とともある指示……。

担任教師レギュスは不敵な笑みを浮かべた。

「指示通り予習はちゃんとやってきたな？　これより抜き打ち中間試験を実施する」

こうして新入生の学園生活初日が幕を開けるのであった。

メロディのうきうきガックリな学園初日

ルシアナ達新入生が学園初日の初っ端から中間試験という難題に直面していた頃。

「……さてと、こんなものかな」

部屋の掃除を終えたメロディは、ふぅと一息つきながら額《ひたい》の汗を拭《ぬぐ》っていた……ただしポーズである。正直、いつもの伯爵邸よりずっと狭いこんな部屋の掃除くらいでメロディが汗などかくはずもない。学生寮では魔法禁止を言い渡されたが、もともと屋敷の掃除にも魔法を使うことなどほとんどなかったため、ちっとも大変ではなかった。

汗を拭う仕草は、メロディが単に形から入る娘だからだ……全く不要なこだわりである。

「掃除の次は、洗濯ね！」

メロディは各学生寮に設置されている共同の洗濯場へ向かった。

メイド業務において、洗濯とは最も厳しい仕事のひとつだ。よく考えるまでもないだろう。洗濯機も乾燥機もない時代の洗濯風景を想像してみればいい。力仕事のオンパレードである。できることならあまり従事したくない仕事。それがランドリーメイドの洗濯業務であった。

だが、洗濯場へ続く通路に軽快な鼻歌が木霊《こだま》する。もちろんメロディだ。

一体何が楽しいのやら……。

(ふふふ、ようやくポーラ以外のメイド友達ができるのね！)

王都に来てすぐにルトルバーグ家に仕えることとなったメロディの行動範囲は驚くほど狭い。基本的には屋敷で過ごし、後は市場で買い物と、ポーラを訪ねてレクトの屋敷に、そしてちょろっと近くの便利な森――という名の前人未踏の魔障の地『ヴァナルガンド大森林』を訪れるくらい。

……行動範囲に一部あってはならない場所があった気もするが、とにかく、王都におけるメロディの人間関係は正直希薄であった。

(昨日のインヴィディア家のご令嬢のメイドとはほとんど会話もできなかったから、今日はメイドの友達百人できるといいな)

小学一年生みたいなことを考えながらうきうきと洗濯場へ向かうメロディ。そして彼女は笑顔で洗濯場に到着し――。

「おはようございます、お邪魔しま……す？」

洗濯場はまさかの無人であった。

「え？　あれ？　なんで……？」

先程も説明した通り、洗濯とは大変な重労働だ。洗浄・消毒・漂白・染み抜き・乾燥・糊付けなどなど作業量はとても多い。だから当然朝から作業を始めてしかるべきなのに……なぜ無人？

さて、学生寮における洗濯手段は実のところ全部で三種類存在する。

一つ目は今メロディが訪れている学生寮併設の共同洗濯場。全ての寮に設置されており、洗濯道具も無料で借りることができる。ただし洗剤は有料もしくは持ち込み必須である。

二つ目は学園が運営している外注ランドリーサービス、要するにクリーニング屋さんだ。洗濯代を支払うことになるが、専門業者に任せるだけなので余計な面倒から解放されるメリットがある。

そして三つ目が、今メロディが直面している現実の原因……『実家で洗濯する』である。

考えてみてほしい。現在メロディ達が滞在しているのは、伯爵以上の家格が集まる上位貴族寮だ。彼らが所有する衣類の種類は千差万別《せんさばんべつ》で、素材によってはとても丁寧で繊細な洗濯技術を求められる。それを、誰が使うか分からない共同の洗濯場で洗うことなどできるだろうか？

もちろん答えは否である。

平民寮や下位貴族寮であれば、金銭的な理由もあって無料の共同洗濯場を利用する者もそれなりの人数がいたことだろう。だが、上位貴族寮の者達は経済的に困窮《こんきゅう》などしておらず、共同洗濯場を利用する必要がない。洗濯ものが返却されるまでそれなりの時間が掛かるため、たくさんの衣類を持ち込んでおかなければならないだろうが、上位貴族ならばやはり何の問題もないのだ。

必要がない以上、利用する者などいるはずもなく、上位貴族寮の共同洗濯場を利用するのは『貧乏貴族』と名高いルトルバーグ家のメイド、メロディくらいであった。

「……そんなぁ」

無人の洗濯場を目にし、すぐにその結論に至ったメロディは洗濯かごを抱きかかえたましょんぼり項垂れた。そして大きくため息を吐くと、やるべき仕事をすべく洗濯場に踏み入るのだった。

他に利用者もいなかったため、これっぽっちも滞ることなく作業は終了した。

「ううう、広い洗濯場を独占できる開放感はちょっと楽しいけど、やっぱり寂しいよぉ」

さくっと終わってしまった洗濯物を見つめながら、メロディは残念そうに呟いた。

ちなみに、共同洗濯場でできるのは洗濯および脱水までで、乾燥は各自の部屋で行う。使用人部屋の隣に物干し部屋が別途用意されており、そこで干して乾かすのだ。さすがに誰が来るか分からない場所に洗濯物を干しっぱなしにはしておけないので。

上位貴族寮では用途がないので、部屋によっては使用人のための多目的部屋として利用しているところもあるとか。メロディは物干しスペースとして利用するのでそういうわけにもいかないが。


お昼になった。昼食の時間だ。メロディは楽しそうに鼻歌交じりに通路を歩いている。

「ふふーん、今度こそメイド友達千人できるかな～」

……桁《けた》がひとつ増えているが無視である。むしろ千人もいるのだろうか。

メロディは今、使用人食堂へ向かっていた。何と王立学園、太っ腹にも使用人専用の食堂を造っていたのである。もちろん有料だが。

これは王太子クリストファーの発案によって造られたものらしい。社員食堂のイメージである。

各学生寮は地下通路で繋がっており、有事の際の連絡路として利用できる設計となっている。もちろん防犯対策はきっちり整っているので、この地下通路を利用して男子生徒が女子生徒の部屋へこっそり伺うなんて真似はできない。

使用人食堂はこの地下通路を通った一画に作られており、全ての棟の使用人が一堂に会することのできる場でもあった。

だから、メロディは期待に胸を膨らませていた。今度こそメイド友達ができるはず――と。

そうして辿り着いた使用人食堂は……使用人たちで埋め尽くされていた。

(やったああああああああああああ！)

澄《す》ました笑顔の仮面を張り付けながら、予想通りの光景に胸を躍《おど》らせるメロディ。食堂にはたくさんのメイドや執事らしい恰好の男女が楽しそうに昼食を取る姿を見ることができた。

大変だろうにきっちり昼食代を用意してくれた伯爵に感謝の念を送りながら、メロディは食堂の奥へと歩を進めた。

さすがに六棟全ての使用人が集まるだけあって、使用人食堂はとても広く――そして高い。

食堂は地下にありながら吹き抜けの二階建てとなっており、一階は大学の食堂のような、二階は給仕付きのレストランのような形態をとっているようだ。

一言で使用人といっても、仕える主次第では使用人自身も貴族である場合が少なくない。特にメロディがいる上位貴族寮の使用人がそれに当てはまるだろう。上位貴族に仕えるにはそれなりの身分と信頼が求められるのだ。

そしてどうやら、暗黙《あんもく》の了解なのか一階を平民の使用人が、二階を貴族の使用人が利用しているらしい。ちらりと二階に目をやると、私服姿の女性の姿も見える。侍女《じじょ》だろうか？

(うーん、できれば二階の人達とも仲良くなりたいけど……)

メイドジャンキーとしては身分に関係なく多くのメイドさんと仲良くなりたいところだが、考えなしに平民の自分が二階に上がれば、どう考えても後で問題になりそうである。

（まあ、初日だし今日のところは一階でいいか。ふふふ、誰かと相席させてもらってメイド談議をするんだ！　レッツメイドトーク！）

お昼休みにわざわざ仕事の話をしたいメイドがいるかどうかは疑問だが、メロディは嬉しそうに注文の列に並んだ。そしてトレイを持って食事中のメイドグループへ声を掛ける……のだが。

「あの、よろしければ相席してもよろしいですか」

メロディが笑顔で尋ねると、グループのリーダーらしき女性もニコリと微笑み返した。

しかし――。

「あら。あなた、どちらの家のメイド？」

「はい。ルトルバーグ家です」

「……そう。……申し訳ないのだけど、その席、もうすぐ知り合いが来る予定なのよ」

「そ、そうなんですか……」

「ごめんなさいね」

「い、いいえ。お邪魔しました、失礼します」

残念ながら相席を断られてしまった。内心でしゅんとしつつも、メロディは笑顔でその場を去る。そしてまたひとつ、またひとつとメイドグループに声を掛けたが……。

「……まさか全滅するなんて」

八グループほどお願いしてみたが、なぜか全てから丁重にお断りされてしまった。さすがに今日は諦めたのか、今は一人で席に着いている。

（私、何か不快にさせるような言動があったのかな？　でも、挨拶して勤め先を言っただけなんだけど。今日はたまたま巡《めぐ》り合わせが悪かっただけなのかなぁ？　あ、このポテサラ美味しい）

もぐもぐと咀嚼《そしゃく》しながら案外平気そうなメロディ。天然の鈍感力を有する無敵のメイドジャンキーは、当然のように図太いのであった。今はポテトサラダのレシピに夢中である。

だが、そんな彼女の背後から祝福の鐘のような素晴らしい声が響く。

「あの、ここ、一緒に座ってもよろしいですか？」

それは相席の確認であった。

「どうぞ！」

弾けるような笑顔で振り返り、了承の返事をするメロディ。相手の女性は続けて言った。

「よかった。男性も一緒なのですが大丈夫ですか？」

「ええ、全く問題ありませんのでどうぞ……あれ？　あなたは」

同席者が増えるのはよいことだ。一切の躊躇《ちゅうちょ》なく受け入れたメロディだったが、目の前の女性の顔に既視感を覚え、小さく首を傾げた。そしてそれは相手の女性も同じだったようで……。

「確か、インヴィディア家の……」

「あなたは、ルトルバーグ家のメイドの……」

メロディに声を掛けたのは、昨日ルシアナの部屋を訪ねたメイドの少女であった。

「私の名前はサーシャ・ベルトンよ。よろしくね」

「私はメロディ・ウェーブといいます。よろしくお願いします、サーシャさん」

向かい合う二人の少女はニコリと微笑み合った。

サーシャ・ベルトン。十七歳。シンプルなデザインのメイド服に身を包み、肩の高さに切り揃《そろ》えられた藍色の髪の頭上には、フリルのついたカチューシャが飾られている。

昨日会った時はキャリアウーマンのような凛とした雰囲気を醸《かも》し出していたが、今の彼女はどちらかというとポーラのような快活な印象を覚える。

「あら、ポカンとしてどうかしたの？」

「いえ、昨日と随分雰囲気が違うなと思いまして」

メロディの言葉に、サーシャはあははと笑った。

「あれはお客様用の顔よ。私、お屋敷ではパーラーメイドだからさ。普段から一日中あれじゃ肩が凝って仕方がないもの。それとも今の接し方、気に障っちゃった？」

「いいえ。どちらも素敵だと思います」

仕事に合わせてメイドとしての自分をきっちり演じ分けられるサーシャにうっとりしてしまう。

メロディは尊敬の眼差《まなざ》しを込めてニコリと微笑んだ。

「……メロディって、可憐《かれん》ねぇ」

「？」

メロディは無敵の鈍感力を行使した。言葉の意味が理解できない。コテンと首を傾げる。

「……可憐だ」

「？」

サーシャと同じ言葉が近くの男性の口から零れた。長身のツンツン頭の少年だ。サーシャと同じく藍色の髪をしている。目元が何となく似ているような気がしないでもない。

「そういえばまだ紹介してなかったわね。今メロディのことを『好きだ、結婚してくれ』って言ったのが私のいとこのブリッシュよ」

「い、言ってないだろそんなこと！　……コホン、ブリッシュ・ベルトンだ。よろしく」

「よろしくお願いします」

「……可憐だ」

「？」

ふわりと微笑みながら挨拶を返すメロディに、ブリッシュはポッと頬を赤く染める。

「ぷぷー、ブリッシュ可愛い！」

「何がだ⁉　人をおちょくるんじゃない、ウォーレン！」

ブリッシュの隣に座っていた少年がケラケラと笑っている。ミドルヘアのふわりとした金髪の少年だ。ブリッシュよりも小柄で、とても可愛らしい顔立ちをしている。

「あ、俺はウォーレン・ゼトっていうんだ。よろしくね、メロディちゃん」

「はい、よろしくお願いします、ウォーレンさん」

「わぁ、俺、結構軽薄《けいはく》そうにしゃべってるのに態度変わんないいんだ。可愛いうえに優しい子なんだね、メロディちゃんって！」

「？」

「これもそうなんだ。メロディちゃんは天然なんだね、可愛いなぁ」

「ウォーレン、いい加減にしろ！」

「いい加減にするのは二人ともよ。食堂で騒がないでちょうだい」

サーシャの言葉でテーブルはようやく落ち着きを取り戻した。そしてお互いの話を始める。

「それじゃあ、サーシャさんとブリッシュさんはインヴィディア家に仕えていて、ウォーレンさんは違う家にお勤めなんですか？」

「そうだよ。俺達三人は幼馴染なんだけどね、俺だけ平民の商家の使用人になったんだ」

「商家の使用人ですか？」

「そうそう。貴族に仕えるなんてガラじゃないからね。だったら同じ平民の家にしようと思ったんだけど、まさかそこの息子が学園に通うことになるなんてねぇ」

面倒臭そうに首を振るウォーレン。多分本当に面倒臭いのだろう。

「その方も幼馴染なんですか？」

「ウォーレンにとってはね。私達がインヴィディア家に使用人見習いとして住み込みを始めた後で知り合った人だから、私達はあんまりよく知らないのよ」

「皆のご主人様と同じクラスだといいね！」

ニパッと笑みを浮かべるウォーレンに、メロディも笑顔で頷き返す。

「その方のお名前は何と仰《おっしゃ》るんですか？」

「ルキフ・ゲルマンだよ。年齢は十五歳。あ、ちなみにブリッシュが十六歳で、俺が十八歳ね」

「……ウォーレンさんが最年長なんですね」

「誠に遺憾《いかん》ながらね！」

「本人が言うな、本人が……はぁ」

ブリッシュが大きなため息を吐いた。サーシャは頭が痛そうにしている。そしてニコニコ笑顔のウォーレン。メロディは仲の良さそうな三人の様子にクスリと笑った。

「ごめんね、無駄に騒がしくて」

「いいえ。サーシャさん達とご一緒できてとても助かりました。皆さんに声を掛けてもらえるまで何組か相席をお願いしたんですが、悉《ことごと》く断られてしまってちょっと落ち込んでいたんです」

「断られた？　こんなに可愛いメロディちゃんを？」

「……信じられない」

ウォーレンとブリッシュは不思議そうに首を傾げる。そんな中、サーシャは『あちゃあ』とでも言いたげな表情を浮かべた。

「サーシャさん？」

「あーと……メロディって、あんまり他のメイドと交流がない感じ？」

「え、ええ。そうですね、サーシャさん以外だとあと一人くらいしか」

「うーん、だからかぁ。えっとね、メロディのところのルシアナ・ルトルバーグ様が今社交界で『妖精姫』とか『英雄姫』とか呼ばれてることは知ってる？」

「はい。舞踏会でそう呼ばれるようになったとは伺っていますが、それが何か？」

サーシャは苦笑を浮かべて、そして説明してくれた。

「ルトルバーグ家って、こう言っちゃなんだけどちょっと不名誉な通り名があるじゃない？『貧乏貴族』のことだろう。メロディはコクリと頷く。

「でね、伯爵でありながら長年他の貴族から、こう、下に見られてた感じなのよ、ルトルバーグ家って。それで、そんな家のご令嬢が春の舞踏会で突然『妖精姫』とか『英雄姫』っていう、いかにも周りから称賛されるような通り名を持つようになっちゃったもんだから……」

「……もしかしてうち、周りからあまりよく思われてないんでしょうか？」

徐々に小声になるサーシャに合わせるように、メロディも小さな声でそう尋ねた。

「もちろん全員ってわけじゃないのよ。うちのお嬢様だって気にしてないし。でも、やっぱり気に入らないって家もあるでしょうね。で、そういう感情は当然そこに仕えるメイドにも影響するわけよ。主が嫌ってるのに、メイド同士で仲良くできるわけないものね」

「……そういうことだったんですね」

「ちなみに、メロディを断ったグループって？」

メロディの視線が最初に相席を断られたグループへ向けられる。

「あぁ、うん。あれは無理ね。だってランクドール公爵家傘下貴族の使用人グループだもん」

「ランクドール公爵家？」

「今年の新入生にそこのご令嬢がいるのよ。でも、春の舞踏会で注目を集めたのはメロディのところのお嬢様と、ヴィクティリウム侯爵令嬢の二人で、他は物凄く霞んじゃったって話らしいわ。社交界デビューする令嬢の中で最も家格が高い公爵令嬢がいたにもかかわらずよ」

さすがにメロディも『うわぁ』と思った。そりゃ恨《うら》まれるわ、と。

「特別明言してるわけでも行動を起こしたわけでもないけど、少なくともいい印象は持たれてないだろうなって感じね。あの子達もきっとその辺を気にして断ったのよ。他の子達も同じか、下手に関わりたくないと思ったのかもね」

メロディは嘆息《たんそく》した。そして反省した。ルトルバーグのお屋敷でメイド仕事を楽しんでいるばかりで、メイド仕事のもう一つの側面『情報収集』を怠《おこた》っていたのだ。

メイド同士で交流を持ち、他家の情報を主人へ持ち帰るのはメイドに課せられた重要な仕事。

（そんな大切な仕事をすっかり失念《しつねん》していたなんて！）

美しい作法で主の世話をするだけがメイドではないのに、何たる失態。メロディは猛省《もうせい》した。

「ありがとうございます、サーシャさん。おかげで目が覚めました。私、頑張りますね！」

「そ、そう？　何を頑張るのかよく分からないけど応援するわね」

「はい！　とりあえず音もなく忍び寄る歩法と、気配を断って身を隠す技術を練習しなくちゃ」

「……ちょっと頑張る方向性を変えましょうか、メロディ？」

「？」

「あはは、そこでもそれなんだ。メロディちゃん、面白～い」

「……それでも可憐だ」

とりあえず、サーシャの取り成しで人並みに頑張る方向に修正されました。ホッ。

その日の夕方――。

「うえーん。初日からメチャクチャつかれた～」

「お嬢様、自室とはいえはしたないですよ」

帰ってくるなりベッドにダイブしたルシアナをメロディが優しく窘める。だが、ルシアナはぐったりした様子でなかなか起き上がらない。

「もう、何でいきなり試験から始めるのよぉ」

朝から始まった中間試験。一年生の共通科目全ての試験を今日一日で執《と》り行ったため、日暮れまでずっと試験だったようだ。

「今日は顔合わせだけだと思っていましたが、試験なんてあったんですか。しっかり予習をしておいてよかったですね、お嬢様……当然、きちんと回答は埋められましたよね？」

「うぴいいっ！　も、も、もちろんよ！　抜かりなんてないわ！　だからその顔はやめて⁉」

メロディはニッコリ微笑んでいるだけである。ただ、家庭教師の顔をしているだけで。ヒッ！

「ふふふ、冗談ですよ。結果が楽しみですね」

「何かもう、明日には出ちゃうらしいよ。緊張するなぁ」

「お嬢様なら大丈夫ですよ。それより、クラスメートの方々とは仲良くなれそうですか？」

「うん！　私の隣の席が昨日来たルーナだったの。早速友達になったわ」

「それはよかったです。私もインヴィディア家のメイドと友人になったんです。お揃いですね」

「そうなの？　主従揃って仲良しになれるなんて素敵ね！　幸先いい学園生活じゃない」

嬉しそうに笑顔を浮かべるルシアナを見て、メロディはホッと安心した。とりあえず、学園でトラブルなどは今のところ起きていないようだ。

その時、寝室に『ぐー』という音が鳴った。ルシアナが顔を真っ赤にしている。

言うまでもなくルシアナの腹のむ――。

「きゃあああああ！　言っちゃダメえええええええ！」

「お嬢様、どうされました？　私は何も言ってませんが」

「ふえ？　そ、そう？　あれ、あれれ？」

恥ずかしさのあまり幻聴でも聞いたのだろうか。混乱しながら周囲を見回すルシアナの姿に、メロディはクスリと笑う。

「お嬢様、すぐに夕食を用意しますね」

「そ、そうね。しっかり食べて明日への英気を養わないと！」

「お任せください。腕によりをかけて作りましたから」

「楽しみね！」

誤魔化《ごまか》すようにルシアナは声を張り上げた。内心に小さな不安を抱えつつも、メロディとルシアナの学園初日は思いの外《ほか》楽しく終わるのであった。

中間試験結果とアンネマリーの考察

「わぁ。ルシアナ、あなた学年三位ですって。凄いわ」

「ルーナこそ十位じゃない。十分凄いわよ」

学園生活二日目の朝。ルシアナ達が登校すると教室の正面に昨日の抜き打ち試験の結果が張り出されていた。全三クラス、合計約百名の順位がはっきりと記されている。

朝から夕方まで実施された全ての試験の採点と集計を翌朝までに仕上げてくるとは、なかなかハードスケジュールを熟す教師陣である……ややブラック臭が漂《ただよ》うが、生徒達はそんな苦労に気が付くことはない。

「まぁ、ルシアナさんは三位？　素晴らしい成績ね」

「あ、おはようございます、アンネマリー様」

試験結果を眺めていると、後ろからアンネマリーがやってきた。二人はそっと膝《ひざ》を曲げて簡略的なカーテシーをする。アンネマリーは朗らかな笑みを浮かべた。

「ええ、おはよう、二人とも。ルーナさんも十位？　二人ともきちんと予習をしてきたのね」

「いえ、そんな。アンネマリー様や王太子殿下には敵いませんわ」

アンネマリーに褒《ほ》められ、ルーナは顔を赤らめながらもう一度順位表に目をやった。そこにはさんさんと一位にクリストファー、二位にアンネマリーの名が記されている。

「ふふふ、必死にがり勉した甲斐があったというものね」

冗談めかしたアンネマリーの言葉に二人は思わず笑ってしまった。幼い頃から優秀さを見せつけ社交界では十五歳にして『完璧な淑女』とまで呼ばれる彼女のことだ。きっと自分達ほど必死にならなくともこの程度の結果を出すことができるだろう――と、ルシアナ達を含め周囲から割と本気でそう思われているアンネマリーだが……。

（いやホント、マジ頑張ったから。私、マジ頑張ったから！）

アンネマリー・ヴィクティリウム侯爵令嬢。その中身は、現代日本を生きていた乙女ゲージャンキーな女子高生・朝倉杏奈である。そして当時の学校の成績は……聞かないであげてくださいな。

この試験結果は、アンネマリーが必死に勉強したからこそ得られたものだった。

（何せゲームのアンネマリーの成績はこんな上位じゃなかったものね。私、マジ頑張った）

心の中で何度も自分を称賛するアンネマリー。だが、その瞳は憎々しげに一位に向けられる。

（そしてやっぱり一位はこいつか……。あのバカに負けてるなんて悔し過ぎる。でもこれがゲームの強制力、もしくはキャラスペックの差ってやつなのかしらね？）

王太子クリストファー・フォン・テオラス。その正体は、現代日本を適当に生きてきた極々普通の男子高校生・栗田秀樹である。その成績は、杏奈以上にアンタッチャブルなので要注意！

乙女ゲーム『銀の聖女と五つの誓い』においても中間試験の一位は王太子クリストファーであった。要するにクリストファーという人間は元々のスペックが高いのだ。中身が秀樹であろうと、中身杏奈のアンネマリーが必死に勉強しても越えられない程度には明確な差があった。

「堂々の一位とはさすがでございますわ、殿下」

「ははは、必死にがり勉した甲斐があったというものだよ」

「まあ、殿下ったら。ほほほ」

背後からクリストファーを称賛する声が聞こえる。表情こそ保っているが額に怒りマークでも浮かびそうな気持ちになるアンネマリー。

（むっきー！　あんた、夜なべしてた私と違って夜はぐっすり寝てたこと知ってるんだからね！）

「どうかされましたか、アンネマリー様？」

「……いいえ、何でもないわ」

不思議そうに首を傾げるルシアナにアンネマリーはニコリと微笑む。こういう時に本音を言えないことが少し寂しくあるものの、微妙な表情の変化に気づいてもらえて嬉しくも感じる。

おかげで平静を取り戻すことができた。そしてもう一度順位表を見る。

（一位がクリストファー、二位が私、そして三位がルシアナちゃん。これって、そういうことなのかしら？　ヒロイン不在の今、学園の『代役ヒロイン』は……ルシアナちゃん？）

乙女ゲーム『銀の聖女と五つの誓い』において、ヒロインの中間試験順位は三位に固定されていた。四月、五月にどんな学園生活を送っていても三位になるという固定シナリオだ。

実際、メロディが試験を受けていたら三位どころか一位になっていてもおかしくない。前世では人類史に名を残せるレベルの天才だった彼女のスペックは王太子よりもずっと上なので。

四月にゲームシナリオが始まって以来、学園が始まるまでの間にもいくつかのシナリオが動いていた。本編というよりはサブシナリオ的なものだが、それを通してアンネマリーは『代役ヒロイン』という概念に思い至った。

ヒロイン不在でもシナリオは始まる。そして、その時最も相応しい人間がヒロインとして行動するのだ。もちろん本人が自覚を持ってヒロインを演じているわけではないが、なぜか結果的にシナリオに沿った行動を取り、ゲームシナリオが完成してしまうのである。

五月の半ば頃、とある経験からアンネマリーはそんな結論を導き出していた。

（もしルシアナちゃんが『代役ヒロイン』をすることになるなら、これからの学園生活は彼女を中心にシナリオが進んでいくことになる。でも、ルシアナちゃんって……最初の中ボスなのよね）

『嫉妬の魔女』ルシアナ・ルトルバーグ。ゲームでは、ヒロインへの劣等感と嫉妬心からラスボスの『魔王』に魅入《みい》られ、第一の刺客《しかく》として登場する中ボスである。

……どこかのメイドジャンキーの活躍によってその雰囲気は皆無《かいむ》であるが。

ついでに言えば、そのラスボスさんはメイドジャンキーの無意識の魔法によって既に綺麗に浄化され、ルトルバーグ邸にて惰眠《だみん》をむさぼっていたりする。もはやただの飼い犬である。ワンッ！

そんな悲しい現実を知らないアンネマリーは、これからのシナリオ展開について真剣に頭を悩ませる。ヒロインどころか中ボスすら不在の状態で、物語はどう進んでいくのだろうか。

その時、アンネマリーは背後から視線を感じた。領地で朗らかに過ごしていたルシアナと違い、王都でクリストファーの婚約者候補筆頭として暮らしていた彼女の貴族センサーは鋭い。

相手に気取られぬように背後を見やると――。

（……そう。あなたがそんな目を向けるのね）

――オリヴィア・ランクドール公爵令嬢。

「やはり殿下は素晴らしい方ですわ。わたくしも頑張ったつもりなのですが、とても敵いません」

「何を言う。君こそ四位じゃないか。十分に誇っていい順位だと思うよ」

「いいえ、公爵家の者としてまだまだ精進《しょうじん》が足りなかったとしか申せません。ヴィクティリウム侯爵令嬢やルトルバーグ伯爵令嬢を見習わなくてはいけませんわ」

「そうかい？　君は向上心に溢れているんだね。素晴らしいことだ」

金髪の少女オリヴィアは、クリストファーに笑顔を向けながら時折こちらへ視線を向けてくる。その表情は笑顔だが、その瞳に温かさはない。その冷たい眼差しは自分に……いや、どちらかというとルシアナに注がれていた。

ルシアナはルーナと楽しそうに話すだけで、背後の視線に気づいていない。

（春の舞踏会の時もそうだったけど、オリヴィアがルシアナちゃんを敵視している？　まさか、あなたが『代役ヒロイン』ならぬ『代役中ボス』だとでもいうの？）

ゲーム本来の彼女の試験順位は二位。アンネマリーとルシアナが好成績を修めたことでオリヴィアの順位が繰り下げられる結果となっていた。

ゲームでは一位クリストファー、二位オリヴィア、三位ヒロインとなり、それよりもずっと下の順位にアンネマリーがいた。そしてヒロインの順位を褒めるクリストファーを見て腹を立てたアンネマリーが不正だのカンニングだのと大げさに文句をまくし立てるシーンに入るのだ。

その際オリヴィアは二位の余裕を以てアンネマリーを窘めてくれる、脇役ながらヒロインの味方的ポジションになるはずなのだが……今の彼女からはそんな雰囲気は微塵《みじん》も感じられない。

(これって、半分は私のせいよね……)

『完璧な淑女』という今のアンネマリー像は、ゲームにおける当て馬的おバカライバルキャラという本来のアンネマリーからはかけ離れたものになっていた。

オリヴィアのお株をアンネマリーが幾分《いくぶん》か奪い取ってしまっている部分も確かにあるのだ。

だが、オリヴィアの意識は主にルシアナに向けられている。幼い頃から注目を集めていたアンネマリーよりも、昔から『貧乏貴族』と揶揄されてきたルシアナに負ける方が気に障るのだろう。

(オリヴィア視点で言えば、ぽっと出の没落貴族に注目を奪われてさいあくーー！　て、感じなのかしら？　まぁ、分からないでもないと言えばそうなんだけど……でもねぇ)

嫉妬される側からすれば理不尽な話である。アンネマリーの件にしても、ゲームを知る身からすれば多少申し訳ないと思わないでもないが、客観的に見ればアンネマリーに落ち度はない。不正を働いたわけでもなく、単純に彼女の努力の結果なのだから。

(うーん、ゲームと違うとはいえ状況も異なっている以上、現時点では何とも言えないわよね。とりあえず彼女の動向には注意するとしかいえないか……)

「おはよう、諸君。すぐに席に着くように」

担任教師レギュス・バウエンベールが入室した。相変わらず鋭い眼光が向けられる。生徒達は慌てて自分の席へと戻るのであった。

「試験結果は確認したか。採点した解答用紙は後ほど返却するとして……それでは、これより学園オリエンテーションを開始する。心して聞くように」

学園オリエンテーションと放課後の訪問者

王立学園では、一年生は午前に共通科目、午後に選択科目を受講することになっている。

共通科目とは、現代文・数学・地理・歴史・外国語・礼儀作法（基礎）・基礎魔法学の七科目。

選択科目は多種多様で、貴族男子なら騎士道、貴族女子なら礼儀作法（応用）を受講することが多い。その他にも応用魔法学や基礎的な医学・薬学・建築学などの専門科目も存在し、生徒はこれらの中から最低一科目以上授業を選択する決まりだ。

学園は一週間のうち六日間授業があり七日目が休みとなるため、六日目の放課後から実家に帰宅し、翌週の一日目の朝に実家から登校するなどという方法を採ってもよい。

午前中に共通科目を三時限受講し、午後から任意で選択科目一、二時限受ける。本人の選択によっては授業がない日もあるので午後はフリーという人もそれなりにいることだろう。

貴族子女の場合、王立学園では授業だけに専念すればよいというものではない。せっかく同世代が一堂に会しているのだ。午後の自由時間を利用して同級生や先輩とお茶会などで親睦《しんぼく》を深めることも重要な学生活動のひとつといえる。

逆に平民の場合は手に職を付ける方が重要と考える者が多く、可能な限り選択科目を受講する者も少なくない。平民が高等教育を受けられる数少ない機会なのだ。逃すわけにはいかない。

もちろん、将来的に貴族と関わる可能性の高い者は社交を優先することもあるので絶対とは言い切れないが。


「応用魔法学かぁ。興味はあるけど私、魔法は使えないのよね」

「共通科目の基礎魔法学は座学が中心だけど、応用魔法学は魔法を使えることが前提の実践的な授業ですものね。私も魔法は使えないから受けられないわ」

学園二日目の午前は学園オリエンテーションを受けて終わった。授業体制の説明を筆頭に、実際に学園敷地内を案内され各種説明を受ける。学生寮ができたことで多少狭くなったとはいえ、学園の総面積はとても広い。敷地を一周するだけで午前の時間を使い切るほどであった。

今はお昼休みで、ルシアナとルーナは食堂で昼食を取りながら選択科目の相談をしているというわけだ。

ちなみに、学生食堂もまた使用人食堂と同様のスタイルとなっている。むしろ逆だろうか。

吹き抜けの一階が自由なフードコートスタイル、二階が給仕付きのレストラン形式となっている。これは学生寮を身分別に区分しているのと同様で、互いの生活様式を尊重しているのだ。

もちろん、マナーさえ守れるのなら平民が二階のレストランを利用しても何ら問題はない。礼儀作法（基礎）を履修していれば十分資格を得られるだろう。

さて、ルシアナとルーナがどちらで食事を取っているかというと、一階のフードコートである。

ルシアナの場合は金銭的な問題も含むが、今回の理由は平民の同席者がいるからだ。

「あ、あの、ご、ご一緒させていただいて、あ、ああ、ありがとうございま……す……」

恥ずかしそうに俯きながら噛《か》み噛みに話している少女の名前は、ペリアン・ポルドル。ルシアナの前の席の娘だ。瞳が隠れそうなほど前髪が長く、癖のないブラウンの髪は胸元より少し長い。

……そして、印象の薄い雰囲気があるが――絶対に巨乳である。隠れ巨乳だ。

ルシアナの目は誤魔化せない。……そもそも誤魔化してもいないが着やせするタイプらしい。

「ううん、ご一緒してくれて嬉しいわ。こちらこそありがとう、ペリアン」

「は、はぃ……」

恥ずかしがり屋なのだろうか。ペリアンの前髪の奥の肌が赤く染まっていた。

「私の前と後ろの席の子達も誘ったんだけど断られちゃって。私もペリアンが誘いを受けてくれて嬉しいわ。仲良くしてくださいね」

「は、はひぃ……」

ルーナがニコリと微笑むと、ペリアンはさらに身を縮こませて頬を紅潮《こうちょう》させた。

「やれやれ、二人のうちどちらか一人でも同行してもらえれば、男が僕一人ということもなかったのですが。彼らには困ったものですね」

ペリアンの隣に座っていた少年が柔和《にゅうわ》な笑みを浮かべながら、優しい口調で愚痴《ぐち》を零した。

「あら、結果的に可憐な花に囲まれる栄誉を授かったのに、その言い草はどうなのかしら？」

「ふふふ、そうね。ルシアナの言う通りだわ」

「ル、ルシアナ様とルーナ様に、失礼……です」

揶揄《からか》うように少年へ文句を告げるルシアナ。ルーナもそれに追従し、ペリアンは割と本気で少年を非難した。言葉が尻すぼみになってしまうのはご愛敬《あいきょう》である。

少年は眉尻を下げながら笑みを深め、降参ですと言わんばかりに両手を挙げた。

「ええ、ええ。このルキフ・ゲルマンの完全敗北です、お嬢様方。どうぞお許しください」

「しょうがないから許してあげるわ。ふふふ」

芝居がかった少年の態度にルシアナは小さく笑った。

彼の名前はルキフ・ゲルマン。長ければもっと綺麗だろうが、艶《つや》のある緑色の髪は耳に少しかかる程度に整えられている。細身でスラっとしていてなかなかの美少年だ。

ペリアンとルキフは平民で、席が近いからと昼食を誘ったところ同席してくれたのである。残念ながら彼らの隣の席、つまりルーナの前後の席のクラスメートには断られてしまったが。

「ところでルキフ。学園ではクラスメートなんだからもっと気軽な言葉遣いでもいいのよ？」

ルシアナはそう告げるが、ルキフは苦笑を浮かべてしまう。

「申し訳ありません。商売柄丁寧な言葉遣いはもはや地となっておりまして。普段の話し方がこれですのでお許しいただければ助かるのですが」

「まあ、不快なわけじゃないから別に構わないけど。商家だっけ？　色々大変なのね」

「ふふ、もう慣れましたよ。さて、話を戻しますが、一学期中であれば応用魔法学についても仮受講はできるはずですよ」

「そうなの？」

「オリエンテーションで説明があったでしょう？　僕達一年生が正式に選択科目を決めるのは二学期から、つまり夏季休暇が明けてからです。一学期中はどの科目も自由に受講していいのですよ」

たくさんある科目の中からいきなり選べと言われても正しい選択などできるはずがない。部活の仮入部のようなもので、一学期中の一年生は全ての選択科目への仮受講が可能となっていた。

「どうしようかしら、ルシアナ。だったら一度受けてみる？」

「うーん。とりあえず共通科目の基礎魔法学を受けたうえで判断してみようかな」

「急ぐ必要もありませんしそれでいいと思いますよ。確かペリアンは薬学を選ぶのですよね？」

話題を振られたペリアンが、多少どもりつつも質問に答えてくれる。

「は、はい。父が薬剤師で、私も継ぐ……予定だから」

「じゃあ、お父様も学園に在籍したことが？　親子そろって優秀なのね」

「い、いいえ、そんな……」

ルーナに褒められ、ペリアンはやはり顔を赤らめて俯いてしまう。なかなか難儀《なんぎ》な子である。

「ルキフは選択科目、何にするか決まってるの？」

「いいえ、ルシアナ様。当家は貴族の方々のお相手もする商家ですので、学園では社交を優先する予定です。他の方々がどの科目を選択するかも考慮《こうりょ》したうえで選ぼうかと」

ルキフの説明にルシアナは感心したように頷いた。

「へぇ、授業の選び方にも色々な考え方があるものねぇ。……ということは、私達の昼食の誘いを受けたのも社交の一環ってこと？」

「それもありますが、ルシアナ様とルーナ様のお二人とお話してみたかったのです。もちろんペリアンともですよ」

「私達二人と？」

心当たりがないため、ルシアナとルーナは揃って首を傾げた。

「うちの使用人がお二人の使用人と知己《ちき》を得たそうで、昨夜教えてくれたのです」

「そうなの？　メロディ、うちの使用人からはルーナのメイドと仲良くなったとは聞いていたけど」

「ルーナ様の使用人二人とは元々知り合いだったそうですよ」

「サーシャとブリッシュが？　ということは……ああ、二人の幼馴染が仕えているところってルキフの家だったのね。世間って意外と狭いものだわ」

「ルーナ、知ってる子？」

「私に同行してるメイドと従僕《じゅうぼく》見習いの幼馴染だと思うわ。貴族じゃなくて平民の家で働いていると聞いていたから多分そうじゃないかしら」

どう？　と、ルーナが視線で問うと、ルキフは笑顔で首肯した。

「その通りです。うちの使用人は有能なのですがかなり面倒な性格をしておりまして、その彼がとても面白い子と仲良くなったと言うものですから、興味が湧いたという次第で――――っ⁉」

唐突《とうとつ》にルキフの言葉が切れる。彼はビクリと肩を震わせ……冷たい笑みを浮かべるルシアナに釘付けとなっていた。あまりの冷気にルーナとペリアンまで固まってしまう。

「そう。その『彼』とやらはそんなにうちのメイドが気に入ったの。……まさか、恋愛的な意味では、ないわよね？」

「ち、違います！　あくまで友人として！　友人として興味深いと言っておりました！」

即座に答える。本能的にそうしなければならないと、ルキフは直感していた。少しでも迷った素振りを見せたら……ガブリッ！　と、なりかねない。

「……そうなの。よかった」

ルシアナの笑顔に温かさが戻り、三人がホッと安堵の息を零す。何これルシアナが怖すぎる。

「メ、メイドを大事にされているのですね……」

引き攣った笑顔でどうにか言葉を紡《つむ》ぐルキフ。だが、それは藪蛇《やぶへび》である。

「ええ、もちろんよ。うちのメロディに色目を使う男がいたら私、必ず八つ裂きにしてやるって固く誓っているの。相手が騎士だろうと何だろうと、容赦《ようしゃ》はしないわ……絶対にね」

（い、一体、どこの騎士様のことなのでしょうね……）

噂に聞いた『妖精姫』とは全く異なるルシアナの姿に内心で戦慄《せんりつ》してしまうルキフだった。

昼食を終えたルシアナ達。午後からは抜き打ち中間試験の返却と答え合わせが行われた。

本来は科目ごとに専任教師がいるはずだが、今回はレギュスが全てを担当するらしい。とはいえ、細かく全ての問題の解説をしていては夕方になっても終わらないことは明白なので、間違えやすかった問題を中心に解説は行われた。

「ふむ。総評としては、うちのクラスの成績は三クラスの中ではトップだったな」

レギュスの言葉に軽く教室が沸いた。やはり一番という言葉は誰でも嬉しいらしい。だが、それを制するようにレギュスの視線が生徒達を射貫く。

「確かに総合点ではうちがトップだった。だが、その原因は一位から四位を我がクラスが独占したことが大きいということを忘れぬように。彼らを除けばこのクラスの平均点は他のクラスとそこまで大差はない。肝に銘じておくことだな」

ひと際鋭くなった眼光に、生徒達は一斉に「はい！」と答えた……どこの軍隊だろうか？

答え合わせが終わり、レギュスが教室を去った頃にはもう日暮れ近い時間となっていた。他の生徒達も教室を出ていき、室内はまばらになっていく。ルキフとペリアンも教室を後にしていた。

「それじゃあ、ルシアナ。私達も帰りましょうか」

「ええ、そうね。帰ったら試験の間違えたところを復習しないと。はぁ、憂鬱《ゆううつ》だわ……」

「ふふふ、三位のあなたより十位の私の方が復習箇所は多いのよ？　私の方が大変だわ」

アンニュイな表情を浮かべるルシアナの様子にルーナは笑って返す。だが、ルシアナは苦笑を浮かべて誰にも聞こえないような小さな声で呟くのだった。

「ルーナのところにはいないじゃない、鬼家庭教師が……あら？」

帰り支度を済ませ立ち上がったルシアナは、まだ教室に残っているアンネマリーとクリストファー、そして公爵令嬢オリヴィアの姿を捉《とら》えた。三人で集まって話をしている。

「帰る前に殿下達にご挨拶していきましょう、ルシアナ」

「う、うん……」

学園では身分を重視しない風潮《ふうちょう》とはいえ、彼ら三人が目上の人間であることに変わりはない。それが相応しくない場合はともかく、人も少なくなり挨拶をしても問題ない状況であるならば、王太子達へ退出の挨拶をすることはおかしなことではなかった。

ルシアナを敵視しているオリヴィアがそばにいなければ……。

「王太子殿下、オリヴィア様、アンネマリー様、私達はこれで失礼いたします」

身分順にルーナが礼儀正しく挨拶を述べる。ルシアナもそれに続いた。

「やあ、わざわざ丁寧にありがとう。もうすぐ日が暮れるから気をつけて帰るんだよ。それはそうと、せっかく同級生になったのだから名前で呼んでくれると嬉しいな」

眉尻を下げつつも朗らかな笑みを浮かべる王太子クリストファー。中身が適当男子高校生とは思えない優雅な態度だ。

「とても恐れ多いことですわ」

「困ったね。皆そう言って私のことを殿下と呼ぶんだ。少し寂しく感じるよ」

「仕方のないことですわ。皆、殿下への敬意を忘れられないのですもの」

苦笑いを浮かべるクリストファーへ、オリヴィアが温かい笑顔を向けた。ルシアナの時とは異なり本当に優しそうな表情である。そんな顔ができるんだと、ルシアナはちょっとだけ驚いた。

「そういえば、皆様はまだお帰りにならないのですか？　学生寮が近いとはいえ、そろそろ本当に日が暮れてしまいそうですが」

ルーナは不思議そうに首を傾げた。その疑問にはアンネマリーが答えてくれる。

「もうすぐここへわたくし達の友人が訪ねてくる予定なの。わたくしと殿下で待っていたら、その間だけでもとオリヴィア様が残って一緒にお話ししてくださっているのよ」

「気を遣わせてしまってすまないね、オリヴィア嬢」

「とんでもございませんわ、殿下。わたくし、殿下とお話できてとても楽しんでおりますもの」

柔らかい笑みを浮かべるオリヴィアの頬がほのかに赤い。ルシアナはピンときた。オリヴィアは少なからず王太子クリストファーに好意を抱いている、と。

（でも、王太子殿下の婚約者候補筆頭って……）

ルシアナはアンネマリーに目をやった。彼女は歓談する二人の様子を笑顔で見守るだけで、これといった反応は見せていない。むしろ嫉妬心すらないのではと思うほどである……だって嫉妬なんてしていないのだから。オリヴィアがいい子だったらむしろ正式な婚約者になってくれないものだろうかとか、アンネマリーが考えているとは思いつくはずもなかった。

その時、教室の扉が開いた。現れたのはルシアナも知る人物だった。

「マクスウェル様？」

「やあ、久しぶりだね、ルシアナ嬢。春の舞踏会以来かな。元気にしていたかい？」

ハニーブロンドの長い髪を後ろでまとめた美しい少年の名は、マクスウェル・リクレントス。現宰相を務めるリクレントス侯爵の嫡男《ちゃくなん》である。春の舞踏会ではルシアナのエスコート役を務めていた人物だ。ルシアナ達より一歳年上の十六歳で、学年は二年生。

「まったく。王太子たる私より先にルシアナ嬢へ挨拶とは。隅《すみ》に置けないな、マックス」

「そんなんじゃないさ。たまたま最初に目に入ったのが彼女だったというだけだよ」

「まあ。わたくし達は目に入りませんでしたか、リクレントス様」

揶揄い合う男子二人の会話に、若干不満げな様子のオリヴィアが割って入る。マクスウェルは気づかれぬように一瞬目を細めると、普段通りの笑顔を浮かべて恭《うやうや》しく一礼した。

「失礼しました、オリヴィア嬢、それにアンネマリー嬢。ご機嫌麗しゅう……それと」

マクスウェルの視線がルーナに向いた。彼女とは初対面なので名前が分からないらしい。

「マクスウェル様、彼女は私の友人でルーナ・インヴィディアといいます」

「あ、あの、インヴィディア伯爵家の娘で、ルーナと申します。以後お見知りおきくださいませ」

少々挙動不審になりながら、ルーナはマクスウェルにカーテシーをした。顔を真っ赤にしてとても恥ずかしそうだ。王太子には普通だったのに、マクスウェルには緊張しているらしい。

（やっぱり男は顔なのか。くそ、イケメン許すまじ！）

いつものことなのか慣れた様子で挨拶を返すマクスウェルを見て、クリストファーは内心で悪態《あくたい》をついた。自分だってイケメンに転生しているのにそれでもイケメンへの僻《ひが》みは消えないらしい。

（心が狭い男ねぇ……）

クリストファーの考えなど手に取るように分かってしまうアンネマリーもまた、笑顔の裏側で毒づいていた。まあ、いつものことである。

「それで、今日マクスウェル様は何の用事でいらしたのですか？」

「……関係もないのに出しゃばったことを聞くものではありませんわ、ルトルバーグ様」

「っ、失礼しました」

何気ない世間話のつもりで尋ねたルシアナだったが、スッと目を細めたオリヴィアに窘められてしまう。確かにその通りだと反省するルシアナ。マクスウェルは苦笑いだ。

「大丈夫ですよ、オリヴィア嬢。ルシアナ嬢、私はこの二人に生徒会について説明しにきたんだ」

生徒による自治活動組織『王立学園生徒会』。日本の乙女ゲームの世界だからか、はたまた学園という組織ならば自然と生まれるものだからか、貴族制国家であるテオラス王国の学園にもしっかりと生徒会が存在していた。

マクスウェルは王太子クリストファーとアンネマリーを生徒会に入れるために来たらしい。

王立学園の生徒会役員は、日本の学校のように選挙で選ばれるわけではない。基本的に教師や現生徒会役員による推薦《すいせん》によって決められる。

ここは身分制度のあるテオラス王国ならではだろう。身分ある者が責任ある立場に立つことが当然の世界であり、まさか王太子がいるにもかかわらず生徒会役員に選ばれませんでしたというわけにもいかないのだから。

「では、王太子殿下が生徒会長になるのですか？」

「さすがに一年生の時点ではないかな。今回は二名の副生徒会長の一人をしてもらうことになるだろうね。ちなみにもう一人の副生徒会長は私だよ。生徒会長は三年生の中から選ばれる予定さ」

ルシアナとルーナは納得した。さすがに王太子とはいえ入学したばかりでは学園での勝手などわかるはずもない。おそらくこの一年で生徒会を学び、早ければ来年から生徒会長に就任するのだろうと、二人は考えた。

ルシアナが感心した様子で頷いていると、マクスウェルは閃《ひらめ》いたとばかりに表情を綻ばせる。

「そうだ。実は生徒会役員の席がまだひとつ空いているんだ。よかったら役員にならないかい？　ルシアナ嬢」

「……え？」

「「「「えっ!?」」」」

言葉の意味が理解できず、聞き返すように声を漏らしたのはルシアナ。他の四人は驚きを含んだ声を零した。特にアンネマリーの驚きは大きい。ゲームではそんなシーンはなかったからだ。ヒロインが生徒会役員になるシナリオなど存在しない。

(何この急展開!?　ある意味ヒロインらしいけど、やっぱり色々ゲームとは違ってるわ！)

「どうだろう？　聞くところによると昨日の抜き打ち試験の結果は三位だったとか。優秀じゃないか。生徒会では優れた人材を求めている。君が参加してくれると嬉しいんだけどね」

マクスウェルは楽しそうに微笑む。しばらく放心していたルシアナだったが、首を左右に振って我に返ると、マクスウェルの提案に返事をした。

「えーと、大変光栄ではあるのですが、お断りさせていただきます」

「理由を聞いても?」

「申し訳ありません。単にそんな大役を務める自信がないだけですわ。あ、代わりにルーナはどうですか？　試験の順位だって十位だもの、十分優秀だわ。ねえ、どうかしら、ルーナ？」

「えっ⁉　わ、わ、私っ⁉」

突然話を振られたルーナは、ルシアナとマクスウェルを何度も見比べると、勢いよく首を左右に振った。

「むむむむむ無理無理無理無理！　わ、私には無理だよ！」

「そんなことないと思うけどなぁ」

自分のことを棚上げして語るルシアナ。マクスウェルは今日何度目の苦笑だろうか。

「まぁ、強制されるようなものではないからね。残念だけど無理には誘わないさ」

「……わたくしにはお聞きにならないのですね、マクスウェル様」

そんな彼らのやり取りを見つめるオリヴィアは、とても不機嫌そうに目を細めていた。

オリヴィアの言葉にハッとなるルシアナとルーナ。言われてみれば、マクスウェルはオリヴィアを生徒会には誘っていない。家格や成績のことを慮るなら誘って当然の相手だというのに。

「理由はあなたもご存じでしょう。既にランクドール公爵家からはあなたの兄君が役員となっている。生徒会内の公平性を保つために、同じ家からは一人までしか役員を入れられない規則だ」

「分かっておりますけど、そんな理由でわたくしが選ばれないなんてとても不愉快ですわ」

——あの子は当たり前のように誘われたのに。

オリヴィアが怨嗟《えんさ》の籠《こも》った視線をルシアナへ向けた。表情からは読み取れず、ルシアナ自身も気づいていない。

ただ、アンネマリーだけはルシアナへ嫉妬の炎を燃やすオリヴィアをじっと見つめていた。

再会の騎士と揺れるメイド魂

「それでは行ってらっしゃいませ」

「行ってきます！」

学園五日目の朝。メロディに見送られて、ルシアナは軽い足取りで学園へ登校していった。ルシアナの姿が見えなくなると、メロディは部屋に戻り……小さなため息を一つ。

「……よし、仕事を始めますか」

初日は抜き打ち試験、二日目はオリエンテーションとなった学園だが、三日目からは通常の授業が始まった。オリエンテーションの通り、午前中は共通科目、そして午後からは選択科目を仮受講する。一年生の本格的な授業は二学期からで、今開かれているのは前年度のものだ。あくまで授業の雰囲気を見るもので、受講というよりは見学に近い扱いといえるだろう。

この二日間でルシアナは四科目を受講した。ルーナと応用魔法学を、ペリアンと薬学を、ルキフと騎士道を、そして四人で一緒に礼儀作法（応用）を受講したとか。さすがに騎士道は本当に見学だけで済ませたそうだが、どれも興味深いと帰宅後にメロディへ報告している。

オリヴィアに睨《にら》まれている点を除けば、今のところルシアナの学園生活はなかなか順風満帆《じゅんぷうまんぱん》のようである。また、クラスが別々になった幼馴染を通して他のクラスの生徒達とも少しずつ交流が生まれつつあるらしい。

「お嬢様は順調そうで何よりです。……それに比べて私は」

メロディは清掃を終えたルシアナの寝室を見回した。埃《ほこり》一つない完璧な出来栄え。元々新築なので十分綺麗だが、さっき荷物を運び入れたばかりですと説明されても納得してしまう清潔さ。

他のメイドが見たらどれだけ頑張ったんだと言いたくなるような完成度を前に、メロディは大きなため息をつくのだった。

時計を見る――時刻は午前十一時。

「……お仕事、終わっちゃった」

学生寮に来て以来メロディは……とっても暇《ひま》だった。


「なーに、その贅沢《ぜいたく》な悩みは？」

地下の使用人食堂。メロディの向かいの席に座っていたサーシャが呆れた声でそう言った。

ブリッシュは目をパチパチさせて驚いた表情を浮かべている。

「というか、一人で部屋の清掃に洗濯、道具の手入れに夕飯の下ごしらえ等々の各種仕事を完璧にこなしても午前中に時間が余っちゃうって、どんだけ仕事できるのメロディちゃん？」

面白いことなど何も言っていないのにウォーレンは可笑しそうに笑った。

「ううう、結構真剣に悩んでいるのに……」

口を尖《とが》らせて不機嫌をアピールするメロディ。

「……それでも可憐だ」

どんな表情でもメロディが可愛く見えてしまうブリッシュ。

メロディに恋しているのだろうか？　……ルシアナに見つからないことを皆で祈りましょう。

「私はメロディの仕事風景を直接見たわけじゃないから何とも言えないけど、今の話が事実ならおったまげた技能よね。羨ましいくらいだけど」

「個人的にはもう少し張り合いがほしいです。お嬢様のお世話をするのに不満なんてないんですが、王都のお屋敷の方が部屋数も多かったし、奥様もいらしたので仕事はもっとたくさんあって楽しかったんですけど……」

「仕事が多い方が楽しいだなんて、メロディちゃんは変わってるなぁ」

「メイドのお仕事は楽しいことばかりですよ？」

苦笑するウォーレンに、メロディはコテンと首を傾げた。使用人としてその考え方に感心していいのか呆れた方がいいのか……。やっぱりウォーレンは苦笑してしまう。

たった一人で王都の伯爵邸を切り盛りしてきたメロディにとって、学生寮の部屋など片手間で片付けられてしまう程度の広さであった。洗濯物の数だって少ないし、調理する料理の量も少ない。

酷い言い方をすれば学生寮は伯爵邸の下位互換であり、メロディからすると職場環境が悪くなった印象を受けるのであった。メロディ以外には理解できない意味不明な悩みである。

ルシアナに魔法禁止を言い渡されてよかったくらいだ。魔法など使った日には一瞬で終わってしまいかねない。

「だったら他の使用人達との関係改善策を重点的に……と言ってもすぐにできることでもないか」

「なかなか難しいですね。そもそも、思った以上に他の方々と話をする機会に恵まれなくて」

メロディが想像していた以上に、学生寮の使用人同士が知己を得られる場面が少なかった。他の学生寮だと洗濯場がその最たる場所なのだが、残念ながら上位貴族寮ではそれも叶わない。

普通に考えれば、彼らは自身の主の部屋を整えるのに忙しいので他の使用人とペチャクチャおしゃべりしているような時間的余裕は基本的にないのである。

洗濯場以外の社交場となるのがこの使用人食堂のはずなのだが、今のところ結果は芳《かんば》しくないようで、この五日間、メロディの食事相手はサーシャ達だけであった。

実はこの使用人食堂にはルシアナの幼馴染二人の使用人達も足を運んでいるので、知り合える可能性は十分にあるのだが、お互いに全く面識《めんしき》がないせいもあっていまだにその機会は訪れていない。

「皆はどう？　使用人の知り合いとか増えました？」

「まだそこまで気にしてないってのが正直なところね。私は元々パーラーメイドだけど、今はハウスメイドの仕事もしなくちゃいけないから割と忙しいのよ」

「何て羨ましい」

慣れない仕事のせいかサーシャは疲れたようなため息を吐いた。ブリッシュは道具の手入れや重い荷物の運搬などをしているらしい。

「俺はメロディちゃんと同じく一人だけど、平民寮なんてそっちと比べたら随分狭いからね。一人でもそれなりに頑張ればどうにか終われるんだよね」

「何て羨ましくない」

「普通は羨ましがられると思うんだけどなぁ」

基本的に生徒だけが暮らす前提の平民寮だが、一部の生徒の中には使用人を連れて来たい者もいるため、各階層のいくつかの部屋には使用人部屋がついている部屋が用意されていた。

「メイドとして、お嬢様のお世話をするのにこんな不平不満を感じるなんて自分でもどうかとは思うんですけど、なかなかどうして抑えられなくて」

はぁ、と大きなため息が零れる。アンニュイな表情のメロディも可憐だとか考えているブリッシュの隣で、サーシャがふと思いついたことを口にした。

「ねぇ、メロディ。使用人食堂の掲示板って見た？」

「掲示板ですか？　そんなのありましたっけ？」

「あるわよ。ほら、あそこ」

サーシャの指差した先。使用人食堂の出入り口の隣に大きな掲示板が設置されていた。そこには何枚かの掲示物が貼り付けられている。

「……全然気が付きませんでした」

「メロディってメイド技能はともかく、そういうところは疎《うと》いわよね。気をつけた方がいいわよ」

「は、はい。えっと、それで、あの掲示板がどうかしたんですか？」

「あそこの掲示物の一枚に使用人の臨時募集があったのよ。確か、午後の選択科目の臨時講師に付ける助手業務ね。年齢性別不問とあったから、本当に暇なら受けてみたら？」

「え？　そんな募集、生徒の使用人が受けてもいいんですか？」

「使用人食堂の掲示板に貼ってあるんだから大丈夫なんじゃない？　急募って書いてあったし、雇用期間も一学期のみらしいから本当に急いでるんだと思うわよ。多分、家によっては使用人が余っているところがあるかもしれないって話なんでしょうね」

昼食を終えたメロディは掲示板へ足を運んだ。確かにそこには急募と書かれた用紙があった。

内容は、選択科目『騎士道』の臨時講師のための助手業務。雇用期間は一学期間。午後の選択授業の準備と、授業中の補助。年齢性別不問。主の許可必須。待遇については云々……。

（本当に募集してる。年齢性別不問ということは、特別力仕事ということでもないのかな。確かに、これを受けられれば午後の時間は潰せるけど……）

それでいいのだろうか、と内心で考えてしまう。だが、興味はあった。

選択科目の助手業務に就《つ》くということは、少なからず校舎へも足を運べるはず。活動範囲を広げられるし、新たなメイド業務に出会えるかもしれない。

そう、とても興味があった…………でも、不思議と躊躇してしまう。　……なぜ？

頭の中で疑問を抱きつつも、その日の夜、メロディはルシアナに頼んでみた。

「午後の選択科目の助手業務？　構わないわよ。行ってきたら」

「いいんですか？」

「だって暇なんでしょ？　どうせ一学期中は選択科目を仮受講するつもりだし、その間メロディが別の仕事をする分には問題ないわよ。多少遅れたってどうとでもできるしね。私は構わないわよ」

「えっと、はい。ありがとうございます」

どうやらメロディの環境について薄々気づいていたらしい。快《こころよ》く送り出してもらうことができた
……が、嬉しさ半分、不思議なモヤモヤ半分というか、なぜかスッキリしないメロディだった。


翌日、午前中のうちに手続きを行うと、その日の午後に面接をしてもらえることとなった。

意外なことにあれだけ使用人がいたにもかかわらず、募集に応じたのはメロディだけだったらしい。実際、彼らは主家に仕えるためにいるわけで、人数も限られている中、ポンと使用人を差し出してくれる者など、どこかの『妖精姫』くらいしかいなかったようである。

そして面接を受けるべくメロディは特別に許可をもらって学園へ入ることが叶った。

騎士道とは、有り体に言えば剣術指南の授業である。もちろん騎士道精神に関する授業や、隊列を組んでの行進訓練なども行われるが、メインはやはり戦う力を養うことであった。

そのため、騎士道の授業は基本的に学園内に建てられた闘技場で行われる。講師に任じられるのは現役、もしくは退役した騎士経験者であり、学園側から指導者に値《あたい》する実力を有すると認められた者だけがその座に就くことができる。大変な仕事の割になかなかの狭き門であった。

メロディの面接は、その講師に与えられた執務室で行われたのである。

だが、部屋に入ったメロディ、そして講師の男は互いに目を丸くすることとなった。

短い赤い髪をした青年の金色の瞳が大きく見開かれる。

「え？　レクトさん？」

執務室にいたのは、騎士爵レクティアス・フロードであった。乙女ゲーム『銀の聖女と五つの誓い』における第三攻略対象者にして、現在進行形で密かにメロディに恋する二十一歳。メロディがレギンバース伯爵の娘であることに唯一気がついている存在でもある。

とりあえず席に着く二人。ルシアナの学園準備が忙しく、二人は二週間ほど会っていなかった。何よりこんな再会の仕方をするなんて想定外過ぎて、互いにしばし挙動不審になってしまう。

「ま、まさか君が来るとは思っていなかった」

「そ、そうですね。でも、私としてはむしろレクトさんがここにいることの方が予想外なんですが」

……あ、ここは学園ですし言葉遣いを改めないといけませんね」

「いや、二人きりの時なら今のままで構わない……ふ、二人きり」

最後の言葉は小さすぎて聞き取れなかったが、とりあえず従来通りに話せばよいらしい。

「分かりました。とりあえず今はこのまま話を進めますね。ところで、本当にレクトさんがどうしてここに？　確か、レギンバース伯爵様付きの騎士をされていたのですよね？」

「あ、ああ。まあ、結論を言えば閣下《かっか》の命令だな」

「伯爵様の？」

レクトの説明によると次の通りである。

きっかけは春の舞踏会に起きた謎の人物による襲撃事件。それが起きた時、ルシアナを含めた数名の貴族子女が襲撃者の魔法の結界《けっかい》に閉じ込められることとなった。その中には王太子クリストファーも含まれており、王国はあわや次期国王を失うかもしれない危機に直面したのである。

幸い王太子自身の活躍もあって撃退に成功したが、その場に居合わせた者達はこう思った。

——貴族はもっと強くあらねばならない、と。

「そのために、王立学園での騎士道の授業枠が拡張されることとなったわけだが、あまりに急なことだったので適当な追加の講師が見つからなかったそうだ」

「それにレクトさんが選ばれたんですか?」

「正式な講師が見つかるまでの繋ぎとしてだな。一応、一学期中のみの契約となっている。あまりに人が見つからないから伯爵閣下が私に行ってこいと命じられたというわけだ」

「……暇だったんですか?」

「ぐぅッ!」

何気なく聞いてしまったが図星であった。伯爵の命令でメロディの母セレナの捜索をしていた彼は、王都に戻ってからというもの専任の職務を与えられていなかったのである。もちろんレギンバース伯爵の補佐や護衛を務めたりもしているが専任者は他におり、最悪いなくても問題がないという中途半端な立ち位置だった。

何せゲームでは本来、メロディことヒロイン『セシリア・レギンバース』の護衛騎士を務めるはずだった男だ。伯爵も娘が見つかったらそのつもりでいたせいもあって、彼の立場は大変宙ぶらりんとなっていたのである。

つまり、半分はメロディのせいであった。もちろん本人はそんなこと知る由《よし》もないが。

「と、ともかく、急に臨時講師を務めることになったのはいいのだが、補佐がいないとやはり少々不便でな。かといって我が家の使用人は……」

「ポーラしかいないうえに、彼女は学園向きではありませんものね」

レクトの屋敷に務めるオールワークスメイドのポーラはとても勝気《かちき》な少女だ。レクト相手にも物怖《ものお》じしない性格で重宝《ちょうほう》しているが、貴族子女の集まる王立学園では不和《ふわ》のもとになりかねない。何より彼女を学園へ引き抜いてしまってはレクトの屋敷を管理する者がいなくなってしまう。

「普通は自分の使用人から供を選ぶのだが俺には難しい。閣下にお願いしてもよかったが、あくまで俺が受け持つのは午後の騎士道の授業だけで屋敷からの通いになる。毎日メイドをお借りするというのも、その、なんだ……」

「気が引けちゃったんですね。だから学園で生徒に仕える使用人から臨時助手の募集を？」

「その通りだ」

「でも……そっちの方が気が引けませんか？」

「……ああ、ここに君が来て、ようやくその考えに思い至ったよ」

大変ばつが悪い表情を浮かべるレクト。そして彼の脳裏に浮かぶのは、ギロリとこちらを睨んでくる金髪の少女の怒れる双眸《そうぼう》。

（この状況を彼女に知られたら、俺は八つ裂きにでもされるんじゃないだろうか……？）

……勘《かん》のよろしいことで。レクトの騎士の直感は大変優れていることが証明された。

「レクトさん。具体的な職務内容をお聞きしてもよろしいですか？」

「基本的には授業の準備の手伝いと授業中の補助だな。力仕事が必要な場合は別途学園の用務員を呼ぶから問題ないが、書類の整理や座学のための資料の準備などを中心に手伝ってほしいと考えている。図書館から必要な資料を集めてもらうなんてこともやってもらうかもしれないな」

「図書館で？　それは素敵なお仕事ですね」

メロディの瞳がキラキラと輝く。振り返ってみれば分かることだが、メロディ、実はこの世界の書物をあまり読んだことがない。中世ヨーロッパにおいて本が高価であったことと同様に、この世界においても本とは貴重なものだった。

平民の生まれで、小さな町出身のメロディが読める本の数などたかが知れており、王都にやってきて務めることとなったルトルバーグ伯爵家王都邸に蔵書などそう残っているはずもなく。

メロディの知識の源泉はあくまで地球で読み漁った本と、ルシアナの家庭教師をするために熟読した学園の教科書くらいなのであった。

だからこそ、図書館を訪れることができるこの仕事には大変な魅力を感じるメロディだった。

「承知しました。では、いつから勤めればよいでしょうか」

「ん？　う、受けてもらえるのか？　だが、しかし……」

恋する男としては、その相手と二人きりで仕事をするなど気が引けるなんてものではない。ましてや鬼の形相《ぎょうそう》がちらついている今、多少面倒でもメロディを受け入れるのは悪手《あくしゅ》で――。

「あの、私では、お役に立てないでしょうか？」

「────────っ⁉」

ここでうるうる上目遣い攻撃を仕掛けてくるとは、実はメロディはレクトの気持ちに気づいていながら知らない振りでもしているのではないだろうか。そんな疑問が脳裏に浮かぶものの、恋する男がその魅力に抗《あらが》えるはずもなく──。

「……来週からよろしく頼む」

「畏まりました、レクトさん！　あ、いえ、助手をしている間は旦那様ですね」

「だ、旦那様……」

天然で鈍感って恐ろしい……その日のレクトは使い物にならなかったという。

こうしてメロディは、騎士道臨時講師レクトの臨時助手を務めることが決まった。

互いの予定の摺《すり》合わせを行い、メロディのメイド業務を妨《さまた》げない範囲で助手業務をすることとなった。午後の選択科目は二時限まであり、レクトの騎士道は二時限目の予定だ。そのため、お昼休みを済ませてから執務室へ向かっても十分に間に合う。

「ふむ、こんなところかな。後は実際に勤務してもらって調整することにしよう」

「はい、それでお願いします」

メロディはニコニコ笑顔で頷いた。

「……随分と嬉しそうだな。その、うちの助手をするのがそんなに楽しみなのだろうか？」

レクトの心に仄《ほの》かな期待の火が灯る。自分と一緒に仕事ができてそんなに嬉しいのか、と。

まあ、それが妄想の類《たぐい》であることなど本人が一番分かっていることなのだが……。

「はい。図書館が楽しみです！」

「ああ、うん。図書館な」

分かっていたことではあるのだが、もう少しオブラートに包んでほしいと思ってしまう。二十一歳にして初恋を迎えた青年の心はガラス細工のように繊細なので。

そう思いつつも、メロディが図書館へ行く機会を作ってあげなきゃなと考えるレクトだった。

「それに正直助かりました。ここに来てから午後は暇で暇で。おかげで来週からは安心です」

「そうか。まあ、こんな仕事でもメロディの役に立つならよかったよ。……しかし、暇なのか？」

「ええ、お屋敷よりも仕事量が減ってしまって時間が空いてしまったんです。どうかしました？」

レクトは不思議そうな表情を浮かべていた。メロディも不思議そうに首を傾げる。

そして、レクトが告げた次の言葉は、メロディの心を大きく揺さぶった。

「メロディは以前、母親に誓って『世界一素敵なメイド』になると意気込んでいたから、それに夢中で暇なんて感じたりしないのかと思っていたんだ。だが、時間が空けば暇に感じて当然か」

レクトは納得したように頷いているが、メロディは大きく目を見開いていた。

その後、いくらかレクトと話をしたはずだが、どんな話をしたのかメロディは思い出せなかった。

ただ、先程のレクトの言葉が頭の中で反芻《はんすう》されるばかりで……。

（……あれ？　私が目指してる『世界一素敵なメイド』って、何だっけ？）

少なくとも、仕事が早く終わって暇を感じているメイドのことではない。

メロディの中で何かがグラついた音が聞こえた気がした。

はじめての休日とハジけるメイドジャンキー

「ただいま帰りました、お父様、お母様」

玄関ホールにて優雅にカーテシーをするルシアナ。その美しい所作に両親は表情を綻ばせる。

レクトとの面接を終えた後、放課後になるとメロディとルシアナは王都の伯爵邸へ帰還した。

今日は学園生活六日目。つまり七日目の明日はお休みである。そのため、ルシアナ達は今日のうちに帰宅して、明後日の朝に屋敷から学園へ登校する手筈《てはず》となっていた。

「学園の方はどうだった？　友人はできたかい？　授業は難しくなかったか？　あと……」

「あなた、それは後にしてくださいな。さあ、お腹が空いたでしょう、ルシアナ。一緒に夕食を食べながら学園の話を聞かせてちょうだい。セレーナ、夕食の準備はできているかしら？」

「はい、奥様。滞りなく。お姉様、戻って早々お手数ですが給仕を手伝っていただけますか？」

「ええ、もちろんよ」

給仕の手伝いを頼むとメロディはパッと華やいだ笑顔を浮かべた。セレーナは内心でホッと安堵の息をつく。帰ってきたメロディが、いつもと比べて少し暗いような気がしたからだ。

（私の気のせいだったのでしょうか。ですが、今のお姉様はいつものお姉様です）

「あ、グレイル、ただいま！」

「キャワンッ！」

ルシアナが手を広げると、玄関ホールの奥から駆《か》け出してきた子犬のグレイルが、ルシアナへ向かって大きく飛び跳ねた。ルシアナは上手にそれを両手で抱きとめることに成功する。その勢いのままにクルクルと回転する少女と子犬。楽しそうな二つの悲鳴が玄関ホールに木霊した。

「もう、転ぶかと思ったわよ、グレイル！」

「ワンッ！」

初めて出会った時から何とも人懐っこい子犬である。その鳴き声には嬉しさが多分に含まれていた……これが春の舞踏会に現れた襲撃者の黒幕『魔王』だったなんて誰が信じるだろうか。

魔王の精神はメロディの魔法によってうっかり浄化され、今は子犬のグレイルの中で静かに眠っている。左耳と足先、そして尻尾に残る黒い毛並みが、ほんの少し残った魔王の残り香《が》だ。

何か大きなきっかけでもない限り、グレイルの中で魔王が目覚めることはないだろう。

その夜、屋敷に帰ったルシアナは一週間ぶりに家族の団欒《だんらん》を楽しむのであった。


そして翌朝。時刻は午前五時を回った頃――。

「さーて、始めましょうか！」

「はい、お姉様」

清掃用の簡素なドレスに身を包んだメロディは、掃除用具一式を手に玄関ホールの真ん中で仁王《におう》立ちしていた。隣に立つセレーナも同じ出で立《い》ちをしている。

これはハウスメイドの仕事着。彼女達はこういった汚れてもよい恰好で、まだ寝静まった早朝のうちから屋敷の掃除を始めるのだ。メイドの裏仕事を主の目に触れさせない配慮である。

「それじゃあ、私が暖炉の周りを掃除するからセレーナは玄関周りをお願いね」

「承知しました。……ですがお姉様は今日、お休みなのでは？」

セレーナの言う通り、学園から帰還したルシアナと同様に、六日間連続勤務をしていたメロディも本日は休みだったりする。伯爵邸の使用人にセレーナが加わったことでシフト調整が可能になったはずなのだが――。

「今日の私は趣味でメイドをしているからいいのよ♪」

まるで慈愛に満ちた聖母のような笑顔がそこにあった。

……昨日、何かがグラついた音が聞こえた気がしたのではなかったのだろうか。今のメロディからは迷いのまの字も見当たらない。ほうきで掃いてごみ箱にでもポイしてしまったのだろうか？

「……」

しばし呆気にとられるセレーナ。何という詭弁《きべん》。何という強引な言い訳。セレーナの脳裏に、メロディから受け継いだ知識のひとつ『仕事中毒《ワーカーホリック》』という言葉が浮かび上がる。

しかし――。

「趣味なら仕方ありませんわね」

元々がメロディの『分身』だったからだろうか。セレーナは笑顔でスルーした。

「ふふふ、ありがと。それじゃあ、久しぶりに魔法も使ってお屋敷中を綺麗にしちゃおうかな♪」

最近は屋敷でも魔法で清掃などしてこなかったメロディ。この日は鬱憤《うっぷん》でも晴らすように自重を捨てた本気のメイドパワーを行使するのだった。

……それから数時間後。目を覚ましたルシアナ達から「眩しい」というありがたい苦情をいただくことになる。

「ふぅ、まさか掃除のし過ぎで怒られるなんて……」

「どちらかというと休日出勤の方がメインだったと思いますよ、お姉様」

「まあ、そっちは最終的に許可してもらえたしいいじゃない」

昼食の下ごしらえをしながら、先程の叱責《しっせき》を思い出すメロディ。

まるで自ら輝いているかのような真鍮《しんちゅう》。ニスでも塗ったかのように滑らかで艶やかな木製家具。暖炉のレンガでさえも陽光が反射するほど磨き上げられ、メロディが気づいた時には、伯爵邸は大変目に優しくない光り輝く邸宅へと変わり果てていた。

掃除をして綺麗になったはずが、まさかこんな結果になってしまうなんて……過ぎたるは猶《なお》及ばざるが如《ごと》しとは、まさにこのことである。

そのため、お屋敷にはウェザリングを施すこととなった。プラモデルにリアリティを与えるためにあえて汚れや傷を付与する加工技法のことである。おかげさまで、今はもう元の屋敷の姿を取り戻している。

「くっ、あれはメイドとしてとても屈辱《くつじょく》的な罰だったわ」

「何事もほどほどが一番ということですね、お姉様」

本気で悔しがるメロディを眺めながら、セレーナはクスリと笑った。

「……それで、少しは気が晴れましたか?」

「……気づいてたんだ」

「普段のお姉様でしたら、自重を忘れていても最適な仕上がりにできるはずですもの。それに、帰ってきた時の表情が少し暗かった気がしたので」

「そう……」

優しく微笑むセレーナ。それはまるで、いつかの母の笑顔のようで思わずドキリとしてしまう。

「セレーナ。『世界一素敵なメイド』って何だと思う?」

「世界一素敵、ですか? 私はお姉様のことだと思っていますよ」

「ありがとう。でも私なんてまだまだだよ。今も『世界一素敵なメイド』が何なのか全然分からなくて悩んでるくらいだし」

(自分に、そしてお母さんに『世界一素敵なメイド』になると誓って、全力で取り組んでいたつもりだったけど……『世界一素敵なメイド』って何なんだろう?)

たくさんの知識を学び、多くの技術を鍛えて、そうやって頑張っていけばいずれは辿り着けるものなのだと、漠然《ばくぜん》と考えていた。

だが、昨日のレクトの言葉を聞いて心が揺れた。それだけではダメな気がするが……。

（よく、分かんないや……。お母さん、世界一素敵なメイドって……何なの？）

夢を諦めるつもりはないが、少しだけ……決意が揺らぐ。何だかちょっとだけ、怖い。

「お姉様、顔色が悪いですが大丈夫ですか？」

メロディはハッと我に返った。振り向くと心配そうにこちらを見つめるセレーナの顔が、母セレナにそっくりな彼女の相貌が目の前にあった。

そしてメロディは、とあるアイデアを思いつく。

「……ねえ、セレーナ。お願いがあるんだけど」

「はい、何でしょうか」

「私に『世界一素敵なメイドになってちょうだい、メロディ』って、言ってくれない？」

それは母の最期の手紙にあった言葉。母にそっくりなセレーナから言われれば、勇気を貰えるような気がした。

「……よく分かりませんが、お姉様が望むのでしたら」

セレーナは小さく深呼吸をした。そしてメロディに言われた通りの言葉を紡ごうとして――。

「……『頑張ってね、メロディ。ずっと、応援しているわ』」

「――え？」

慈愛に満ちた表情でメロディを応援するセレーナ。だが、それはお願いした言葉ではなかった。

「……あれ？　す、すみません、間違えました。えっと……世界一素敵なメイドになってちょうだい、メロディ……で、いいですか？　……お姉様？」

「セレーナ、今、あなた……」

「？」

（セレーナ、どうしてさっき違うセリフを。ううん、そうじゃない。そうじゃなくて、さっきのセレーナはまるで――）

「お姉様、どうかしましたか？」

「……ううん、何でもないわ」

きっと、気のせい。でも……。

（不思議……何だか頑張れそうな気がしてきた）

自分がお願いしたセリフより、セレーナが自ら言ってくれた言葉の方が何倍もメロディの心を温めた気がした。

「ふふふ。ありがとう、セレーナ。おかげで、ちょっと頑張れそうな気がする」

「そ、そうですか？　お役に立てたならよかったです」

先程の慈愛に満ちた表情とは異なる、優しい微笑み。セレーナの笑顔。

さっきのセレーナの言葉は何だったのか。その答えは誰も知らない。

だが、彼女があの言葉を口にする直前、首元の銀細工が仄かな光を灯したことに、メロディは全く気がついていないのであった……。

ドキドキ！　美少女マネージャー現る！

休日を終えたメロディとルシアナは、学園生活二週目の朝、再び王立学園へ向けて馬車を走らせた。ルシアナの荷物はメロディが預かり、既に制服姿のルシアナはそのまま登校する予定だ。

「それじゃあ、後はお願いね、メロディ」

「行ってらっしゃいませ、お嬢様」

学生寮の前で馬車を降りると、ルシアナは学園へ、メロディは部屋へ向かった。

「さてと、今日はいつもより遅れているから急いで済ませないと」

伯爵邸でもそうだったが、本来メイドの朝はとても早い。普段ならルシアナがまだ眠っているうちに必要箇所の掃除を済ませておくのだが、今日は屋敷から直接登校することになったため、早朝の掃除を今から行わなければならなかった。

ルシアナの荷物を片付け、部屋を見回すメロディ。そして意気込むように大きく頷く。

「よし、頑張ろうっと！」

どうやら昨日の休暇のおかげで揺らいでいた心も落ち着きを取り戻した様子。意気込みを表すように形だけ袖をめくる真似をして、メロディは掃除を開始した。

まるで早送り動画でも見せられているかのような速度で掃除を終わらせたら、次は洗濯である。

昨日はルシアナが帰宅するとそのまま学園を出立《しゅったつ》したため、一昨日の分の洗濯物が残っていたのだ。一緒に持って帰ってもよかったのだが、荷物になるからとルシアナが止めたのである。

「目立った汚れはないとはいえ、しっかり洗わないとね――て、え？」

洗濯かごを持って共同洗濯場に到着すると、何と先客がいた。メロディよりも少し年上くらいの癒し系な美人のお姉さんメイドだ。大きな白いキャップを被り、両肩からボリューミーな亜麻色のおさげを揺らしている。

お姉さんメイドは美しい声で鼻歌を歌いながらハンカチやタオルを洗っていたが、人の気配に気がついたのかメロディの方へ顔を向けた。

「お、おはようございます！」

「あらあら、おはようございます。い、いやだわ私ったら。人が来るとは思わなかったから鼻歌なんて歌ってしまって……うるさくしてしまい申し訳ございません」

あわあわと顔を赤らめて恥ずかしがるお姉さんメイド。だがメロディは大きく頭《かぶり》を振った。

「いいえ、洗濯に鼻歌はつきものですから。とても綺麗な歌声で、聞いていて楽しかったです！」

「あらあら。そう言ってもらえて助かります。えっと……」

「私はルトルバーグ伯爵家のメイド、メロディと申します。以後お見知りおきくださいませ」

「あらあら、ご丁寧にありがとうございます。私はヴィクティリウム侯爵家のメイドでメリアーヌと申します。どうぞ仲良くしてくださいませ」

メロディはパアッと表情を綻ばせて「はい！」と答えた。食堂で惨敗する中、まさかの共同洗濯場にて新たなメイド仲間と知り合うことができたメロディであった。

「あらあら。それじゃあ、メロディは一人でご令嬢のお世話をしているの。大変なのねぇ」

「いいえ、お仕えし甲斐のある優しくて素敵なお嬢様ですから、とても楽しいです」

隣り合って洗濯をしながら世間話に興じるメロディとメリアーヌ。少し打ち解けることができたようで、今のメリアーヌの言葉遣いはいくらか砕けている。

本来はヴィクティリウム侯爵家、つまりアンネマリーの家のハウスメイドらしい。ほとんどの衣類は実家へ送ることになっているのだが、一週間の学園生活を経てハンカチやタオルなどの汚れやすい拭き物は共同洗濯場で洗ってしまった方が効率的という判断に至ったそうだ。

「あらあら。それじゃあ、ここにはメロディくらいしか利用者がいなかったの？」

「そうなんです。おかげで他のメイドと知り合う機会が全然なくて困っていたんです」

「あらあら、それは寂しかったわねぇ。でも、うちの侯爵家でさえこうして私が来たんですもの。もう少ししたら人数が増えるんじゃないかしら？」

「だったら嬉しいです！」

ニコリと微笑み合うメロディとメリアーヌ。そんな洗濯場に近づく足音が聞こえた。

（言ったそばから新しいメイド仲間の登場かしら⁉　今日はいい日ね！）

洗濯場に一人の女性が入ってくる。メリアーヌと同世代くらいだろうか。ドレス姿であることからメイドではないだろう。

一言で表現するなら、モデルのような美人だった。背が高く痩身《そうしん》で、シュッとした顎《あご》で均整の取れた顔立ち。美しいブロンドをきっちり後ろにまとめているが、それが大人っぽくて格好いい。

美人で有能なキャリアウーマンのイメージを体現するような女性であった。

「メリアーヌ、調子はどうかしら？　あら、どなたかしら？」

「特に問題ございませんわ、クラリス様。こちらはルトルバーグ家のメイドのメロディです。メロディ、あの方はアンネマリーお嬢様の侍女のクラリス様よ。ヘラルア子爵家のご令嬢でもいらっしゃるから、無礼《ぶれい》のないようにご挨拶をしてちょうだい」

「お初にお目にかかります。ルトルバーグ家のメイド、メロディ・ウェーブと申します」

メロディは美しい所作でクラリスにカーテシーをした。それを見たクラリスは大きく頷く。

「ええ、よろしくお願いしますね、メロディ。ルトルバーグ家では教育が行き届いているようで安心しました。これからもメリアーヌと仲良くしてあげてくださいね」

「そのように言っていただけ、嬉しく存じます。よろしくお願いいたします」

クラリスは満足したようにもう一度頷いた。どうやら彼女の中でメロディは合格らしい。

「メリアーヌも仲良くね。お嬢様とルトルバーグ家のご令嬢は仲が良いそうですから、使用人同士でご迷惑をかけないよう気を付けてちょうだい」

「もちろんでございますわ、クラリス様。彼女とは仲良くやれそうですのでご安心ください」

「そう。それならよかった。とはいえ、世間話に花を咲かせ過ぎないよう気を付けなさいね」

それだけ告げると、クラリスは颯爽と洗濯場を後にするのだった。

「えっと、クラリス様は何をしにいらしたのでしょうか？」

「ふふふ。きっと初めて洗濯場に行くことになった私の様子を見に来てくださったのよ。侯爵家のメイドはあの方が統括なさっていらっしゃるから。あれでとても気配りのできる方なのよ」

（部下思いの素敵な人なのね……仕事仲間か。私もほしいなぁ。セレーナはちょっと違うし）

得意げにクラリスの話をするメリアーヌを見つめながら、メロディはそんなことを考えていた。

侍女。それは女主人と最も近しい関係にある上級使用人である。色々な仕事を言い渡されるメイドと異なり、侍女は女主人のためだけに働く。そのため、他の使用人から監督されることもない。

（同時に、他の使用人を監督することもないから孤立しがちな職業のはずなのに……）

クラリスはアンネマリーの使用人を取りまとめる立場にあるらしい。それだけ彼女が有能で、周囲に信頼されているということだ。

（アンネマリー様の使用人達は、しっかりとした連携ができているんだわ。きっとこれも『世界一素敵なメイド』になるためには必要なことなんでしょうね。……やっぱりまだまだだわ、私）

全ての仕事を独占できるからと喜んでいた自分が、少し恥ずかしく思えてしまう。

（そうよね。本来、メイドとは仕事を分担して連携を取ってこなしていく仕事だもの。チームワークを鍛えることは必要なんだわ。……早く新しいメイド、見つからないかなぁ）

信頼し合うメリアーヌとクラリスの姿を見て、メロディはそう思うのだった。

洗濯を終え、昼休みを迎えたメロディは昼食後、レクトがいる執務室へ向かった。

今日の午後から選択科目『騎士道』の臨時助手を務めるためだ。

「というわけで、本日よりよろしくお願いいたします、旦那様」

「……すまない、メロディ。二人きりの時はいつも通りで頼む。……とても持たない」

「レクトさんが望むのでしたら構いませんが……持たない？」

「それでは仕事内容の詳細について説明しようか！」

レクトの授業は週の一日目と四日目――日本でいうところの月曜日と木曜日――の二限目に行われるらしい。他にも数名の講師がおり、六日間を通して誰かしらが授業を行っているんだとか。

「早速今日から授業なんですね。私は何をすれば？」

「まずはこちらの資料を各生徒用にそれぞれまとめておいてくれ。騎士道における基本的な訓戒《くんかい》が書かれている。俺は一学期限りの臨時講師だからな、二学期から本格的に始まる授業に向けての基礎的な底上げを行うことになっているんだ」

騎士道の授業を拡張するということは、受講生が増えるということ。しかし、これまで騎士道、武術と言い換えてもよいが、そういったものに関わってこなかった者も参加することになる。

そのため臨時講師のレクトには短期的な目標として、騎士道の授業を受けるための下地作りをしてほしいと頼まれているのだ。

「ということは、生徒の多くは武術初心者ということですか？」

「そうだな。武術に興味がある未経験者のための初心者講習といったところか」

「分かりました。では、授業中はどうしていればいいですか？」

「生徒達の様子を見てやってほしい。生徒によっては体を動かすことすら慣れていない者もいるかもしれない。必要な人間に水分を取らせたり、タオルを渡したり、怪我人がいたら応急手当をしてやったり。メイドの君ならそういった気配りは得意だろう？」

俺は苦手でな、と頭をかきながら語るレクトを尻目にメロディは思った。

（……それ、メイドというより、マネージャーよね？）

「分かりました、レクトさん。私、レモンのはちみつ漬けを作ってきますね！」

「ふむ？　何がどうなってそういう結論に至ったんだ。まあ、構わないが……」

（マネージャー。それは、メイドじゃないけど奉仕の心溢れる素敵なお仕事。これもまた『世界一素敵なメイド』になるための新たなステップになるかも！）

前向きなのはよいことだが、多分おそらく迷走していると思われる。

「それじゃあ、こちらで用意してある備品について説明するからついてきてくれ」

「はい、分かりました。あ、ところでレクトさん。マネージャーをするなら私、髪は三つ編みにしてセーラー服に着替えた方がいいでしょうか。眼鏡とやかんもほしいのかしら？」

「……何を言っているのかよく分からないが、必要ないと思うぞ」

形から入る娘《こ》メロディのマネージャーに対するイメージは、何だかとっても……古かった。

「よく集まってくれた、諸君。それでは騎士道の授業を開始する！」

「よろしくお願いします！」

闘技場内に生徒達の声が響き渡る。騎士道の授業が始まったのだ。

初回で集まった生徒数は一年生十一名、二年生六名、三年生二名の合計十九名。上級生の中にも初心者はいるので少なからず参加者はいるが、やはり一年生が一番多い。多くは貴族の男子だが、数名平民も含まれているようだ。

講師としての実績のないレクトの初回授業としては、十分集まったといえよう。

「さて、この授業を選択した諸君は理解しているだろうが、私の騎士道の授業は初心者向けの基礎講習となっている。だからまずは、騎士道とは何たるかを簡単に説明することにしよう。……メロディ、彼らに資料を渡してくれ」

「畏まりました、レクト様」

結局、授業中も旦那様呼びはレクトの希望でなしになった。色々持たないので。

レクトの少し後ろに控えていたメロディが、生徒達一人一人に資料を渡していく。無駄に時間を取られないよう速《すみ》やかに、それでいて無礼にならないよう丁寧に。生徒達は誰も気がつかなかったが、メロディなりに仕事には本気で取り組んでいた。

そのおかげか、目の前に可憐な美少女メイドが現れたにもかかわらず、誰一人としてその事実に気がつく者はいなかったとか……凄いんだか凄くないんだか分からない技能である。

レクトが騎士道の何たるかを簡略的に説明するなか、メロディは次の準備に入る。授業スケジュールはあらかじめ教えられているので、レクトの指示がなくてもメロディは自発的に動いていく。

「よし、説明は以上だ。それでは次は実技に……と言いたいところだが、初心者の君達にはまだ早いだろう。まずは君達の能力を把握しておきたい。というわけで最初は闘技場を走ってもらう」

日本の学校のように「え〜！」などという非難の声は聞こえない。できた少年達である。

「それでは一旦資料をお預かりします」

レクトに命じられる前に、メロディが生徒達から資料を受け取る。今から走るので資料が邪魔になるからだ。こちらもまた可能な限り早く、それでいて優雅に仕事をこなしていくメロディ。

全ての資料が生徒達の手を離れると、レクトを含めた闘技場の男性陣全員が走り出した。

「私がいいと言うまで走り続けるように！　すぐにバテないようにペース配分には気をつけろ！」

「「「はいっ！」」」

「行ってらっしゃいませ、皆様」

走り出した彼らをメロディは見送った。そして闘技場の端まで移動すると次の準備に入った。

それから数十分後。闘技場の一角に仰向けになって地面に転がる生徒達の姿があった。

元々身体を動かすことに慣れていないからだろう。レクトは平然としているが、生徒達は疲労困《こん》憊《ぱい》で立ち上がるのもつらそうである。

メロディはコップを載せたトレイを持って生徒達へと水を配っていく。

「お疲れ様です。さあ、お水をどうぞ」

「ふへぇ？　……ああ、水。ありがとう……」

疲れすぎて会話もままならない様子の生徒へ、メロディはコップを差し出した。どうにか起き上がり、少年は水を飲み干す。そして「ぷはあっ！」と大きく息を吐いた。

「はぁ、生き返るぅ」

「レモンのはちみつ漬けもあります。疲労回復効果があるので一枚つまんでみてください」

「へぇ、そうなんだ。それじゃあ、いただきま――」

輪切りにされたレモンを一枚摘まんだ少年は、しばし固まった。

大変可憐な笑顔を浮かべる美少女が、彼のすぐ目の前にいたのである。

いつの時代、どこの異世界だろうと、美少女マネージャーから手作りの差し入れをもらうシチュエーションというのは、純情男子の心を鷲掴《わしづか》みにしてしまうものなのだ。

今の今まで何とも思っていなかっただけに、そのギャップが与える影響は大きかった。何せメロディは、化粧《けしょう》をしていたとはいえ春の舞踏会で『天使』と称されたほどの美少女なので。

だが、無敵の鈍感力を有するメイド少女は、少年達の純情になどこれっぽっちも気付くことなく職務に励むのであった。

(やっぱりこれ、メイドじゃなくてマネージャーよね。まあ、でも、何が『世界一素敵なメイド』へ繋がるのか分からないんだし、この仕事も全力で取り組もうっと!)

その後もレクトの指導は初心者にはなかなか手厳しいものとなったが、三日後に行われた二回目の授業にも誰一人欠けることなく十九名全員が参加したのだとか。

「皆さん、とても熱心なんですね。よかったですね、レクトさん」

「ああ、うん……男なんてこんなもんだよなぁ」

自分もその一人だけに、何とも言えない心地になるレクト。

（とりあえず、彼女は俺が守ってやらないと……）

シチュエーションこそ異なるが、ゲームでの彼もヒロインに同様の想いを抱いていたことをレクトはもちろん、メロディだって知る由もなかった。

幻想の銀世界と動き出す影

二週目に入った学園生活。その四日目の夕方、学園から帰宅したルシアナを待っていたのは満面の笑みを浮かべるメロディであった。

「お嬢様、セレーナから手紙が来たんです！」

アイドルの出待ちをしていたコアなファンのようにルシアナへ詰め寄るメロディ。あまりのハイテンションにルシアナの方が引いてしまう。

「ど、どうしたの、メロディ。セレーナから手紙なんて初めてのこととはいえ……」

「だってだってお嬢様！　お嬢様！」

（本当にどうしちゃったのかしら？　こんなにはしゃいだ様子のメロディ、初めて見たかも）

キャーとかやったーとか言いながらルシアナの前で飛び跳ねるメロディ。そしてようやくなぜこんなにも喜んでいるのかを知ることができた。

「王都のお屋敷に新しいメイドが入ったそうなんですよ！」

「本当⁉　やったじゃない、メロディ！」

驚きの知らせに今度はルシアナまで飛び上がって喜びだす。ツッコミ不在の中、二人は手を取り合ってしばらく部屋中でぴょんぴょん跳ね回るのであった。

そして――。

「この部屋の造りが頑丈《がんじょう》で本当によかったわね」

「そうですね……ご近所に響いてなければいいんですけど」

冷静になった二人は顔を真っ赤にして恥ずかしがっていた。まあ、当然の反応である。

「それで、手紙には何て書いてあったの？」

「あ、はい。詳細は帰った時に教えてくれるそうなんですが、正確にはメイド見習いとして雇うことになったそうです。経験がないので今からセレーナが指導すると書いてありました」

「そっか、即戦力じゃないのね。それはちょっと残念だけど、うちに来てくれる使用人が現れただけでも喜ばしいことだわ」

どんな経緯で見つかったのかは不明だが、ようやくルトルバーグ家に新しい使用人が入ることとなった。つい最近、同僚とのチームワークについて考えるようになったメロディとしては、これほど嬉しいことはない。

「ふふふ、次の休みが楽しみね」

「はいっ！」

セレーナの手紙をそっと胸に抱えながら、メロディは満面の笑みを浮かべた。

「へぇ。じゃあ、騎士道の助手仕事は上手くやれてるんだ。……臨時講師があのレクティアス・フロードだったなんて初めて知ったけど」

「はい。レクトさんも生徒の皆さんもとても優しく接してくださるのでやりやすいですよ」

「ふーん、とっても優しくねぇ……」

夕食を終えたルシアナは、食後のティータイムを楽しみながらメロディの近況を聞いている。まさか許可を出した選択科目の講師があの憎き騎士だったとは夢にも思わず、メロディの報告を笑顔で聞きつつも内心では苦虫を噛み潰したような表情を浮かべていた。

「とにかく、上手くいってるようでよかったわ。ちょっと羨ましいわね」

ルシアナは小さなため息をついた。

「お嬢様、学園で何か問題でも？」

「……大したことじゃないの。ただ、興味のある選択科目が受講不可だから残念だなって思って」

「受講不可？　そんなものがあるんですか？」

「応用魔法学よ。あの授業は魔法を使える人しか参加できないから」

どうしようもないことだと、ルシアナは眉尻を下げてそう言った。

選択科目『応用魔法学』。今は仮受講期間なので見学くらいはさせてもらえるが、基本的には魔法を使える人間に実践的な魔法の使い方やその他の魔法技術について講義を行う授業である。

自分で思っていた以上にルシアナは魔法に興味があったらしい。魔法を使えない人間の憧れとも考えられるが、身近にとんでもない魔法を行使する可憐なメイドがいるのだから、興味を持つようになっても何の不思議もなかった。

せめて見学だけでも続けられればいいのだが、仮受講期間を過ぎたらそれもダメらしい。

「ルーナも興味はあるから受けられるものなら受けたかったんだけど、これぱっかりはね……」

ルシアナを含めたルトルバーグ家の面々は、代々魔法の才能に乏《とぼ》しかった。五歳の時に領地の教会で魔力の有無を確認してもらったが、判別できるかどうかギリギリなほどに少なかったそうだ。

「でも魔力自体はあるんですよね？」

「全くないって人の方が珍しいんじゃない？　『ないわけではない』程度の魔力よ」

メロディはしばし考えた。自分にも似たような経験があったからだ。確か自分の時は——。

『魔力の気配は感じます。ですが、魔法を発動させるには何かが足りないようです』

（——て、言われたんだっけ。でも今、私は魔法を使えている。……だったら）

「お嬢様、諦めるのはまだ早いかもしれません。私と一緒に少し訓練してみませんか？　もしかしたら魔法が使えるようになる可能性も——」

「本当っ⁉」

ルシアナは大きく身を乗り出した。瞳に期待の光が灯っている。まるで帰宅時の立場が逆転してしまったかのようだ。勢いよく詰め寄られ、メロディは思わず身を反《そ》らしてしまう。

「か、確証があるとは言えません。でも、私も最近まで魔法を使えなくて……」

「そうなの⁉　子供の頃から使えてたんじゃないの⁉」

「ええ、本当に最近のことで。だから、やり方次第ではお嬢様ももしかしたら」

「お願い、メロディ！　私、魔法が使えるようになりたい！　何か方法があるなら手伝って！」

ルシアナはメロディの手をバッと包み込み、懇願《こんがん》するような視線を送った。

「……はい。難しいかもしれませんが、やってみましょう」

正直、安請け合いな部分は否めない。自分だってなぜ魔法が使えるようになったのか、理論立てて説明できるわけではないのだから。それでも、何とかしてあげたいと思うメロディだった。

「というわけで、促されるまま寝室に来たけど……」

ルシアナは頬を赤らめてもじもじしだした。メロディは不思議そうに首を傾げる。

「どうかしましたか、お嬢様？」

「だって、魔法を使えるようになるために寝室へ来るなんて……その、そういうことでしょう？」

「そういうこと？」

「以前、何かの物語で読んだもの。相手に魔法を通しやすくするために、その男女はお互いの肌と肌を密着させて……きゃっ」

「一体どこでそんな本を読んだんですか！　全然違います！　そんな工程必要ありません！」

「そうなの？」

「どうしてちょっと残念そうなんですか⁉　万が一に備えて倒れても大丈夫なようにベッドの上で行うだけですよ」

「何だ。さっきからカーテンの閉め具合をやたら気にしてるから、私はてっきり……」

「これは私の経験に基づく予防策です。お嬢様、『灯火《ルーチェ》』という魔法をご存じですか？」

「小さな明かりを灯す魔法でしょ。魔法の中では初歩中の初歩よね。私は使えないけど」

「私が初めて使った魔法もそれでした」

「へぇ、そうなんだ」

「その初めて発動した『灯火』が、太陽のような閃光《せんこう》を放ったんです」

「……ん？」

「危うく失明するかと思いました。本当にびっくりです。まさか『灯火』があんなに危険な魔法だったなんて。ですので、こんな夜にそんな魔法を行使したら部屋から光が漏れて大変です。だからカーテンはきっちり閉めておかないと」

「……たとえ魔法が使えるようになったとしても私には無理だと思うよ」

何ともメロディらしい失敗談である。多分メロディの魔法知識の矯正《きょうせい》はこの時に行っておかなければならなかったんだろうな、とルシアナは一人納得するのだった。

部屋のカーテンの確認を終えたメロディは、早速ルシアナの魔力測定を開始した。

ベッドの上に向かい合って座り、ルシアナの手を取るとメロディはそっと目を閉じる。

この世界の住人はそれほど魔力の気配に敏感ではない。魔法として外界に現出したものならばともかく、精密な魔力探知には専用の魔法が必要だった。

王国筆頭魔法使いスヴェンがヴァナルガンド大森林外縁に展開している侵入者用の感知結界や、アンネマリーのオリジナル魔法『凝視解析《アナライズヴィジョン》』などがそれに該当する。

だが、メロディならば魔法がなくともと思う者もいるかもしれないが、むしろ逆であった。

魔王さえ片手間で浄化できてしまうほど強大にして膨大《ぼうだい》な魔力を有するメロディにとって、人間一人が保有している魔力量などまさに月とスッポン、象と蟻《あり》、鯨《くじら》と鰯《いわし》に、雪と墨《すみ》なのである。

つまり、自分と比較してあまりにも小さな魔力ゆえに、メロディは他者の魔力には極めて鈍感なのであった。正直、これっぽっちも脅威《きょうい》にならないという点も大きな原因のひとつだろう。

「……確かに少ないですが、お嬢様の魔力を確認できました。きちんと技術さえ習得できれば今の魔力量でも小さな光を灯したり、少量の水を生み出すくらいはできると思います」

「そうなの、よかった。でも、手を握るだけでよくそんなことが分かるわね？」

希望があると分かり安堵するルシアナだが、メロディが何をしたのか分からず首を傾げた。

「要するにソナーの原理とでも言えばいいんでしょうか」

「そなあ？」

ソナーとは、船などに設置されている水中音響機器のことである。超音波を発射し、その反射波から水中の物体や魚群を探知したり、距離や方向、深さなどの計測を可能とする装置だ。

「お嬢様の体内に私の微弱な魔力を注ぎ込むことで、それに反応するお嬢様の魔力を検知したんです。その際の速度や力からお嬢様の魔力量を推測しました」

「ちょ、ちょっと難しくてよく分かんないけど、分かったわ」

「えっと、分からないなら分からないと素直にそう言っていただいて構いませんけど」

「それで、魔力の有無が分かったら、次はどうするの？」

結局のところソナーの理論などどうでもいいらしい。期待に溢れる表情でルシアナが問うた。

少し黙って考え込むと、メロディはもう一度ルシアナの手を取って説明を始める。

「魔法を使うには技術以前にお嬢様がご自身の魔力を把握する必要があります。お嬢様、ご自分の魔力の存在を知覚できますか？」

ルシアナは即座に首を横に振った。先程の検査でもルシアナの体内では魔力が反発反応を起こしていたのが、これっぽっちも何ひとつ感じていない。無味無臭無音無風である。

「でしたら、まずはそこからですね。今の検査のやり方をそのまま続けてみましょう。お嬢様に私の魔力を少しずつ流し込み、巡らせていきます。注ぐ魔力量が増すほどお嬢様の魔力の反応も大きくなっていくはずですから、いずれはご自身の魔力を知覚できるはずです」

「魔力って、たくさん流し込んで大丈夫なの？」

「押し込むだけだと危険ですが、私とお嬢様の中を循環させるので大きな負担はありません。ただ、お嬢様は初めて魔力が体内を巡ることになるので少し疲労を感じるかもしれませんね」

「ふーん。まあ、魔法を使えるようになるならそれくらいのリスクは仕方ないか」

二人は互いの両手を繋ぎ、言われるままにルシアナは目を閉じる。

「目、閉じなきゃダメなの？」

「なるべく五感、特に情報量の多い視覚は遮《さえぎ》った方が魔力感知をしやすいんです。さあ、お嬢様、少しずつゆっくり魔力を巡らせていきます。自分の内側にある魔力に心を集中してください」

「うん……」

メロディは魔力をルシアナに注いだ。傍《はた》から見ると何も変化はないが、今、ルシアナの体内に微弱な銀の魔力が張り巡らされているのである。だが……。

「お嬢様、何か感じますか？」

「……ううん、何も」

「分かりました。もう少し、魔力を増やしますね」

メロディは魔力をさらにルシアナへ注いだ。だが……。

「お嬢様、どうですか？　何か変化はありますか？」

「……まったく」

目を閉じながら、ルシアナは首を左右に振る。どうやら本当に何も感じていないようだ。

そうやって何度も何度も何度も、メロディは少しずつ巡らせる魔力を増やしていった。ルシアナは想像以上に魔力の感知に鈍感だったらしい。これでは少量の魔力があったとしても魔法が使えないわけである。

想定よりもずっと多くの魔力を巡らせても彼女は魔力に気がつくことはできなかった。普通ならここで一度仕切り直しをしているところだが、運がよいのかそれとも悪いのか、圧倒的で膨大な自身の魔力を完璧にコントロールできるメロディは、そのまま作業を継続するのであった。

（……ここからは私もさすがに集中しないと）

メロディも瞳を閉じ、再び巡らせる魔力の量を増やしていく。既に魔法使い十人では収まらないほどの魔力が二人の間を循環していた。だが……。

「お嬢様、どうですか？」

「いいえ」

「お嬢様、いかがです？」

「全然」

「お嬢様……」

「さっぱり」

ルシアナが否定の言葉を口にするたび、メロディの魔力が増大していく。際限のない魔力の増量は行きつくところまで辿り着くと、とうとう可視化可能なレベルにまで達してしまった。

寝室の中を、光り輝く銀の魔力が迸る。しかし、予防策としてカーテン対策はきっちりされていたおかげで周囲に光が漏れることはなく、誰にも知られることはなかった。

たった一人を除いて――。

王都に点在するとあるスラム街の影から、一人の少年が姿を現した。ぼさぼさに切られた紫色の髪に、泥だらけの襤褸を纏った姿はまさに浮浪児のようだ。

とても十八歳とは思えない小柄な男の名前はビューク・キッシェル。

乙女ゲーム『銀の聖女と五つの誓い』における第四攻略対象者。魔王を封じていた剣に操《あやつ》られ、春の舞踏会を襲撃した張本人である。

だが、その魔王も剣が破壊されたことでビュークのもとを去り、メロディによって無自覚に浄化されている。だから、今の彼は既に自由の身のはず……なのだが。

ビュークは右手に破壊された魔王の剣を握りながらとある方向——王立学園へと、その濁《にご》った灰色の瞳を向けていた。

「……銀の、魔力。……聖女の、魔力」

さらに強く剣を握りしめ、ビュークは震えるように声を吐き出す。その声音には怨嗟の色が滲《にじ》み出ており、彼の声に呼応するかのように剣身から闇色の靄《もや》が溢れ出していた。

「聖女……許せない……許せない……銀の聖女を、魔王は……許さない……」

ビュークは再びスラム街の影に姿を消した。


ところ戻ってルシアナの寝室。一向に自身の魔力を感知できずにいたルシアナは焦っていた。

（もうメロディが声を掛けるのは何度目かしら。でも、何も感じない……）

私ってやっぱり魔法の才能がないのね、と内心で落胆《らくたん》する中ふと気づく。

メロディの呼びかけが、止んだ。もしかして魔力を巡らせるのをやめたのかと思い、ルシアナはそっと目を開けた。そして、しばし呆然としてしまう。

「……え？　な、何これ……」

眼前に広がるのは一面の銀世界。雪ではない。銀色に光る空。そして地平線の彼方《かなた》まで広がる白銀の花畑。雪の結晶のような不思議な花が視界を埋め尽くしていた。

「えっと、私の寝室は？　どこなのここ……だって、さっきまでメロディと……きゃっ」

突然、風が吹いた。それほど強いものではないが、ルシアナの金色の髪が風になびく。地面に咲いていた銀の花達も一斉に揺れ、一部の花弁がたんぽぽのように宙を舞った。

雪の結晶が空からではなく、地上から天へと還っていくような不思議な光景を目にし、ルシアナはしばし見入ってしまう。

風がやみ、舞い上がった花も姿が見えなくなったが、ルシアナはまだ空を見上げていた。

すると、空の上の方で小さな銀色の光が煌《きら》めいた。

「あれは……」

それは先程天へと昇って行った銀色の雪の結晶のような花。ひとつだけひらひらと地上へ舞い戻ってきたようだ。ゆっくり、ゆっくりと、ルシアナの方へ降りてくる。

ルシアナは自然と両手を挙げてその花を受け止めていた。

「……綺麗」

その花は、仄かな銀色の光を帯びていた。それを見つめていると不思議と優しい気持ちになる。

まるで、どんな悲しみも苦しみも洗い流してくれるような、清らかな光を感じた。

（でも、こんな感じの光を……優しさを、私は……知って――）

「お嬢様！」

ルシアナは、パチリと目を開けた。そして何度も瞬《まばた》きをして、周囲を見回す。目の前には心配そうな顔をしたメロディの姿があった。ここは学生寮のルシアナの寝室だ。

「あれ？　私……」

（元の部屋に戻ってる？　さっきまで私……私……あれ？　ずっと寝室にいたわよね？）

ずっとこの場にいたはずなのに、なぜか別の場所にいたような感覚に陥《おちい》ったルシアナ。だが、寝室でメロディと魔法の訓練をしていたことしか記憶にない……夢でも見ていたのだろうか？

「大丈夫ですか？　意識はしっかりしていますか？」

「あ、うん。大丈夫……私、どうしちゃったんだろう」

不思議そうにしているが、普通に返答できる様子にメロディはホッと安堵の息を漏らす。

「一度休憩しようと思って魔力循環を止めたのですが、お嬢様に声を掛けても反応がなかったんです。何度か揺さぶってようやく気がつかれたんですが、覚えていませんか？」

ルシアナは首を左右に振った。

「少し魔力を流し過ぎたのかもしれません。本当に体調が悪いところはございませんか？」

「ええ、大丈夫よ。特に苦しいところはないわ」

メロディはもう一度、安心したように大きく息を吐いた。

「最初から少し飛ばし過ぎたのかもしれません。今日はもうお風呂に入ってお休みください」

そう言って、メロディはルシアナの寝室を後にした。ベッドに腰掛けながら、しばらくボーッとしてしまうルシアナ。身体を動かしたわけでもないのに、不思議と疲労感があった。

「あ、お風呂に入るんだからもうアクセサリーは片付けておかないと」

ルシアナはいつも身に付けているペンダント――メロディからプレゼントされた指輪に鎖を通し

たもの――を首から外し、寝台の横のチェストに片付けようとして「あれ？」と何かに気づく。

「この指輪の石にこんなアクセント、付いてたっけ？」

指輪にはめ込まれた藍色の石の中心に、とても小さな銀色の結晶が埋まっていた。まるで夜空に浮かぶ一番星のように美しい、煌めく銀色の光。とはいえ、最初からなければどうやって埋め込まれたのだという話だ。少々腑《ふ》に落ちないところだが、ルシアナはあまり深く考えないことにした。

（それに何だか、この光を見ていると……）

――優しい気持ちになる。ルシアナは指輪を見つめながら自然と笑みを浮かべていた。

「お嬢様、お風呂の準備が整いました」

「ありがとう、今行くわ」

ルシアナはペンダントを片付け、お風呂場へ向かった。

その翌日、もう一度メロディに魔力を流してもらったルシアナは、驚くほど簡単に自身の小さな魔力に気がつくことができたという。

まだ魔法を使うことはできないが、それは大きな一歩であった。ルシアナは大喜びし、訓練が上手くいったメロディもホッと胸を撫で下ろす。

二人は嬉しい気持ちを抱いたまま週末を迎え、家族が待つ伯爵邸へと帰路に就くのであった。

……まさか注目の新人メイドに口をポカンと開けて出迎えられることになるとは露知らず。

セレーナの日常と桃色の髪の少女

時間は少し遡《さかのぼ》る。メロディ達の学園生活が二週目に入り、三日が経った頃。

セレーナはいつも通り、日の出の少し前に目を覚ました。魔法の人形メイドセレーナは本来睡眠を必要としない。だが、ルトルバーグ家でメイドとして行動する以上、人間的に行動した方がよいというメロディの判断によって、彼女には睡眠機能が与えられていた。ある程度の魔力節約効果もあるので、セレーナは業務に支障がない限り人間らしい生活を送るよう心掛けていた。

メロディの隣の使用人部屋を与えられた彼女の部屋には、同居人がもう一人、いや一匹。今や魔王の面影など欠片も見当たらない子犬のグレイルが、ベッド脇に置かれたクッション入りのかごの中でダラリと仰向けになって寝息を立てている。

「むにゃむにゃ、愚民どもひれ伏すがいぃ……ぐぅぐぅ」

まるで人間の言葉を話しているようなグレイルの寝息に、セレーナはクスリと笑ってしまう。初めてそれを聞いた時はとても驚いたが、数日過ごすうちに慣れてしまった。毎回とても心配になりそうなセリフに聞こえるが、あまりにだらしない表情で言うものだからむしろそのギャップが可笑しくて仕方がない。

身支度を整えると、まだ眠っているグレイルを置いてセレーナはメイド業務を始めるのだった。

「おはようございます、旦那様、奥様」

屋敷の清掃を終えると、次は伯爵夫妻を起こすためアーリー・モーニング・ティーを夫妻の寝室へ運ぶ。この時、ノックしてから入室が許可されるまでしばらく待つのがミソだ。うっかりすぐに入ってしまうと、どこかのお嬢様のように悲鳴を上げる光景に出くわすことになりかねない。

お茶を終えると、今度は夫妻の身支度を整える。まずは家長のヒューズからだ。

これで男性主人専用の使用人か執事でもいれば任せられるのだが、いないものは仕方がない。男性の肌着姿など何のその、セレーナはササッとヒューズの着替えを手伝った。

「ふむ、やはりメイドだけでなく見習いでもいいから執事も必要だな」

「領地から連れてくるわけにもいきませんしね」

「そんなことをしては、今度は向こうが立ち行かなくなってしまうよ」

髪や服装を整えるマリアンナを待ちながら、夫妻は現状について話し合う。ルシアナの王太子を守ったことによる報酬《ほうしゅう》と、ヒューズの宰相府任官による給金のおかげでこちらでも使用人を雇う程度の金銭的余裕は生まれるようになった。使用人の募集に応じる人間がいない点は別にして。

だが、それでもまだ伯爵家の財政は苦しいのが現状だ。領地経営も何とか赤字にならない程度であり、領地の使用人も最低限の人数でこなしている。王都の屋敷の使用人を増やしたかったら、新たにこちらで雇い入れるしか手段はなかった。

「奥様、完了しました。いかがでしょう？」

二人が話しているうちにマリアンナの身支度が整う。特に不満なところもなくマリアンナが了承すると、二人は朝食を取るために食堂へ向かった。

「セレーナ、商業ギルドから使用人募集の件で連絡はあったかい？」

「いいえ、旦那様。今のところ何もございません」

朝食後のティータイム。セレーナの回答にヒューズは少しだけ不満そうな表情でお茶を飲んだ。

「午後から確認してまいりましょうか？」

「……そうだな、頼む。執事が欲しいとは言ったが、正直、執事とやはりもう一人メイドが欲しいところだ。いつまでも君とメロディに頼りっぱなしというのもよくないからな」

セレーナは眉尻を下げて微笑む。ルシアナの学園生活を補助するためにメロディが王立学園へ向かうこととなった。その代わりに新たなメイドとしてやってきたのがセレーナだが、彼女自身もまたメロディが魔法によって生み出した人形メイドである。

つまり、現状のルトルバーグ家はその生活水準も含めてまるっとメロディにおんぶに抱っこ状態であった。もしメロディが伯爵家を去るようなことになれば、あっという間に彼らは再び『貧乏貴族』らしい生活を余儀《よぎ》なくされるだろう。

メイド仕事をこよなく愛するメロディが伯爵家を去る姿は正直想像できないが、最悪の可能性を考慮するのは一家の主の大切な役目だ。メロディが病気になる可能性だってある以上、メロディとセレーナ以外の使用人を屋敷に置くことは急務であった。

「セレーナ、今は紹介状ありで使用人を募集しているだろうが、この際、その条件を取り払ってくれて構わない。実際、メロディの時もそうだったらしいからね。雇うかどうかは最終的に面接して決めるから、条件の変更を商業ギルドに伝えてくれ」

「畏まりました、旦那様」

その指示を出した後、二人に見送られてヒューズは宰相府に出仕すべく屋敷を後にした。玄関の扉が閉まり、セレーナはマリアンナに確認を取る。

「奥様、本日のご予定はいかがいたしますか？」

「今日は、ハウメア様とクリスティーナ様からいただいた手紙の返事を書くわ。午後に商業ギルドへ行くついでに郵便を出して来てくれるかしら？　午後からは自室でのんびりさせてもらうわね」

「畏まりました。申し訳ございません、私もお姉様のように『分身』を生み出せれば午後にご不便をかけずに済むのですが……」

メロディから記憶以外の知識と技術を継承しているセレーナは、基本的にメロディと同等のメイド技能を有している。だが、魔法に関してまでそういうわけにはいかなかった。

ある程度の魔法なら行使できるが、メロディから与えられている魔力の大半はセレーナ自身が活動するためのエネルギーだ。首の銀細工に貯蔵されている魔力だけでは、さすがに自分のもととなった魔法『分身』を再現することはできなかった。

……できたら本当に量産型メロディである。恐ろしい。

「ふふふ、あなたがいてくれるだけでとても助かっているのにそんな贅沢は言わないわ。それに、そのために今日は商業ギルドへ行ってもらうのだから、気にせずお仕事をしてちょうだい」

「痛み入ります、奥様」

一日マリアンナと離れ、調理場へ行くセレーナ。そこにはグレイルが待ち構えていた。

「おはよう、グレイル。今、朝食の準備をするから待っていてね」

「ワンッ！」

いつの間にか目を覚ましていたグレイルは、待ち遠しいと言わんばかりに大きな声で鳴いた。

「さあ、できたわ。召し上がれ」

「キュワンッ♪」

グレイルは器の中に顔を埋《うず》めた。器の奥から「うまうま」という咀嚼音が聞こえる。なぜ毎回人間の声のように聞こえるのか不思議だが、見ている側からすれば可愛らしいことこの上ない。

やがて全てを食べ終わったのか、グレイルは顔を上げた。満足げな表情を浮かべている。

「ふふふ、お粗末様でし、きゃっ」

「ワンワンッ！」

食事を終えたグレイルが突然、容器を回収しようとしたセレーナの胸元に飛び込んできた。構ってほしいのだろうか、セレーナにすり寄っては気が向いたところをペロペロと舐《な》めてくる。

顎先を舐められ、セレーナは思わず首を反らした。そしてグレイルの舌はよく目立つ首元の銀細工へ向けられ――。

「キャワンッ⁉」

――銀細工を舐めた瞬間、グレイルの全身の毛が逆立った。

「え？　グ、グレイル？」

両目を見開き、大きく口を開けて、まるで体中を電撃が駆け巡ったようにピシリと固まってしまうグレイル。やがて正気を取り戻したのかグレイルは周囲を見回し、セレーナと目が合った。

「キャイーンッ⁉」

お笑い芸人……ではなくて。グレイルは大きな悲鳴を上げると逃げるようにセレーナの腕から飛び出し、一目散《いちもくさん》に調理場から出ていくのであった。

「……チョーカーに静電気でも溜まっていたのかしら？」

銀細工に触れてみるが、別に何ともなかった。ただそれ以降、グレイルは怯《おび》えた目でセレーナを見るようになってしまった。相当ショックだったようだ。ちょっと悲しいセレーナである。

一体、グレイルの身に何が起こったのだろうか？　全くもって本当に謎であるうんうん。

そして午後、セレーナは商業ギルドへ。カウンターで使用人募集の条件変更をお願いする。

「ご要望は承知しましたが、貴族の使用人が紹介状なしで本当によろしいのですか？」

「ええ。とにかく希望者が現れませんとどうにもなりませんから。もちろん面接をしたうえで雇いますのでご心配なく」

「分かりました。それではその条件で再度使用人募集の掲示をさせていただき――」

その時だった。

「あ、あの、その使用人募集、私を雇ってもらえませんか！」

セレーナが背後の声に思わず振り返ると、桃色の髪の小さな女の子が立っていた。

年齢は十歳くらいだろうか。それほど長くない髪をツインテールにした少女は、幼いながらも真剣な眼差しをセレーナへ向けていた。

「まあ、あなた。今日も来たの？」

「お知り合いですか？」

商業ギルドの受付の女性は少女のことを知っているようだ。

「ええ、孤児院の子です。ここ最近、よく雇い先がないか尋ねに来るんですよ」

「孤児院の子ですか。しかし、こんな小さな子を雇い入れてくれるところなんて……」

「そうなんですよねぇ」

受付の女性は困ったように嘆息した。

数年前であれば何かしら仕事があったかもしれない。だが、今の王都に十歳くらいの子供に任せられる仕事はほとんど存在していなかった。王太子発案の定期馬車便が軌道に乗って早数年。必要な成人の労働力は自然と集まってきているからである。家の手伝いならともかく、子供にできる程度の仕事は彼らが片手間で済ませてしまうのだ。

子供に遊ぶ時間、勉強する時間が生まれるのだから、本来ならとても喜ばしいことなのだが、働き口を探している目の前の少女にとってはそうでもないらしい。

「何度も言うけど、あなたくらいの年齢で勧められるお仕事はないのよ」

「えっと、ですから、その……」

少女は俯きがちにセレーナの方を見た。

「……うちで雇ってほしいと？」

「は、はい！　紹介状がいらないって今言っていたのを聞いて。お願いします！」

少女は勢いよく頭を下げた。どうしたものかとセレーナは頬に手を添えて考える。

（とりあえず、どう見ても即戦力にはならないわ。まだ幼くて力も弱いから、任せられる仕事も少ないでしょうし、本当にどうしましょうか）

まさかカウンターで受付をしている最中に求人の応募者が来るなんて想定外である。子供であることだし、この場で断るのも一つの手なのだが……問題は、彼女の申し出を断って以降、紹介状なしとはいえ応募者が現れるかということだ。

……正直、望み薄な気がしてならない。条件を緩和させれば確かに誰かしら来るかもしれないが、それが使用人に相応しい人物である可能性はどれほどあるだろうか。

（……逆に、子供には将来性がある。今が十歳くらいなら五年もすれば十分にメイドとして技能を養うことはできるでしょう。ルシアナお嬢様の在学期間が三年。旦那様が宰相府に勤めているのだから、おそらく王都のお屋敷には少なくともさらに数年は滞在することになるはず）

セレーナは頭を下げつつもこちらの様子をチラチラと覗いている少女に目をやった。あくまで第一印象だが、孤児院の子供という割には身綺麗にしているし、何より表情が利発《りはつ》そうに見える。もしこの少女にメイドとしての適性があるのなら、彼女は案外拾い物かもしれない。セレーナはそう考え始めた。

メロディがいない今、伯爵邸の管理を任されているのはセレーナだ。後から入って来た成人の使用人が、見た目年齢十七歳（実年齢ゼロ歳）の少女の指示に素直に従ってくれるだろうかと言えば、考えるまでもなく答えは否である。

働きやすさの観点からも意外と少女は『買い』なのではと、セレーナは思い始めた。

（それに何より、私の仕事はあくまで求人の代行であって決めるのは旦那様の役目……）

子供だからとセレーナが勝手に断ってしまうのは、越権《えっけん》行為ではないだろうか。そういう結論に至った彼女の答えは既に決まっていたのかもしれない。

「仕事は貴族のお屋敷のメイドです。本当にやりたいですか？」

一瞬、貴族と聞いてたじろぐ様子を見せる少女だったが、すぐに意を決したのかはっきり「はい！」と答えた。子供ゆえか意外と度胸は据《す》わっているようでセレーナも一安心。

「ちなみに、一応尋ねますがメイドの経験はありますか？」

「ありません！　でも、頑張ります！」

やはり度胸があるというか、経験のない仕事でも怯《ひる》む様子はない。であれば、セレーナに言える答えはひとつだけだった。

「……分かりました。とりあえず、孤児院の保護者と話をしてみましょうか」

「──っ！　ありがとうございます！」

少女は嬉しそうにパッと表情を綻ばせてもう一度深く頭を下げた。

「あの、そんなにあっさり決めてよろしかったんですか？」

受付の女性が心配そうにセレーナに尋ねる。

「採用するかどうかは旦那様に決めていただくことにします。まだ掲示していないとはいえ、紹介状なしでも受け付けると決めたのは当家ですから」

「そちらが構わないのであれば、こちらとしても助かるのでお止めはしませんが……あ、そうするとこの求人票はどうされますか？」

「そちらはそのまま処理してください。もう一人くらいメイドがいてもいいですし、可能なら男性の使用人も必要ですから」

「承知しました。では、そのように処理させていただきます」

「よろしくお願いします」

お互いに一礼し、セレーナは少女を連れて商業ギルドを後にした。

「そういえば、まだあなたの名前を聞いていなかったわ。名前は何というのですか」

「あ、はい。私の名前は――」


――マイカといいます。


仕事の許可を得るために孤児院へ向かう中、少女マイカは内心でとても意気込んでいた。

（これで孤児院にお金を入れられる！　シナリオ通りの苦境になんて立たせないんだから！）

元日本人の転生者メロディが作りし魔法の人形メイドセレーナと、なぜ転生したのかよく分かっていない元日本人で元おばあちゃんな少女マイカこと栗田舞花はこうして出会ったのである。

メイド見習いマイカ誕生！　～黒髪ヒロインを添えて～

気がつけば自分は自分でなくなり、全く知らない土地にいた……。

病院でふと眠気が差したと思って目覚めたらこんな状態になっていたマイカこと栗田舞花が、ここが乙女ゲーム『銀の聖女と五つの誓い』の世界であると気づいたのは、孤児院に引き取られてから数日が経った頃のことだった。

自分を拾ってくれたシスターの顔を『どこかで見た気がするんだけど』と訝しみながら過ごしていたある日、彼女からこんな話題を振られたのである。

「そういえば、先日王城で舞踏会が開かれた時、襲撃事件が起きたんですって。怖いわねぇ」

昼食の後片付けを手伝っていたら、シスターアナベルがそんなことを言いだしたのだ。

「舞踏会に襲撃者ですか？」

(王城ってことは、王様もいたんだよね？　そんな場所に襲撃者って、この世界怖いなぁ)

ここがどこだか知らないが、日本でないことは間違いない。そもそも喋っている言葉だって日本語でも英語でもないのだ。地球かどうかも怪しいというか、絶対地球じゃない。なぜなら……。

「水よ来たれ『水気生成《ファーレディアッカ》』」

食器を洗うためにシスターアナベルは指先から水を生み出した。そう、魔法である。

（いやもう、状況的に完璧に異世界転生よね。子供の頃結構流行ったジャンルだけど……私、死んだ覚えないんですけど⁉　え？　何？　あの時眠ってる間に死んじゃったってこと？）

納得できないが、そうとしか思えない現状に嘆《なげ》きたくなる。

「どうかしたかしら、マイカちゃん？」

「あ、いいえ。何でもないです。それで、その襲撃事件がどうかしたんですか？」

「まあ、わたくし達には直接関係ないことなのだけど、その影響で王立学園がしばらくお休みになるんですって、という単なる世間話なのよ」

「へぇ、それは大変そうですね」

「噂では王城はとても慌ただしかったそうよ。何せ襲撃犯が狙ったのは王太子クリストファー様らしいんですもの。ヴィクティリウム侯爵家のお嬢様も一緒にいたというし、無事だったそうだけど心配だわ……大丈夫なのかしら、あの子」

シスターアナベルは不安げにどこか遠くを見やった。マイカは首を傾げる。

「あの子って、シスターはその侯爵令嬢と親しいんですか？」

「ふふふ、少し馴れ馴れしかったわね。一度だけお会いしたことがあるのよ」

「へぇ、そうなんですか。きっと高飛車《たかびしゃ》で高慢《こうまん》ちきで頭の悪い子だったんでしょ……ん？」

「高慢ちき？　いいえ、とても高貴で心根の優しい……マイカちゃん？」

言葉の途中でマイカは停止してしまった。頭の中で何かが巡り始める。

（ヴィクティリウム侯爵……あれ？　どこかで聞いたことなかったっけ？　それに王太子クリスト

ファーも……どこ？　どこで聞いたんだっけ？　えっと……）

「どうしたの、マイカちゃん。体調でも悪いの？」

「え、あ、いいえ。何でもありませんよ、シスター。……シスター……シスター、アナベル？」

「？　ええ、そうよ。本当に大丈夫？　風邪でも引いて熱があるとか……」

「シ、シ、シシシスターアナベル！　孤児院の管理人の⁉」

「どうしたの、マイカちゃん？　最初に会った時にそう説明したでしょう？」

突然クワッと目を見開いて当然のことを叫び出したマイカに、シスターアナベルは驚きを隠せない。だが、マイカの奇行《きこう》は止まらない。何せ、とうとう思い出してしまったのだから。

「シスターアナベル。孤児院。それに王太子クリストファーと悪役令嬢アンネマリー・ヴィクティリウム！　じゃ、じゃあ、ここってもしかして……テオラス王国の王都パルテシア⁉」

「確かにここはテオラス王国の王都だけど……て、マイカちゃん！　どこ行くの⁉」

マイカは走った。孤児院を出て、その外観に目をやる。そしてさらに確信することとなる。

「……間違いない。このシルエット、デザイン。ゲームに登場した背景スチルそのもの」

（それじゃあ、本当にここは、乙女ゲーム『銀の聖女と五つの誓い』の世界なの⁉）

霞がかっていた色々な記憶がどんどん鮮明になっていく。大人の頃の記憶はいまだにほとんど思い出せないが、逆に中学生頃の記憶がよりはっきりと思い出されていった。

（信じられないけど間違いない。ここは、本当に……そうなんだ！）

マイカは王都の中央に聳え立つ王城の姿を捉えてさらに確信した。ここはやはりゲームの世界だと。そして気がつく。舞踏会における襲撃事件。つまり――。

(ゲームのシナリオが既に始まっている！　確か今は四月に入ってすぐだから……っ⁉　孤児院のサブストーリーもすぐじゃない。そんな、ここが、孤児院が潰れちゃうかもしれないなんて)

乙女ゲーム『銀の聖女と五つの誓い』では、五月にこの孤児院を舞台としたサブストーリーが展開される。ひょんなことからお忍びデートをすることとなった王太子とヒロイン。だが、王太子の目的はあくまで王都の視察で、ヒロインはそれに従う形で王都散策を行うのだ。

そのデートの最後に訪れるのがこの孤児院である。役人の不正により長期間十分な支援を受け取れなかったために、その孤児院ではこれまでに多くの犠牲者が生まれていた。それを目の当たりにしたヒロインが孤児院を救うべく行動を起こすというストーリーだ。

(そんなことって！　いくらシナリオとはいえ、私を助けてくれた孤児院がそんな目に遭うなんて絶対に嫌！　どうにか、どうにかしなくちゃ！)

この時、驚愕の事実を知ったマイカはかなり動転していた。他にも考えなければならないことはたくさんあったはずなのに。

例えば聞き逃してしまったが、シスターアナベルがアンネマリーを優しい子だと言ったこと。他にも、襲撃事件が発生して学園が休校になったこと。ゲームでは襲撃事件が発生しても学園はそのまま翌日には始まっているのだ。この差は明らかにシナリオに大きな影響を与えている。

そして何より、彼女が今まさに暮らしているこの孤児院が……特に困窮していない点である。

五月のサブストーリーで孤児院が壊滅状態にあるのなら、現時点で孤児院はとっくに経営難に陥っていなければおかしい。しかし、マイカはここに来て以来一度も食事に困ったことはない。

だが、ゲームの世界に転生してしまったという事実は、マイカから冷静な判断力をこれでもかというくらいに奪っていた。マイカは思い浮かんでしまった、起きてもいない危機で頭がいっぱいになってしまったのである。

「急に外に出たりしてどうしたの、マイカちゃん」

マイカを追ってきたシスターアナベルが心配そうに彼女を見つめた。だが、マイカはそれに気がつかず「どうしよう、どうしたら」と呟くばかり。

(鏡で見た私の顔……多分私はゲームのキャラじゃない。名もなき孤児の一人ってこと？　もしそうなら、私にできることって……まさか、ヒロインちゃんが助けに来てくれるのを待つだけ？)

「マイカちゃん？」

「そんな、そんなのって……ダメ！」

突然大声を出したマイカに、シスターアナベルはビクリと肩を震わせた。もう、何なのこの子！

(モブキャラだからって何もしないわけにはいかないわ！　何か、何か手を打たなくちゃ！)

そう考えたマイカだったが、この世界に来たばかりの彼女に問題をどうにかする知識も技術も、伝手《つて》だってありはしない。ゲームのキャラクターを頼ろうにも彼らと接点ができるのは五月のサブストーリーが始まった時だ。物語の舞台は基本的に王立学園なので仕方のないことだった。

(もう、もう！　子供の頃流行ってた小説とかだと、ゲームの知識を活かして色々上手いことやってたりするのに！)

世の中そんなに甘くはないということだろう。特にここは貴族社会の国だ。平民の、それも孤児にできることなどたかが知れている。でも、諦めるわけにはいかなかった。

「シスターアナベル！」

「えっ⁉　今度は何？」

「私、働きます！」

「一体どこからそんな話になったのかしら⁉」

都合のよい改善策など思いつかなかったマイカ。とにかく今すぐにできること。彼女が考え付いた答えが『働いて生活費の足しにする』ことであった。平凡ながらも堅実な答えではある。

「確か王都には商業ギルドがありましたよね。私、今から行って働き口を探してきますね！」

「ちょっと待って、マイカちゃん。あなたくらいの年齢じゃ雇ってくれるところなんて――」

「シスター。私、絶対に孤児院を守ってみせますから！　行ってきます！」

「だから待って、マイカちゃん！　ちょ、速い！　足速いわ、マイカちゃーん！」

もう全然人の話を聞かない子である、マイカ。普段はそうでもないのだが、この時のマイカは完全にゲームの世界に酔っていたとしか思えない。

そしてそれから少し経って、仕事を見つけられずトボトボとした足取りでマイカは孤児院に戻ってくるのであった。

だがそこで諦めないのがマイカであった。ある程度落ち着いても肝心な部分での勘違いは収まることなく、五月を過ぎ、とうとう六月になってサブストーリーに遭遇《そうぐう》していないにもかかわらず、諦めずに商業ギルドに通うことおよそ二ヶ月。

とうとうチャンスが巡ってきた。紹介状不要のメイド募集の場に居合わせたのである。ここぞとばかりに飛び込んだ結果、マイカは面接に漕《こ》ぎ着けることができた。

（やった！　これで少しは孤児院の助けになれる！　待っててね、シスターアナベル！）

マイカはセレーナを連れてルンルン気分で孤児院へ向かうのだった。


孤児院からは呆気ないほど簡単に許可をもらえた。

「前から働きたいと言っていましたからね。でも、無理だと思ったらいつでも帰ってらっしゃい」

「任せて、シスター！　お給金が入ったらちゃんと仕送りするからね！」

「そんなことを気にする必要はないのよ？」

シスターアナベルは苦笑を浮かべるが、意気込むマイカはその表情に全く気づかなかった。

そして伯爵邸では、女主人たるマリアンナがこれまたあっさりと許可を出した。

「あらあら、可愛らしいこと。それではよろしくお願いしますね」

「よろしいのですか、奥様？」

基本的に使用人の、特に女性使用人の最終的な管理は屋敷の女主人がするものだ。だからヒューズが面接をする前に一度会わせておこうと思ったのだが、マリアンナが許可を出してしまった。

セレーナが尋ねると、マリアンナは頬に手を添えて困ったように微笑む。

「だって、今彼女を落としても次の人が来るとは思えないんですもの」

こう言われては言い返せないセレーナである。何せ、自分もそう考えていたのだから。

そして案の定、ヒューズも簡単に許可を出した。理由はやはりマリアンナと同じである。

こうして、マイカはルトルバーグ伯爵家のメイド見習いとなったのであった。

「ありがとうございます。私、頑張ります！」

伯爵夫妻はやる気一杯のマイカの様子を微笑ましそうに見つめていた。……そしてその夜、ルシアナにもこんな妹がいたらいいなとか思って夫妻は（以下省略）。


というわけでその翌日。メロディ達の学園生活でいうところの第二週四日目の早朝。

午前五時。孤児院の朝も早かったため、マイカは特に苦もなく目を覚ますことができた。セレーナの隣に与えられた使用人部屋で身支度を済ませると、通路で待っていたセレーナに挨拶をする。

「おはようございます、セレーナ先ぱ……じゃなくて、セレーナさん」

「おはようございます、マイカさん。言葉遣いの教育も追い追いやっていきましょうね」

精神年齢が中学生にまで戻ってしまった元おばあちゃん少女、マイカ。どうにも学生気質が抜けず、セレーナのことを先輩と呼んでしまう。しかし、メイド同士で呼び合う呼称としては不適切なので、セレーナから改めるよう注意を受けていた。

「それはそうと、あの子の様子はどうでしたか？」

「ああ、あの子ならぐーてんだらりとしながら変な寝言を言ってますよ。……変な犬ですね」

変な犬。伯爵家にいる犬と言えば、もちろんグレイルのことである。不思議なことに、昨日からグレイルはセレーナから距離を取るようになってしまったのだ。おかげで一緒の部屋で寝ることすら拒《こば》む始末。困ったセレーナは、仕方なくマイカに面倒をみるようお願いしたのであった。

急にどうしたというのだろうか。本当に謎である。……謎ったら謎なのである。

「びっくりしました。いきなり『ぐはははは、皆、滅んでしまえい！』って不吉な寝言を言うんですもん。セレーナせ……さんからあらかじめ教えてもらわなかったら、あまりの不気味さに悲鳴を上げてるところです。見た目は可愛いのに困ったものですね」

「ふふふ、そこが可愛らしいのだけどね」

マイカは日本にいた頃、時折テレビで見た人間っぽい鳴き声をする動物特集を思い出していた。あそこまではっきり人間の言葉に聞こえるのには驚いたが、異世界補正だろうか？　と、マイカは勝手に納得してしまう。……思い込みって、本当に恐ろしい。

さて、朝の雑談が終われば早速メイド業務の指導に入る。といっても、学校のように授業をするわけではないので、実践しながらの実地指導となるが。

まずはメイドの基本業務である掃除から。これができなければメイドとしては話にならない。掃除ができない人間は細かいところに目が行き届かない。つまり気配りができない。ということは、ハウスメイドはもちろんのこと、接客が仕事のパーラーメイドだって任せられないのである。

セレーナからは初日ということで速度よりも精度を優先して掃除をするよう命じられた。暖炉周りの掃除である。それだけでマイカは早朝の時間を使い切ってしまった。

その間にセレーナが他の仕事を済ませていたので、通常業務が滞ることはない。その実力差に、暖炉掃除の採点を受けながらマイカは驚くしかなかった。

（すっごい。これが異世界メイドの実力なの？　それとも地球の昔のメイドさんはこんなお屋敷の掃除を一人で切り盛りしてたの？　恐るべし、メイド！）

当時のメイドが聞いたら『一緒にするな！』と罵倒《ばとう》が飛び交うこと請け合いである。魔法を使わない範囲内なら、セレーナはメロディ級。マイカは見習えない手本を目の当たりにしていた。

マイカの初仕事の評価は残念ながら不合格だった。よいところは褒めてもらえたが、残念ながら不十分な箇所が多かったのである。自分ではちゃんとできていたつもりなだけに、落胆は大きい。

「ふふふ、メイドのお仕事は簡単なようでとても難しいと分かりましたね。気落ちせずに精進することです。まだ初日なのですから、これから上達していけばよいのですよ」

「は、はい！　ありがとうございます、セレーナ先輩！」

「……そちらも早く修正していかないとダメそうですね」

後輩を褒めて伸ばそうとするセレーナの姿勢はまさに部活における憧れの先輩のようで、マイカは先輩呼びがなかなか治らなかった。セレーナは困ったように微笑むばかりである。

そしてあっという間に指導から三日が経過した。どういうことかというと……。

「これからお屋敷のお嬢様が帰ってくるんですか？」

本日はメロディ達の学園生活第二週、六日目の夕方。明日は学園が休みとなるため、メロディとルシアナが屋敷に帰ってくる日であった。

「ええ、ルシアナお嬢様が帰ってくるのよ。指導に夢中で伝え忘れていたわ、ごめんなさい」

「それは構いませんけど。へぇ、ルシアナお嬢様ですか……うん？」

どこか聞き覚えのある名前だった。しかし、どうにも上手く記憶が繋がらない。

「あと、一緒にお嬢様付きのメイドをしているメロディお姉様も帰ってくるわ」

「メロディお姉様？　セレーナさんのお姉さんなんですか？」

「血は繋がっていないけれど、私にとってはお姉様なのよ。今はお嬢様の初めての学園生活をお手伝いするためにお屋敷を離れているけど、当家のメイドの最上位者はメロディお姉様よ」

「セレーナさんじゃないんですか⁉　そのメロディさんってそんなに凄いメイドなんですか？」

「ふふふ、私なんて足元にも及ばないわ。あなたのことは手紙で伝えてあるから、ルシアナお嬢様へは当然として、メロディお姉様にも教えた通りの礼儀作法でご挨拶をしてくださいね」

（いやいやいや、あれより凄いってどんだけなの⁉　この世界のメイド、ハードル高すぎ！）


驚愕と緊張の中、伯爵夫妻含む四名に出迎えられてルシアナ達が伯爵邸に帰還した。

ルシアナは両親へ帰還の挨拶をすると、今度はマイカの方へ視線を向ける。

「その子が新しいメイド見習いの子？」

「はい、お嬢様。メイド見習いのマイカといいます。マイカさん、お嬢様にご挨拶を」

「は、初めまして。先日より見習いとしてお世話になっております。マイカです。よろしくお願いいたします、ルシアナお嬢様」

少しぎこちないが、マイカはルシアナにそっとカーテシーをしてみせる。ルシアナはニコリと微笑み返し「こちらこそよろしくね」と優しい口調で答えた。

（うわぁ、綺麗な子。この子もゲームキャラだっけ？　ルシアナ・ルトルバーグってどこかで聞いた覚えがあるんだけど、でもこんな感じのキャラクターっていたかなぁ？）

実際に顔を見ても、やはり上手く記憶と繋がらない。名前は聞いたことがある気がするのに。

（おっと、いけない。セレーナさんからメロディお姉様とやらにも挨拶するようにって言われてるんだった。となると、ルシアナお嬢様の後ろに控えている彼女がそうか……な……え？）

「メロディお姉様、この子がメイド見習いのマイカです。マイカさん、お姉様にもご挨拶を……マイカさん？」

マイカは口をポカンと開けたまま目の前の少女を見つめていた。

霞がかっていたおばあちゃんの頃の、この世界にやってくる直前の記憶が蘇《よみがえ》る。

（黒髪、黒目に、あのメイド姿……そうだ、あれは、間違いない。彼女は――）

「初めまして、マイカちゃん。私もこの屋敷のメイドをしているメロディといいます。これから一緒に頑張っていきましょうね！」

髪の色、瞳の色が違っても、浮かべる満面の笑みはまさしくマイカが中学生時代にハマっていた乙女ゲーム『銀の聖女と五つの誓い』のヒロイン、セシリア・レギンバースがハッピーエンドで浮かべた笑顔そのもので――。

（ど、ど、どうしてここにヒロインちゃんがいるのよおおおおおおおおお⁉）

マイカはポカンとした顔でメロディを見つめながら、内心では怒濤《どとう》の驚愕が渦巻いていた。

シナリオブレイクなメイドヒロインと忍び寄る嫉妬の影

緊張で挨拶の言葉が飛んでしまった、という言い訳をしてその場はやり過ごすことができた。

その日の夜。自室にてマイカは困惑《こんわく》するばかりであった。

（いや、ホント、なんでヒロインちゃんが学園に行かないでメイドなんてやってるの？）

あの顔は間違いなくヒロイン、セシリア・レギンバースのものだった。そしてルシアナ・ルトルバーグ、彼女のこともマイカはようやく思い出した。

（ルシアナ・ルトルバーグって、ゲーム序盤の中ボス『嫉妬の魔女』のことじゃない。どうして今まで気がつかなかっ……て、気づけるか！　どの辺が『貧乏貴族』なのよ！）

ゲーム上のルシアナ・ルトルバーグと言えば伯爵家でありながら、『貧乏貴族』を代名詞にされるほど困窮した没落貴族で、王都の邸宅も幽霊屋敷のようなありさまだったはず。そして、貧乏ゆえに美容に気を遣うこともできなかった彼女の容姿は、お世辞にも美しいとはいえなかった。

（全然ゲームのスチルと違うよ！　キャラクターデザインが完全にすり替わってるじゃん！）

無理もない。今やルシアナは『妖精姫』と称されるほどに可憐な少女へと生まれ変わっているのだ。ゲーム設定を知っているからこそ、マイカの中で上手く記憶が繋がらなかったのである。

セレーナの説明によれば、今のルトルバーグ家はメロディによる奉仕の結果なのだそうだ。屋敷を改装し、古びたドレスを仕立て直し、食料は過剰なほどに自給自足、そして類まれな美容テクニックでルシアナは驚くほど可憐で美しい少女へと早変わり――て、そんなメイドがいてたまるか！

そうやってゲームとの齟齬《そご》に気づくと、マイカは徐々に冷静さを取り戻していく。

（……そういえば、今ってもう六月よね。ということは、孤児院ではサブストーリーが始まっているはず……なのに、昨日までにそれらしい事件なんて起きてない。というか、そもそもあの孤児院、全然困窮していなかった？　……あれぇ？）

マイカがこの屋敷のメイドとして奉公に出たのは、少しでもこれから困窮するであろう孤児院の助けになればと思ってのことだったのだが、今考えてみると、あの孤児院は全然経営難でも何でもなかったのではないだろうか。そして思い出される、苦笑を浮かべるシスターアナベルの顔……。

（いーやー！　もしかして、もしかしなくても私、メチャクチャ空回ってたのおおおっ!?）

恥ずかしさのあまりベッドの上でゴロゴロと転がりまくるマイカ。改めて思い返してみると、ゲーム知識を持って転生した自分に酔いしれていたとしか思えない。

枕に顔を埋めて、マイカは唸り声を上げた。恥ずかしさで死ねるよこれ！

（これはもう、完全にゲームシナリオに異変が起きてるよ、間違いない。……そういえば、舞踏会の襲撃事件の影響で学園が一時休校になったって以前シスターアナベルが言っていたような）

マイカは再びベッドの上を転がりだした。

（もう、もう！　もっと以前から気づけるポイントあったじゃないの！　あれ、四月の話だよ！）

当時の自分がいかにテンパっていたか思い知らされる。ここが本当にゲームの世界だというなら明らかに色々おかしなことになっている。そして一番おかしいのはやはり……。

（ヒロインちゃんが学園にも行かずにメイドをやってるとか、おかしいの極みでしょ！　ゲームが始まらないじゃない！　て、襲撃事件起きてるよ⁉　シナリオ始まってるのにヒロイン不在⁉　いや、もう、シナリオがおかしくなってる原因、どう考えてもあの子じゃん！）

幸い、明日一日はメロディが屋敷にいる。本来は休みらしいが、なぜか本人はメイド業務に勤《いそ》しむ気満々らしい。

（これは、原因を確かめないと。だって、この世界には最悪の存在、魔王がいるんだもん。ヒロインちゃんにはきちんと聖女をやってもらわないと、この世界が滅んじゃうかもしれないし！）

まさか自分のベッドの隣で寝息を立てている子犬がそうだとは思いもせず、マイカは意気込みながらも明日に備えて就寝するのであった。


そして翌朝。いつもの通り、午前五時に自室を出ると通路にはメロディが立っていた。

「おはよう、マイカちゃん」

初めてマイカと接するということで、今日のマイカの指導はメロディが受け持つらしい。その間にセレーナが諸所の通常業務を執り行う予定となっている。

「おはようございます、メロディ先輩……じゃなかった、メロディさん」

「先輩……」

「申し訳ありません。次からは間違えないように気をつけます」

「ううん、そのままでいいよ！　二人の時は私の事、先輩って呼んでね、マイカちゃん！」

「は、はぁ……？」

メロディは何だか嬉しそうだ。先輩と呼ばれて喜んでいるのだろうか。そのはしゃぐ姿は、マイカの中のヒロイン像と重ならず、不思議な気持ちになる。

（まるで別人みたい……別人？）

そこでマイカはふと気づく。まさか、ヒロインちゃんは自分と同じ──転生者？

だったら今の状況にも頷ける。ゲーム知識を持って転生したヒロインが、学園で伯爵令嬢として生きることを嫌ってシナリオからかけ離れた行動を取ったと仮定すれば……。

それで選んだ先がどうしてルトルバーグ家でメイドをすることなのかは疑問だが、それでもマイカは答えを知る必要があると考えた。

（これを尋ねるのは諸刃《もろは》の剣になるかもしれないけど、意表を突くならやっぱりこの質問でしょ）

「それじゃあ、メロディ先輩と呼ばせていただきますね。それで、質問があるんですが」

「うん、何でも聞いてね！」

「では──メロディ先輩、『銀の聖女と五つの誓い』って知ってます？」

「？　それは何かの物語？」

（あ、あれ……見事なまでにスルーされた？）

マイカは見落としがないよう真剣にメロディの反応を窺っていた。だが、メロディは不思議そうに首を傾げるだけで、驚いた様子もなければ戸惑《とまど》った様子もない。まさにスルーであった。

この質問にメロディが何を考えていたかというと……。

（そういえば以前、ヴィクティリウム侯爵家のアンネマリー様が同じ質問をしていたような……）

それを口にしていればまた何か違ったのかもしれないが、残念ながらメロディは考えるに留めてしまった。

「もしかして王都で流行っている物語とか？　知っておいた方がいいのかしら」

「い、いいえ！　そういうんじゃないので気にしないでください！」

「そう？」

元々それほど興味もないのか、メロディは少しだけ不思議そうにしつつもこれ以上追及《ついきゅう》してくることはなかった。笑顔を浮かべながらマイカは内心で安堵の息を零す。

（ゲームに反応がないってことは、転生者ではないの？　じゃあ、なんで彼女はメイドなの？）

「あの、メロディ先輩はどうしてメイドになったんですか？」

「え？　それはもちろんメイドが大好きだからよ」

メロディはまるで恋する乙女のように頬を紅潮させてそう答えた。

（どうして今のセリフで告白シーンのスチルみたいな表情を浮かべちゃうわけ⁉）

「私、小さい頃からずっとメイドに憧れていたの。亡くなった母にも『世界一素敵なメイド』になると誓って……そういえば、それからなのよね、メイド魔法が使えるようになったのは」

「メイド魔法？」

聞きなれない言葉にマイカは首を傾げた。ゲーム知識を持つ彼女の記憶に『メイド魔法』などという頓珍漢《とんちんかん》な名称の属性魔法は存在しない。あってもゲームでどう活かせという話である。

「そういえばまだ説明していなかったわね。メイドが連携するためにはお互いに何ができるのかを把握しておく必要があるわ。だから、今日は私のメイド魔法について説明しておくわね。実践で」

「え？」

そしてメロディは、これっぽっちも自重することなく、魔法によって本日のメイド業務をこなしていった。ただし、先週の失敗のことは忘れない。結果だけはやり過ぎないように気をつけて、怒濤の魔法ラッシュで屋敷中を美しく仕上げていくのだった。

その光景を見つめながら、マイカは乾いた笑い声を響かせた。

（ああ、うん。間違いなくこの子がヒロインだ……シナリオ序盤だっていうのに聖女の魔力を完全に使いこなしてるよ。……メイドパワーに極振りしちゃってるけどね、ははは）

とりあえず、自重を知らないメイド魔法がマイカの指導には全く何の役にも立たなかったことは言うまでもないだろう。いや、もう、参考になんてなるはずがないよね、ホント……。

（彼女が転生者かどうかはよく分からないけど、シナリオがおかしい原因はセシリア、いや、メロディ先輩で間違いなさそう。となると、学園はどうなってるんだろう？　もうすぐ『嫉妬の魔女事件』が起きる頃だけど、大丈夫かなぁ？）

「お姉様、マイカさんの指導もしないで魔法で仕事を片付けるとか、何をしているのですか？」

「ご、ごめんなさい」

妹分から割と真面目に叱られるメイド長（仮）の背中を見つめながら、マイカはゲームシナリオの推移を心配するのであった。

「それではお父様、お母様、行ってまいります」
「ああ、頑張っておいで」
「体調には気を付けてね。メロディ、ルシアナをよろしくね」
「畏まりました、奥様。セレーナ、マイカちゃん、お屋敷のことよろしくね」
「ええ。お任せください、お姉様」
「はい、頑張ります」

休日明けの朝、ルシアナとメロディは再び学園へ向かう。走り出す馬車を見送りながら、マイカは内心で悩ましい表情を浮かべていた。

マイカが確認した限りでは、乙女ゲームのことを知らないメロディは転生者ではなさそう。それどころかシナリオの存在などこれっぽっちも意識していない様子だった。だが、現実としてヒロインであるはずの彼女はここにいて、どう考えても今後のゲーム展開に支障をきたす可能性が大きい。何せヒロインは王立学園にいるものの生徒ではなくメイドとして在籍しているのだから。

『転生者＝ゲーム知識あり』と考えてしまうあたり、マイカは朝倉杏奈と仲がよかっただけはある似《に》通《かよ》った思考回路をしていた。やはり転生者である自分自身がそうだからだろう。

（……襲撃事件が起きた以上、魔王がいることはほぼ確定。でも、それに対抗できるヒロインちゃんは聖女じゃなくてチートなメイドにジョブチェンジしてて……うん、理解不能だねこれ）

唯一の救いがあるとすれば、メロディが既に聖女の力に覚醒《かくせい》していることだ。最悪魔王が復活してもあれならば対抗できるかもしれない――などと、マイカは内心でささやかな言い訳を考える。

（時期的に『嫉妬の魔女事件』はもうすぐのはず……次の帰宅時にでも聞いてみようかな）

結局のところ、孤児院で仕事を見つけるのに苦労したのと同様、ゲームにおいて名前どころかキャラクターデザインすら与えられていないであろうマイカにできることは、ほとんどないのだ。

「さ、マイカちゃん。お仕事を始めましょうか」

「はい、よろしくお願いします」

微笑むセレーナに返事をすると、マイカは玄関ホールを後にした。

「それじゃあ、悪いけど荷物をよろしくね、メロディ」

「畏まりました、お嬢様。行ってらっしゃいませ」

学園に入ると、ルシアナは荷物をメロディに預けてそのまま校舎へ向かった。校舎に入り、教室へ向けて歩いていると中庭にある通路沿いのベンチに見覚えのある二人の姿が目に入る。

「おはようございます、王太子殿下、マクスウェル様」

「やあ。おはよう、ルシアナ嬢」

二人は立ち上がりルシアナのもとへやってきた。その手には何やら書類の束がある。

「こんな朝早くからお仕事ですか？」

「生徒会のことで少しね。教室へ向かう前に軽い打ち合わせをしていたのさ」

「まあ、それは失礼しました。お忙しいのにお邪魔をしてしまって」

「気にする必要はないよ。そろそろ私達も教室へ行かなければならない時間だからね」

挨拶をして迷惑だったろうかと不安になるルシアナへ、マクスウェルがニコリと微笑む。

「そう言っていただけて少しほっとしました。それにしても、軽い打ち合わせとはいえこんな場所でしなければならないなんて、本当にお忙しいのですね」

「そうだね。おかげで同じクラスだというのに君と話す機会もあまりとれなくてとても残念だよ」

「まあ、殿下ったら。ふふふ」

眉尻を下げながら肩をすくめるクリストファーの姿に、ルシアナは思わず笑ってしまう。つられるようにマクスウェルもクスクスと笑った。

笑顔を浮かべて笑い合う三人の美男美女。傍から見れば何と微笑ましい光景であろうか。事情を知らない者が見れば、とても仲睦《むつ》まじく見えることだろう。

実際、仲は悪くないのだが、実態を言えばまだまだ彼らは知人・友人の域を出ていない。三人の堅い口調を聞けばそれは明らかだろう。

……だが、そんな見る者が見れば理解できる事実など、通路の影から彼らを見つめている彼女には関係なかった。

「……」

彼女の視線は、二人の美少年へ笑顔を浮かべるルシアナへと向けられて――。

「……」

少女はその想いを一切言葉にはしなかった。だが、右手の拳がギュッと強く握りしめられる。

それだけで、彼女が何かを堪えていることが理解できた。

そうして見つめていると、しばらくしてルシアナ達が教室へ向けて歩き出した。それを見送り、彼らの姿が見えなくなると、少女は小さく嘆息する。

そして自分も歩き出そうとして――。

『ああ、何と美しい『嫉妬』の心』

「え――」

背後から声がした。反射的に振り返ろうとした瞬間、背中に衝撃が走る。そして、黒い靄のような剣身が彼女の胸を貫いているという驚愕の光景を目にした。

「え？　あ？　…………え？」

痛みはない。だが、瞳に映る姿は明確に自身の死を予感させるものだった。そして何か黒いモノが、彼女の中へ浸透していく不思議な感覚に襲われる。

それに心を委《ゆだ》ねてしまえば楽になれるという想いと同時に、それに心を許してはいけないという本能的な忌避《きひ》感。二つの相反する感情が交錯《こうさく》し、少女の心は混乱の坩堝《るつぼ》へと追いやられていく。

苦しい。気持ちいい。嫌だ。嬉しい。許せない。助けて。悲しい。楽しい。痛い。つらい。

（ああ、誰か……誰か……）

感情をコントロールできず、乱高下《らんこうげ》してしまう。あまりの気持ち悪さに心のうちで助けを呼ぶが、誰も来てはくれない。当然のことだと理性では分かっているのに、感情がそれを拒絶する。

何という理不尽。何て可哀想な私。でも、あの子なら、誰かが助けてくれるに違いない……。

『ふふふ。お門違いと分かっていても止められない歪《いびつ》な心よ！　ははははは』

背後から嘲笑《ちょうしょう》するような声が響き、心が定まらぬ中、少女はぎこちない動きで視線を動かした。

そしてわずかに目を見張らせる。

「あ……あな……」

『それでこそ、私の手駒《てごま》に相応しい！』

ぼさぼさに切られた紫色の髪に、およそ学園に入るには相応しくない襤褸を纏った小柄な体躯。

二ヶ月の時が過ぎてもその印象的な出で立ちはそう簡単には忘れられない。

春の舞踏会を襲撃した少年、ビューク・キッシェルは、まるで作り物のような歪な笑顔を浮かべながら、少女を見つめていた。

そして彼女の頬を一筋の雫《しずく》がキラリと流れる。まるでそれが、彼女の心の最後の輝きのように。

だが、ビュークの頬にも涙が流れていたことには、ビューク自身も気がついてはいなかった。

こうして人知れず、乙女ゲーム『銀の聖女と五つの誓い』の中ボス『嫉妬の魔女』が生まれた。


その日の深夜。誰もが寝静まった頃、王立学園の空に雨が降った。時間にしてほんの数分。おそらくそれに気がついた者はいなかったことだろう。

ぐっすり眠っていたメロディも気付いていない。邪《よこしま》な魔力を宿した黒い雨が降ったことに気がついたのは――その身に同質の魔力を宿した、白銀の子犬だけだった。

嫉妬の魔女事件

学園生活が始まって一ヶ月。季節は七月を迎えた。

その頃になると生来の明るい性格も相まって、ルシアナは少しずつクラスに溶け込んでいった。

今では彼女を見てひそひそとよく聞こえる噂話をする者はほとんど見当たらない。

相変わらず公爵令嬢オリヴィアとは表面上普通の関係だが、時折彼女から感じる視線には鋭いものがあり、仲良くできればと思うものの今のところ進展はなかった。

反してルーナとの仲はすこぶる良好で、クラスでは一番の仲良しといって差し支えないだろう。

いまだに魔法は使えないのが少しだけ不満ではあるものの、充実した学園生活を送っていた。

そしてメロディの方も午前はメイド業務、午後はレクトの助手業務と忙しい――と、周りからはそう見える――毎日を送っている。騎士道の授業は週二回だけだが、それ以外の日も書類整理やら授業の準備やらを手伝っているので、助手業務も週六日勤務であった。

レクトからすればホクホクものである。もちろん全く関係は進んでいないが……。

「え？　鉛筆を失くされたんですか？」

そんなある日。夕食の給仕中、メロディは今日の学園の出来事をルシアナから聞かされる。

「そうなの。午前中の授業の時は確かにあったはずなんだけど、昼食を終えて午後に使おうと思ったら見つからなくて。ルーナも一緒に探してくれたんだけど結局見つからなかったの」

「確か筆箱には一本しか用意していませんでしたよね。大丈夫でしたか？」

「うん。ルーナが貸してくれたから」

「持つべきものは友人ですね。では、後で替えの鉛筆を用意しておきます」

「お願い。あーあ、勿体ないことしちゃったなぁ。ごめんなさい、お父様」

この世界では授業の書き取りに鉛筆を使用しており、特別に高価というわけではないのだが決して安いわけでもない。まだ十分使える物だっただけにルシアナはとても残念がった。

地球の西欧諸国だと学校の授業に鉛筆を使わないところも結構あるのだが、このあたりはやはり日本製の乙女ゲーム世界ということなのだろう。まあ、そんな事情をルシアナが知るはずもなく、メロディはもう異世界だからで勝手に納得してしまっているので誰も気にしていないのだが。

話題としてはその程度である。ルシアナがうっかり物を失くしてしまうなど、ある意味想定内の出来事だ。メロディとルシアナは互いに苦笑を浮かべるのであった。

そしてその翌日。授業を終えて帰ってきたルシアナの洗濯物を仕分けしていたメロディは、とあることに気がつく。

「あれ？　ハンカチがない？」

普段なら制服のスカートに入っているはずのハンカチが見当たらなかった。どこかに紛れ込んだのかと探してみるが、やはり見つからない。

「え？　ハンカチ？　スカートに入ってなかった？」

「それが見当たらなくて。何か覚えていませんか？」

「おかしいなぁ。鞄にでも入れたっけ？」

ルシアナは鞄の中を検《あらた》めたがやはりそこにハンカチはなく、結局見つけることはできなかった。

「ううう、まさか一週間で二回も無くし物をするなんて。うっかりにもほどがあるでしょ私」

「確か、今日は午後からダンスの選択授業を受けましたよね？　その時でしょうか？」

「うーん、どうだろう。ダンス用のドレスに着替えたけど、ハンカチは制服に入れたままだったと思うんだけどなぁ。ホント、どこ行っちゃったのよ、私のハンカチ。あれ、気に入ってたのに」

「お屋敷にまだ同じ布があったはずですから、またお作りしますね」

「ごめんね、メロディ」

「ふふふ、今度から気をつけてくだされば大丈夫ですよ」

その日からルシアナは所持品の確認をより一層注意するようになる。そのおかげか、それ以降は無くし物をしたという話は出なくなった。

めでたしめでたし……となればよかったのだが、事件は起きた。


それは七月第二週一日目のこと。休み明けに伯爵邸から登校し、学園の入り口でルシアナと別れたメロディは普段通り午前のメイド業務に勤しんでいた。

洗濯場でアンネマリーのメイド、メリアーヌと談笑しながら洗濯をしているとそこに慌ただしい足音とともに一人のメイドが姿を現す。

「メロディ。ちょっと聞いた⁉」

「そんなに急いでどうしたんですか、サーシャさん？」

「あらあら、どなたかしら？」

「あ、メリアーヌさん。こちらインヴィディア伯爵家のメイドのサーシャさんです。サーシャさん、こちらはヴィクティリウム侯爵家のメイドのメリアーヌさんです」

「え？　あ、はじめまして、サーシャです」

「あらあら、うふふ。メリアーヌといいます。よろしくお願いいたします」

ペコリと一礼し合う二人。洗濯場は一時ふんわりした雰囲気に包まれた。が、ハッと我に返るとサーシャは再び慌ただしく話し始めた。

「って、そうじゃなくて。メロディ、学園のことは聞いた？」

「学園のことですか？　いいえ、特には。何かあったんですか？」

「お嬢様の、一年Aクラスの教室がメチャクチャに荒らされていたんですって！」

つまり、この場にいる三人のメイドの主の教室がということである。

「えっ⁉」

「まあっ⁉」

サーシャからの突然の話にメロディとメリアーヌは大きく目を見開いた。

それから程なくして学生寮に知らせが届く。本日の授業は午前中のみとなり、午後の選択授業は休みとなるらしい。当然レクトの騎士道の授業も休講で、メロディは学生寮に控えることに。ルシアナも食堂で昼食を済ませるとすぐに学生寮に帰ってきた。

「それでは、教室のいたるところに塗料が塗られていたんですか？　壁、床、天井に黒板まで」

「塗られてたっていうか、あれはぶちまけられてたって感じね。バケツからこうドバっと」

帰るなり勉強部屋で授業の課題をこなしながら、ルシアナは事件の説明をしてくれる。メロディはお茶の準備をしながらそれを聞いていた。

「酷いですね。一体だれがそんな真似を……」

「机や椅子にも塗料はかかっていたけど中身が無事だったことだけは不幸中の幸いね」

手に持っていた鉛筆をクルリと回しながらルシアナはため息をついた。当然、被害は被害なので喜べる話ではないようだ。そしてその話を聞いたメロディも首を傾げてしまう。

「机の中身は無事だったんですか？　無造作に塗料をまき散らしたのに？」

（まさか、意図的にそんな真似を？　でも、どうして……？）

考えてみたが、これといって妥当《だとう》な理由が思い浮かばずメロディはさらに深く首を傾げた。

「それでお嬢様、明日以降の学園の予定はどうなるのでしょうか？」

「塗料を落とすのに数日かかるらしいけど、別室を臨時教室にして明日からは通常通りの授業体制に戻るそうよ」

「畏まりました。でも、王太子殿下もいらっしゃるのによく休校になりませんでしたね。」

「学園側は考えたらしいけど、王太子殿下ご自身が「既に授業が遅れている状況でこれ以上遅らせるのはよくない」と仰ったのよ」

ルシアナの説明にメロディは小さく目を見張った。

「狙われたのはご自分が通われる教室なのに、そんなことを？」

「勇敢《ゆうかん》な方なのよ。毅然《きぜん》として格好よかったわ。現場に居合わせたアンネマリー様も生徒会役員として冷静に対応してくださったから混乱も最小限に収まったし。教室の前でポカンとしていた私とは大違いだわ。見習わないとね」

反省の言葉を口にしつつも、どこか自慢げな様子のルシアナ。頼りになる友人を誇りに思っているのだろうか。得意げな顔でルシアナはクルリとペンを回した。

「お嬢様、勉強中にペン回しははしたないですよ。どこで覚えたんですか、まったく……て、あれ？　お嬢様、その鉛筆……」

「あ、分かった？　うん、そうなの。これ、この前無くした鉛筆よ」

「見つかったんですか？　一体どこで」

「荒らされた教室を先生が検分《けんぶん》していたら教卓のそばに落ちていたんですって」

「転がっていったんでしょうか？　でも確か、教室は毎日放課後に清掃が入りますよね？」

「きっと見落としがあったのよ。ともかく、見つかってよかったわ」

「……そういうものでしょうか？」

（うーん、王太子殿下も入る教室の掃除に見落としなんてあるのかなぁ……？）

見つかった鉛筆で勉強するルシアナを見守りながら、メロディは何か腑に落ちないものを感じてしまう。何事もなく事件が解決してくれればいいな、と考えるメロディなのであった。

「平静と沈黙を保て『静寂《サイレンス》』」

ところ変わって上位貴族寮のアンネマリーの寝室。侍女のクラリスさえ追い出して、一人になった彼女は室内に防音の魔法を掛けた。いや、正確に言えば一人ではない。

「……もういいわよ」

ベッドの影から一人の人物が姿を現した。

「ふぅ、まさかこの隠し通路を使うはめになるとはな」

天井を見上げながら埃をはたいているのは、王太子クリストファーである。

「なぁ、アンナ。やっぱり俺がここに来るのってまずくねぇか？　お前が来ればよくね？」

「どっちが見つかっても結婚まっしぐらなリスクに変わりないわ。諦めなさい」

「ちぇ～っ」

全ての学生寮は地下通路を通して繋がっている。基本的に侵入防止策が取られてはいるものの、アンネマリーとクリストファーはいざという時に合流できるよう設計段階で二人だけの秘密の通路を確立させていたのであった。ちなみに用事が済めば塞げるようになっているので、次代の王族や侯爵令嬢が危険にさらされる可能性は……多分ない。

「んで、わざわざ側仕《そばづか》えも外してこっそり会うくらいだから、ゲームのことなんだろ？」

寝室に用意されているソファーに座りながら、クリストファーはアンネマリーの方を見た。ベッドに腰掛けながら、アンネマリーは深く頷く。

「まあね。とりあえず、乙女ゲーム『銀の聖女と五つの誓い』における最初のメインイベント『嫉妬の魔女事件』が始まったと考えて間違いないと思うわ」

「それって今朝の事件のことだよな？」

「そうよ。魔王に魅入られたとある生徒『嫉妬の魔女』がヒロインちゃんを犯人に仕立て上げて貶《おとし》めようと画策《かくさく》するの。事件は全部で三つ。一つ目は今日の『教室ペンキ事件』。二つ目は成績優秀な平民生徒をターゲットにした『机荒らし事件』。そして三つ目がとある女子生徒が何者かに水をかけられる『水浸し事件』」

「……なんか、全体的にしょぼいな。もっとこう、陰湿《いんしつ》な感じかと思った」

「実際に被害に遭ったらそうも言ってられないわよ？　今日だってかなり困ったし」

「いや、まあ、確かにそうなんだけどな」

頭をかきながら困った顔になるクリストファー。漫画などでよく見かけるいじめのテンプレのような内容だが、確かに実際にやられたら迷惑極まりない話だ。いじめダメ、絶対！

「それで今後の対策について話したいんだけど……はぁ」

アンネマリーは大きく嘆息した。ゲーム知識を有する彼女だが、思いっきり初手から躓《つまず》いている状態だったりする。なぜなら――。

「ヒロインちゃん不在なせいで配役が全然分かんねえもんな。ヒロインちゃんがいないんだから事件そのものも起きなきゃ話が早かったんだが」

「ゲームシナリオの強制力が本当にあるのかもしれないわね……だったら何よりヒロインちゃんを

連れて来てって話なのよ、まったく！」

「『嫉妬の魔女』すら別人の可能性大だもんなぁ。アンナの知識、全然使えねえの」

「ぐぬぬぬ……」

ゲームにおける中ボス『嫉妬の魔女』とは、ルシアナ・ルトルバーグのことである。だが、今の彼女には『嫉妬の魔女』になるに足る背景がない。荒んだ生活からくる劣等感と、傍から見れば恵まれた環境にいるヒロインに対する嫉妬心から彼女は魔王に魅入られるのだが、メロディのおかげで貴族らしい環境と能力を手に入れた今、一体誰に嫉妬すればよいというのか。

それに何より……。

「そもそも今回のシナリオの代役ヒロインは、ルシアナちゃんでほぼ確定なのよね」

アンネマリーは再び大きなため息をついた。

「それってやっぱり、あの鉛筆か？」

クリストファーは少し前の臨時教室でのことを思い出す。荒らされた教室の検分を終えて戻って来た担任教師レギュスが「教室に鉛筆が落ちていたが、誰のだ？」と尋ねたのだ。しばらく誰も反応しなかったが『L』のイニシャルが刻まれていると伝えると、ルシアナが自分のかもしれないと手を挙げたのである。

「本人は数日前に失くしたって言ってたけど……」

「まあ、漫画なんかではよくある話だよな。犯人に仕立て上げるためにターゲットの私物を事件現場に転がしておくなんてのは」

「これ、ゲームでは本来ヒロインちゃんが名告《なの》りを上げるシーンなのよね」

「おっふ。中ボスがヒロインかよ。いや、まあ、舞踏会の時も似たようなもんだったけど、本格的にバグってるなこの世界。本当に何が原因なんだ？　……て、俺達か」

転生によりゲーム通りの人物でなくなった自分達を思い出し、クリストファーは肩を落とした。

ちなみに、最大にして根本の原因はゲーム知識皆無などこかのメイドジャンキーである。

「全てが私達のせいとまではいかなくても、一因ではあるでしょうね。でも、その話はともかく今は直近《ちょっきん》のシナリオの問題よ。事件が発生したってことは、舞踏会事件の時に逃げた魔王はやはり健在だったということ。そして代役ヒロインとなったルシアナちゃんは聖女ではないという問題」

「結局はそこに行き着くんだよな。誰が代役になったところで本当の意味でヒロインちゃんの代わりにはなれない。なぜなら聖女ではないから」

「だからこそ、私達がヒロインちゃんの代わりに少しでも事件を解決していかなくちゃ。ここでバッドエンドにでもなったらより一層魔王の力が強まってしまうわ」

「何よりルシアナちゃんが酷い目に遭うのは見たくないしな。それで、今のところ犯人の目星をつけてるのか？」

「……心当たりが全くないわけではないわ」

「へぇ、誰？」

アンネマリーの脳裏に公爵令嬢オリヴィアの姿が浮かぶ。だが、彼女はすぐに首を横に振った。

「いいえ、まだ確証なんて全然ないの。あんたは先入観のない目で犯人を捜《さが》してちょうだい」

「ふーん。まあ、そういうことならそうするけどよ……あ、そういえば第三の事件で水を掛けられる令嬢って誰なんだ？」

「あー……うん。……オリヴィア・ランクドール公爵令嬢よ」

アンネマリーが確証を得られない理由のひとつがこれだった。確かに彼女はルシアナを敵視している。だが、彼女はこの事件における被害者でもあるはずなのだ。

とはいえ、現在の状況を鑑《かんが》みれば配役は変わる可能性も十分にある。当初の懸念《けねん》通り彼女が犯人であるならば、別の誰かが被害者になることだって否定できない。

結局、事件が起きてみるまで明確なことは何も分からないのだ。

（魔王に魅入られた『嫉妬の魔女』は、誰なの……？）

嬉し楽しくメイドをやっているヒロインの裏側で、アンネマリーは苦悩するのであった。

ルシアナの魔法と疑惑の視線

事件発生から数日が経った。掃除も終わり、既にルシアナ達は元の教室に戻っている。

幸い、あれから再び教室が荒らされることはなかったが、いまだに犯人は見つかっておらず、目的も不明。事件は迷宮入りしそうな雰囲気となっていた。

今日のメロディはレクトの指示で王立学園併設の図書館に来ていた。

「こんにちは。入館したいのですが」

「それでは利用許可証の提示をお願いします」

係員の指示に従って、あらかじめレクトから預かっていた利用許可証を差し出す。正確にいうと利用許可の委任状だ。王立学園の図書館は基本的に学園関係者にしか利用資格がない。そのため、レクトの代行という形でメロディにも資格が与えられたのである。

図書館へ入るとメロディはテキパキと資料を集め始めた。入館初日こそ戸惑いを見せたもののそこは天才肌のメロディである。即座に館内の書籍の分類法と配置を把握し、今ではこの図書館の司書ではないかと言えるくらいに把握していた。

きっと今、誰かに書籍の場所を尋ねられても笑顔で対応することが可能だろう。そんな機会は多分来ないので、役に立つのかどうかよく分からない才能ではあるが。

「さてと、資料集めはこれで完了っと。……それじゃあ、ちょっとだけ。ふふふ」

必要な資料を揃え終えたメロディは、少しだけウキウキした表情を浮かべて図書館の中を歩き始める。別にサボっているわけではない。一応レクトの指示である。

あらかじめいつまでに戻ってくるよう指示されていて、それまでの時間は図書館で自由にして構わないと言付《ことづ》かっているのだ。そのため、早々に資料集めを終えたメロディは余暇《よか》を使って図書館を見て回っているのである。

完全にレクトの忖度《そんたく》である。何せ好きな娘が図書館と聞いて胸をときめかせていたのであるからして。図書館で好きにしていいと言うだけで株が上がるのだから使わない手はない。

……もちろんレクト自身はメロディが喜んでくれるなら、という考えであって、これでメロディの好感度を上げてやろうなどという下心があるわけではない……少ししか。

「あ、これ。お嬢様にいいかも」

手に取った本を開き、中身を確かめる。魔法基礎の手引書だ。内容も子供向けにかなり分かりやすくまとめられていて、魔法初心者のルシアナにはちょうどよいかもしれない。

六月に自身の魔力を感知できるようになったルシアナだが、いまだに魔法を使うことはできないでいた。どうも魔力を魔法に変換する過程が理解できないらしい。

メロディもやり方を教えようと努力するのだが、彼女の場合天才肌過ぎてほとんど参考にならないというのが現状だ。何せ感覚だけで世界最大級の圧倒的魔力を御《ぎょ》せるほどの制御能力なので。

書籍の内容を確かめ終えると、メロディはそれを本棚に差し戻した。一応委任状があるので本を借りることはできるが、あくまでこれはレクトの代行としてのものである。図書館を楽しんでいるメロディであっても、さすがにその辺りの公私の区別はしっかりしていた。

時間になったメロディは、集めた資料を抱えてレクトのもとへと戻るのであった。


そしてその日の夜。メロディはルシアナの魔法訓練に付き合っていた。

「むむむむ……優しく照らせ『灯火』！」

人差し指を立てながら唸り声を上げるルシアナ。しかし、呪文を唱えても光は現れない。

ルシアナはガクリと項垂れた。

「お嬢様、諦めちゃダメです。自分を信じてください。お嬢様ならきっとできます！」

「う、うん。よーし、もう一回！」

メロディに励まされ、再び挑戦するルシアナ。意識を集中し、体内の魔力の流れを読み解く。魔力が指先に集中し、頭の中で優しい光が灯る光景を思い浮かべて……。

「優しく照らせ『灯火』！」

……光は、灯らなかった。

「もうダメー！　なんでーっ⁉」

ルシアナは声を上げてベッドに飛び込んだ。

「魔力はちゃんと指先に集まってる感じはするのに、何で魔法が発動しないのよー！」

「でも、指先に魔力が集まっていることを把握できた分だけ前進ですよ、お嬢様」

図書館で読んだ手引書の内容を使い、改めて指導した結果が今である。着実に成長はしているのだが、結果的に魔法が発動していないのでルシアナとしては前回と変わらず失敗という認識だった。

「こんな初歩中の初歩の魔法すらまともに使えないなんて。私って本当に才能ないのね」

ベッドに顔を埋めながらルシアナは愚痴を零す。メロディとしてもルシアナの指先から魔法が放たれる寸前のような気配がしているだけに、なぜ発動しないのかよく分からなかった。

「とりあえず、少し休憩にしましょうか。今紅茶を淹《い》れて……あら、ポットの中が空っぽ。申し訳ございません、淹れ直してきますね」

ティーセットを持って寝室を後にするメロディを、ルシアナはベッドに転がりながら見送る。

（はぁ、どうしてダメなんだろう。メロディが言うには私の魔力なら『灯火』は十分できるはずだし、多少なら水を出したりもできるだろうって話なのに、最初の一歩で躓いちゃうなんて）

寝転がりながら指先を前に突き出す。そう、魔法が使えればこうやってメロディみたいに――。

「……清き水よ今ここに『水気生成』」

何気なく唱えた瞬間、ルシアナは今まで体験したことのない感覚に囚われた。

指先に込めたルシアナの魔力が今――解き放たれる。

パシャリ。

突然の水音にメロディは振り返った。見ると、ベッド脇のカーペットが濡れている。そして、ルシアナは指を突き出した姿勢のままポカンとそれを見つめていた。

「お、お嬢様、今……」

「き、清き水よ今ここに……ふぁ、『水気生成』！」

パシャリと、ルシアナの指先から小さな水球が生まれ、すぐに浮力を失って床に零れ落ちた。

驚き立ち尽くすメロディ。ルシアナは指先を見つめながらわなわなと震えだし、そして――。

「や、や、やったあああああああああ！」

ルシアナは喜びの声とともにベッドの上を飛び跳ねた。

「『水気生成』！」

パシャリ！

「『水気生成』！」

パシャリッ‼

「『水気生成』！」

パッシャリ♪

「ファーレディア……はふぅ」

「お嬢様っ⁉」

楽しそうに何度も水を生み出していると、ルシアナは突然力尽きたようにベッドの上に倒れ込んだ。それでようやく我に返ったメロディがルシアナのもとへ駆け寄る。

「大丈夫ですか、お嬢様⁉」

「う、うん、だいじょーぶぅ。多分、魔力の使い過ぎで力が抜けただけぇ」

「ほ、本当に大丈夫ですか？　何だかとても眠そうですけど」

「うん。今わたし、すっごくねむいのぉ」

多少呂律《ろれつ》が回らないようだ。初めての魔力行使で一気に疲労感が出たらしい。幸い、ベッドに水はかからなかったので、メロディは素早くルシアナを着替えさせるとベッドに寝かしつけた。

「ふふふ、メロディ、見たでしょ？　わたし、魔法が使えたわ」

「ええ、見ました。お嬢様は水の魔法への適性が高いのかもしれませんね。一番簡単だからと『灯火』ばかり練習させていたのが逆に失敗でした。申し訳ございません」

「いいのよ、そんなこと。でも、ふふふ、とうとう魔法が使えたんだわ、わたし……あした、さっそくルーナにも見せてあげて、一緒に練習し……て、二学期からは二人で応用魔法学の授業を……」

ルシアナは全てを言い終える前に眠ってしまう。その様子をメロディは微笑ましそうに見守るのであった。

「……お嬢様、よかったですね」

翌日、ルシアナは早速ルーナにこのことを伝えたのだとか。魔法を披露すると大層驚き、一緒に練習しようと告げると嬉しそうに了承してくれたそうだ。

ルーナは自分の魔力を把握するところまではできているので、今後はルシアナが昼休みや放課後を利用して一緒に魔法の訓練をするのだと張り切っていた。

「メロディの指導を思い出して私も頑張るわ！　『灯火』もできるようになりたいしね」

「頑張ってください、お嬢様」

色々な苦難はあるもののルシアナの学園生活は順調だ。メイドとしてメロディも嬉しく思った。

後は自分の『世界一素敵なメイド』になる目標への足掛かりでも見つかってくれれば。

そんなことを考えていたメロディだったが、学園の平穏《へいおん》は容易《たやす》く揺るがされてしまう。

嫉妬の魔女による『机荒らし事件』が発生したのだ。

ある日の朝、校舎の玄関ホールに入るとルシアナは前を歩くルーナの後ろ姿を捉えた。

「おはよう、ルーナ！」

「あ、おはよう、ルシアナ」

ニコリと微笑むルーナに、ルシアナも笑顔を返す。

「教室まで一緒に行きましょう」

「ええ、もちろんよ。といっても、席も隣だからずっと一緒なんだけど」

「あら、楽しくていいじゃない」

「ふふふ、本当ね」

教室までの短い通路を姦《かしま》しく歩く二人。朝から大変和やかな雰囲気……であったのだが。

「それでルーナ、魔法の練習はいつにする？　まとまった時間となると午後からになるけど」

「そうね。やっぱり午後の選択授業の仮受講をどれかお休みするしかないかし……あら？」

「どうしたの？　……何だか向こうが騒がしいわね」

もうすぐ教室に到着する頃、一年Aクラスの前に人だかりができていた。何やら見覚えある光景にルシアナは身構えてしまう。そして教室の前で顔を青ざめさせるペリアンを見つけた。

「おはよう、ペリアン。何かあったの？」

「あ、ルシアナ様……それが……」

ペリアンの視線に促されるように二人は教室を窺った。そして目を見開いて驚く。

教室内のいくつかの机と椅子が転がされ、中身もまき散らされていたのである。特定の席だけが荒らされ、他の席は普段通り整然と並んでいる。だからこそ、対象となった席が余計に際立って見えた。その中に、ルシアナのよく知る人物もいた。

「……ルキフ！」

ルシアナの後ろの席、ルキフ・ゲルマンの机や椅子も引き倒されていたのである。眉根を寄せてじっと机を見据えているルキフ。二人が駆け寄るとハッとしたように表情を取り繕った。

「おはようございます、ルシアナ様、ルーナ様」

「お、おはよう。でも、これ……ルーナ、元に戻しましょう。手伝って」

「え、ええ、分かったわ」

「いいえ、まだこのままでお願いしますわ」

ルキフを気遣うルシアナだったが、制止の声を掛けられる。振り返ると真剣な表情のアンネマリーが立っていた。ルキフに気を取られて彼女の存在に気づいていなかったようだ。

「アンネマリー様。でも……」

「わたくしも気持ちは理解しているつもりよ。でも、片付ける前に被害状況を検分する必要がありますの。既に学園側が手配中ですのでゲルマン様には申し訳ないのですけど、しばらくはこのままでお願いしますわ」

どうやらアンネマリーは現在、生徒会役員としてこの場を任されているらしい。王太子クリストファーは教職員の方へ出向いているようだ。

「お気遣いありがとうございます、アンネマリー様。私は大丈夫ですので」

ルキフは恭しく一礼した。いつもの優しげな笑顔を浮かべているが、ルシアナは彼の拳がギュッと握られていることに気づいていた。

（教室をメチャクチャにされたばかりだっていうのにまたこんな……一体誰が何の目的で……）

「まあ、これは何の騒ぎですの？」

困惑するルシアナの背後から冷たい声が響く。オリヴィアが登校してきたのだ。

「ごきげんよう、オリヴィア様」

「ごきげんよう、アンネマリー様。といっても、とてもご機嫌になれるような状況ではございませんわね。何がありましたの」

アンネマリーが経緯を説明すると、オリヴィアは目を細めて教室内を見回した。そして一瞬だけ、ルシアナと目が合う。流し目のようにサッとだが、ルシアナはとても薄ら寒いものを感じた。

（な、何、今の……）

気のせいだったのだろうか。オリヴィアは何事もなかったようにアンネマリーと話を続けた。

「それでは、今日も別室を教室として授業を行うということでよろしいのかしら」

「ええ、そうなると思いますわ」

「本当に困ったこと。一体誰が何のためにこんなはた迷惑なことをなさるのかしら」

「残念ながら、今のところ犯人に関する情報は分かっていませんわ」

「……本当にそうかしら？」

オリヴィアが意味深な雰囲気で目を細めた。アンネマリーは眉根を寄せる。

「どういう意味かしら？」

「前回は教室全体が対象でしたけど、今回は特定の生徒の席が荒らされたのですもの。何か犯人に繋がる共通点なり何なり分かるのではなくて？」

　オリヴィアにつられるようにルシアナ達は教室を見やった。だが、ルシアナにはその共通点とやらを見出すことができない。だが、一人だけ……。

「――あ」

「ルーナ？　何か分かったの？」

「え、あ、うん。でも、大したことじゃ……」

「間違っていても構いませんわ。教えてくださいませ」

　戸惑うルーナだったがオリヴィアに促され、彼女は恐る恐る思いついた答えを口にした。

「机を荒らされたのは全員、平民だなって……その、成績優秀な」

「成績優秀な平民？　言われてみれば……」

　被害にあった生徒は五名。確かに彼らは前回の中間試験で、一年生百名中三十位以内に入った成績優秀者だ。その中でもルキフは学年順位八位で、実はルーナよりも成績がよい……だが。

「でも、それだったらペリアンも対象に入ってないとおかしいんじゃない？」

　ルーナの回答にルシアナが反論の声を上げる。引っ込み思案なペリアンだが、平民の中ではルキフに次ぐ成績を修めている。だが、彼女の机は被害に遭っていない。

「それはその、多分……」

　ルーナは遠慮がちにルキフや他の被害にあった生徒達へ視線を泳がせる。何かとても言いにくそうな雰囲気に首を傾げるルシアナだったが、いち早くルキフがその意味を悟った。

「つまり、被害者の共通点は『平民』で『成績優秀』な……『裕福』な家の者ですか」

「た、確かにうちは裕福ではないですね……」

ペリアンが恥ずかしそうに呟く。どうやらルーナはそれが言いにくかったらしい。

「もしそれが理由となると、犯人の犯行動機は――妬《ねた》みかしら？」

オリヴィアは胸元から扇子《せんす》を取り出してそっと口元を隠した。そして再び教室内をグルリと見渡し、やはり一瞬だけ鋭い視線がルシアナとかち合う。ルシアナは背筋をゾッとさせた。

「あの、でも、必ずしもそういうわけじゃ……」

「ですが、そういう可能性も否定できませんでしょう？」

自分の発言が原因で犯人のプロファイリングが始まってしまったことに、ルーナは気後れしているようだ。何とか反論しようとするが、公爵令嬢らしい威厳ある雰囲気がその言葉を遮る。

「身分の低い平民であるにもかかわらず、成績がよくて経済力もある生徒。平民にとっても貴族にとっても、それぞれの立場から妬み嫉みの対象になることは間違いありませんわ。もちろん、それがこんな目に遭ってよい理由にはなりませんけれど。……でも、犯人が特に気に入らないのは経済力の方なのかしら？　成績優秀な平民でありながら対象外になっている子もいるようですし」

「ひゃっ！」

オリヴィアの流し目にペリアンが小さな悲鳴を上げる。そしてこちらへ視線を戻す際、再びルシアナに鋭い視線が飛んだ。ここまで来て、ルシアナもようやくひとつの認識を得た。

（オリヴィア様。もしかして、私を疑ってるの……？）

もちろんルシアナ自身は犯人ではないが、オリヴィアの態度はそうとしか考えられなかった。

そしてそんなオリヴィアの様子を、アンネマリーは静かに観察していた。

（ルシアナちゃんが犯人と誤認するように誘導している？　でも、ゲームでのルシアナちゃんは性格的にそういうことはしなかったし……今の段階では誰が『嫉妬の魔女』なのか判断できない。とにかく、今はこの場を収めないと……あら？）

前に出ようとしたアンネマリーは何か柔らかいものを踏んだ。足をどけてそれを摘まみ上げると、それは一枚のハンカチで――。

「あれ？　それ、私のハンカチ？」

「え？　ルシアナさんの？」

「はい。数日前に失くして探していたんです。でも、どうしてこんなところに……」

「……同じようなセリフを数日前にも聞いた覚えがありますわね」

「え？」

オリヴィアの言葉を皮切りに、教室の内外からルシアナへ視線が向けられた……疑惑の視線が。

（やっちゃった！　ゲームでヒロインちゃんが疑われる布石《ふせき》を私が演じることになるなんて！）

この時、その場にいた多くの者がルトルバーグ家の通り名『貧乏貴族』を思い出していた。

私はお嬢様を信じています！

『机荒らし事件』が起きた日。やはり午後の選択授業は休講となった。それに伴《ともな》いレクトの助手業務も休みとなり、知らせを聞いたメロディは帰宅するルシアナを出迎えた。

「お帰りなさいませ、お嬢様」

「う、うん、ただいま、メロディ。……えっと、うちのクラスのことって聞いてる、よね？」

「はい。またお嬢様のクラスの教室が荒らされたとか」

「……うん、そうなの」

俯くルシアナ。メロディは少し様子がおかしいと感じた。連続して事件が起きて気落ちしているのだろうか？　鞄を預かるとルシアナは寝室へ向けてそそくさと歩き出した。

「そういえばお嬢様、午前で授業が終わりとはいえ今日はお帰りが早かったですね。ご昼食は食べてこられなかったんですか？」

ルシアナは小さく身震いした。そして振り返らずに答える。

「……うん、今日はちょっと食欲がなくて」

「大丈夫ですか？　何か軽い物でもお作りしましょうか？」

「そ、そうね。そうしてもらえる？」

結局、帰ってきたルシアナは一度もメロディと目を合わせることなく寝室に行ってしまった。また、作った軽食も、夕食も、その日は食欲がないと言って結局食べてはもらえなかった。理由を尋ねてもはぐらかされて分からずじまい。

どうにか翌日の朝食だけは少し食べてもらえたが、普段よりも圧倒的に口数が少なくなったルシアナはそそくさと登校してしまうのであった。

「お嬢様、本当に大丈夫ですか？　朝から顔色もあまりよくありませんし、今日は休まれ――」

「行ってきます！」

「お嬢様⁉　……行っちゃった。どうしたのかしら……？」

間違いなく昨日の事件が原因だろう。しかし、ルシアナが話してくれないのでメロディには状況が全く把握できない。こういう時にメイド同士の交流が希薄な自分を恨めしく思う。

（私では役に立てないことなのかな……お仕えするお嬢様に頼ってもらえないなんて、やっぱり私なんて『世界一素敵なメイド』にはまだまだ程遠い存在なんだわ）

既に誰もいなくなった通路を見つめながら、メロディは小さく嘆息するのだった。

その日の午後。レクトの執務室を訪れたメロディはお茶の準備をしながら思わずため息を零してしまう。明日は学園が休みで、今日が比較的暇な日だったことも原因かもしれない。時間があるものだからルシアナの件をどうしても考えてしまうのだ。

まさに心ここにあらず。身体が覚えているのでお茶の出来栄えは『大変よくできました』であるが、恋する相手がアンニュイな表情を浮かべていてはレクトの心も休まらないというもの。

執務中だったレクトは、心配そうにメロディに声を掛けた。

「大丈夫か、メロディ」

「え？　あ、はい。ちゃんと美味しく淹れましたから大丈夫ですよ」

笑顔を作り、ティーポットをサッと掲げてみせるメロディ。言葉の意図を正しく読み取れていない様子に、レクトはさらに心配になってしまう。……言葉の意図を勘違いするのはいつものことではあるのだが、そこは恋する男の恋愛フィルターのなせる業《わざ》（？）であろう。

「やはり昨日の件が気になるんだろう？　ルトルバーグ嬢もなかなか大変という話だし」

「お嬢様が大変ってどういうことですか！」

メロディはクワッと目を見開いた。叩きつけるようにティーポットをテーブルに置くと、レクトの目の前に駆け寄る。勢い余ってお互いの鼻先が触れそうなほど距離が縮まった。

「ち、近い！　近いぞメロディ!?」

「そんなことより説明してください！」

ルシアナのことで頭がいっぱいなのか、近すぎる距離感に赤面するレクトに気づかないまま、メロディは彼を問い詰めた。椅子に深く寄りかかって距離を取ろうとしても、メロディは執務机に手を乗せてずずいと顔を寄せるものだから二人の距離は縮まるばかり。

とうとう椅子のしなりも限界に達し、レクトは観念したように声を荒げて答えた。

「い、一年Aクラスで起きた二つの事件の犯人なんじゃないかって学園で噂になっているんだ！」

「はああああああっ⁉　何でそんな話になってるんですか⁉」

あまりの驚きの発言にメロディは声を張り上げるとともに大きく身体を反らした。ようやく適切な距離感が戻り、レクトは安堵の息を吐く。

「どうも生徒の、特に一年生の間ではかなり広まっているらしい。臨時講師の俺のところにまで伝わっているくらいだからな、教職員の中でも知れ渡っているみたいだぞ」

「……昨日の今日でそれって、さすがにおかしくありませんか？」

「正直、噂の出処《でどころ》は俺もよく分からない。ただ、学園上層部はあくまで噂として慎重論を唱えているみたいだが、一般職員の多くはかなりの人数が事実のように語っていたぞ。ちょっと不自然なくらいだったな。学園長に窘《たしな》められてはいたが」

生徒だけでなく教職員にまで疑う者がいるという事実に、メロディは眩暈《めまい》を起こしそうになる。

（お嬢様の顔色が悪かった理由はこれだったのね。今日の時点でこれなら、昨日だって既に似たような状況に陥っていてもおかしくないわ。こんな苦しい時に、頼ってもらえないなんて……）

「……お嬢様が犯人なわけありません」

「彼女とそれ程親しいわけではないが、まあ、こんな陰湿な真似ができる娘ではないだろうな」

レクトが同意してくれて少しだけホッとしてしまうメロディ。信じてくれる人が一人でもいてくれるとこんなにも心強いものなのか、とメロディは思った。

「ありがとうございます、レクトさん」

「ま、まあ、君が仕える主なんだ。疑ったりしないさ」

感謝の笑顔が何と眩しいことか。レクトはポッと頬を紅潮させながら恥ずかしそうに目を逸《そ》らした……どっちが恋する乙女か分かったものではない光景である。

助手業務を終えたメロディは学生寮へ戻ると急いで荷造りを開始した。今日は七月第二週の六日目。つまり、王都の屋敷へ帰る日である。

（ある意味ちょうどいいわ。今日は早急にお屋敷に戻って、ご家族と過ごしていただこう。優しいご両親と一日を過ごせばきっと少しは心が晴れるはずだもの）

自分がそうだったから……メロディは母セレナとの思い出を噛み締めながら荷造りを続けた。

やがて夕刻となり、ルシアナが帰ってきた。

「お帰りなさいませ、お嬢様」

「うん、ただいま」

挨拶を交わし、メロディがルシアナの顔を覗くと内心で「おや？」と思う。

（今朝よりちょっとだけ顔色がいいような……？）

「お嬢様、お屋敷に帰る準備は整っております。いつでも出立できますが」

「そうなの。でも、一杯だけお茶を飲んでからにしてもいいかしら」

「ええ、もちろんです」

つらいこともあったので早く両親に会いたいかと思ったが、やはり昨日よりも少しだけ落ち着いているようだ。学園は大丈夫だったのだろうか。疑問に思いつつもメロディは紅茶を淹れた。

「ありがとう、メロディ。……はぁ、美味しい。やっぱりメロディの紅茶は最高ね」

「ありがとうございます。ところでお嬢様、今日は昼食を召し上がりましたか？　もしまだでしたら何か軽食などご用意しますが……」

レクトから聞いた状況では、まともに昼食も食べられなかったのではと思い至る。食欲もだが、好奇の目に晒された状態では食堂に立ち入るのも難しいだろう。

そんな心配そうな視線を送るメロディに、ルシアナはクスリと苦笑を浮かべた。

「……メロディ、もしかして私の噂、聞いちゃった？」

「え、あ、その……はい」

ルシアナに問われ、メロディは何だか後ろめたい気持ちになってしまう。そんなメロディの様子にルシアナはさらに眉根を下げてクスリと笑った。

「ごめんね、昨日は何も言わないで」

「いえ、そんなこと……」

「心配させたくなかったんだけど、改めて思い返してみるとあの態度の方がよっぽど心配させちゃったわよね。気丈に振る舞ったつもりだったんだけど……私って自分で思っていた以上に打たれ弱かったみたい」

「お嬢様……」

実際、ゲームにおけるルシアナの心も決して強くはなかった。そうでなければ魔王に魅入られるという事態には陥らなかったことだろう。時折ルシアナが見せる根性のようなものは、メロディの環境改善によって生まれた心の余裕あってこそのものなのかもしれない。

「でも今は、今朝と比べると少し顔色がよくなっているように見えますよ」

「……うん。実は、昨日からクラスの皆には少し、ううん、かなり疑われてるみたいなの。不運が重なっちゃったのよね。まさか事件発生時の二回ともで私の無くし物が見つかるなんて。状況的に私が怪しいって雰囲気ができちゃったのよ。まあ、直接問い詰められたわけじゃないけど、こう、皆の視線がね」

「だったらどうして……」

「それでも、私を信じてくれる人がいるって分かったから。昨日は私も動揺して逃げるように帰っちゃったけど、今日、何人かのクラスメートが私のことを信じてるって言ってくれたのよ」

ルーナにペリアン、それに事件の被害者であるルキフもそう言ってくれたのだとか。

「普段からお嬢様と仲良くしてくださっている方々ですね。皆、お嬢様のことをよく理解してくれているんですね」

「うん。……不思議ね。今もたくさんのクラスメートに疑われている状況なのに、ほんの数人、私を信じてくれる人がいるって分かっただけで、それだけでとても心が温まったの」

ルシアナはニコリと微笑んだ。まだ少し憂《うれ》いの色が見えるが、それでも嬉しそうに見える。

「お嬢様、私だって他の皆様に負けないくらいお嬢様のことを信じていますからね！　お嬢様にお仕えするメイドとして、その点は絶対に誰にも負けませんよ！」

意気込むようなメロディの言葉にルシアナは瞳をパチクリとさせて驚いた。そして思わず吹き出して笑ってしまう。

「ふふ、ふふふ……ありがとう、メロディ。また、心が温かくなったわ」

「ええ、何度だって言いますよ。私はお嬢様を信じています。いくらでも温まってください！」

少し演技が入っているのか、ややオーバーアクション気味のメロディ。左手を高く掲げ、右手で胸元を押さえる姿はどこかの舞台女優のよう……は、言い過ぎかもしれないが、ルシアナを楽しませようという意思が感じられた。

そして、ルシアナの瞳がキラリと煌めく。

「……そう。それじゃあ、メロディに温めてもらっちゃおうかな！」

ルシアナはティーカップをテーブルに置くと……メロディに向かって野獣のように飛び出した。

「きゃあああああああああああああ！」

「ぐふふふ、よいではないかよいではないか。さあ、その柔肌《やわはだ》で私を温めてちょうだい！」

「そういう意味で言ったんじゃありませんよおおおおおおっ⁉」

まさかあの気落ちしていた状態からこんな事態になるなど全く想定していなかったメロディは、ルシアナに押し倒されてしばらく起き上がることができないのであった。

そして――――。

「ああ、気持ちすっきり！　ルシアナ・ルトルバーグ完全復活だわ！　余《よ》は大変満足である！」

「……だから、そんなセリフどこで覚えて来るんですか、お嬢様」

（なんだかとっても穢《けが》された気分……）

もちろんギューギュー抱き着かれてゴロゴロ転がされていただけなのでメロディの身は何ともないのだが、完全に顔色を取り戻してなぜかお肌プルプルツヤツヤになっているルシアナを目にすると、そう思わずにはいられない。だが……。

「ふふふ、ありがとう、メロディ。やっぱりあなたは私の最高のメイドね！」

そう言われては、何も言い返せないメロディであった。


「お嬢様、学園の件はご両親に伝えないのですか？」

「……うん。伝えてどうにかなるものでもないし、余計な心配は掛けたくないもの」

「お嬢様がそう仰るなら従いますが……無理はしないでくださいね？」

「ええ、分かってるわ。心配してくれてありがとう、メロディ」

伯爵邸へ帰る馬車の中、メロディとルシアナはそんな会話をしていた。どうやら事件の話は秘密にするらしい。メロディとしては伯爵夫妻に相談すれば少しは気持ちが楽になるのではと思ったのだが、ルシアナがそう望むのであれば今のところは様子を見ることにした。

そして屋敷に到着すると、いつものように伯爵夫妻と二人のメイドが出迎えてくれる。

「「お帰りなさいませ、ルシアナお嬢様」」

「おかえり、ルシアナ」

「おかえりなさい、ルシアナ」

「ただいま帰りました、お父様、お母様。それにセレーナとマイカも」

ルシアナは両親にカーテシーを、メイド達にはニコリと笑顔を送り普段通りに振る舞った。

「お姉様、お帰りなさいませ」

「お帰りなさいませ、メロディ先輩」

「ただいま、セレーナ。マイカちゃんもただいま。カーテシーがとても上手くなってきたわね」

メロディもルシアナに倣っていつも通りに優しく微笑んだ。雇われて早一ヶ月、みっちり教わった礼儀作法は確実に成果を上げているらしい。メロディに褒められたマイカは恥ずかしそうに頬を赤らめて微笑んだ。

「さあ、お腹が空いただろう。夕食を食べようじゃないか」

「はい、お父様」

「お姉様、夕食の給仕を手伝ってください」

「ええ、もちろんよ」

帰宅時の恒例のやり取りに内心でホッとするメロディとルシアナ。どうやら何事もなく休みを過ごせそうだと安堵したその時だった。

「夕食中にでも聞かせてもらおうじゃないか……隠し事の内容を」

「お仕事がひと段落ついたら教えてくださいね」

「「……え？」」

冷たい笑みを浮かべるヒューズとセレーナ。突然の豹変《ひょうへん》にメロディとルシアナはたじろいだ。

「メ、メロディ、何か既に感づかれてるっぽいんだけど⁉」

「そ、そんなバカな。私達、普段通りに振る舞えていましたよね？」

寄り添い合って小声で悲鳴を上げる二人。その様子をマリアンナは少しばかり呆れた様子で眺めていた。

「もう、ルシアナ。そんな顔して私達が気づかないとでも思っていたの？　すぐに分かったわよ」

「そうだぞ、ルシアナ。私達を見くびってもらっちゃ困る」

「普段はとっても鈍感なのに⁉」

「そ、そんなことないだろ……な、なぁ、マリアンナ……なんで目を逸らすんだい⁉」

コントのようなやり取りをする一家の傍《かたわ》らで、メロディはセレーナと対峙《たいじ》していた。

「セレーナ、どうして……」

「ふふふ。まだ生まれて二ヶ月ですが、お姉様のことは私が一番理解しているつもりですもの。お姉様に作られた者として、些細《ささい》な変化も見逃すわけにはまいりませんわ」

「それはちょっと怖いような……」

「ふふふ」

ニコリと微笑むセレーナを前に、一歩後退《あとずさ》ってしまうメロディ。マイカは頭に疑問符を浮かべながらそのやり取りを見つめていた。

「えっと、皆さん何の話ですか？」

どうやらマイカだけは状況についていけていなかったようだ。まあ、ルシアナの家族でもなければメロディとの付き合いも短い彼女に察しろという方が酷《こく》な話ではある。

だが、マイカとしてはそれ以上に気になる発言があった。

「あと、セレーナさんが生まれて二ヶ月ってどういう意味ですか？　メロディ先輩に作られたとか何とかって……何かの比喩《ひゆ》表現？」

「え？　セレーナ、まだマイカちゃんに何の説明もしていなかったの？」

「そういえば、特に機会もなかったので全くしていませんでしたね」

「？？？　何の話ですか？」

マイカの頭に疑問符がどんどん増えていく。そしてメロディはとてもあっさりと説明した。

「マイカちゃん、この子はセレーナ。私が作った魔法の人形メイドなのよ」

「改めまして人形メイドのセレーナです。よろしくお願いしますね、マイカさん」

「あ、はい。よろしくお願いしま……ん？　今何て？」

「魔法の人形メイド、セレーナです。よろしくお願いしますね、マイカさん」

セレーナがサッと美しいカーテシーをしてみせる。メイドの鑑《かがみ》のような美しい所作だ。自分ではまだまだ到達できない領域に思わず見惚れてしまう……じゃなくて！

「魔法の人形メイド……人形？　セレーナさんが？」

「ええ、そうですよ。私はメロディお姉様の魔法によって生み出された人形メイドです」

「人形、メイド……人形メイド？　え？　人形？」

セレーナはとても人間らしい優しい笑みを浮かべている。でも、彼女は……人形？

「……ええええええええええええええええええええっ⁉」

マイカの叫び声が伯爵邸に響き渡った。伯爵一家も思わずマイカの方を向いて話は中断されてしまう。そんなマイカの様子にセレーナは口元を隠しながらふふふと笑い、メロディは慌てふためくのであった。ちなみに、マイカのとても標準的な驚き方を見て、ルトルバーグ一家は大層安心したのだとか。それが普通の反応だよね、と。


「叫んでしまい、申し訳ございませんでした」

夕食も終わり、食後のティータイムとなって落ち着いた頃、マイカは全員へ謝罪した。

「ふふふ、いいのよ。誰だってセレーナのことを知ったらあなたみたいな反応をするはずだわ」

「ううう、ありがとうございます」

マリアンナの寛容《かんよう》な言葉に、マイカは嬉しくもあり恥ずかしくもあった。そして、ヒューズが新たな話題を提示する。

「そんなことより、重要なのはルシアナの問題だろう。うちのルシアナに悪い噂を流すとは、まったくもって許せん！　何か真犯人を見つける方法でもないものか」

結局、ルシアナは夕食中に学園の事件のことを洗いざらい説明させられたのだった。

「事件の犯人と噂を流した人物が同じとは限らないわ。対処すべきは噂の方よ、ヒューズ」

「そうは言うがマリアンナ、真犯人さえ見つかれば噂だって根絶できるんじゃないかい？」

「それはそうかもしれないけど……」

悩む伯爵夫妻。メロディ達も同様だ。その傍らで、マイカだけは違うことを考えていた。

（ゲームだと、真犯人と噂を流している人は同一人物なのよね）

マイカはチラリとルシアナに目をやった。だが、内心で首を横に振る。

（話を聞く限り、ルシアナちゃんがヒロインの立場になっているってことで間違いなさそう。まあ、肝心のヒロインちゃんがルシアナちゃんのメイドやってるんだからどうなってもおかしくないんだろうけど、でもなぁ）

呆れ顔は心の中だけにどうにか留めるマイカ。事件の犯人がヒロインをやっているという、皮肉の利いた配役に『なんでやねん！』とツッコミを入れたくてしょうがなかった。

（でもこれ、誰かが調整しないとまずいんじゃない？　現実でバッドエンドにでもなったら、いくらメロディ先輩が聖女の力を持っているとしても、どこまで魔王に通用するかは未知数だし）

その時白銀の子犬がビクリと震えたかもしれないが、そんなことなど知る由もないマイカは内心でとても不安を感じていた。だからこそ、この提案をしたのである。

「あ、あの、皆さん。お願いがあるんですけど……」

「お願い？　何かな？」

突然声を上げたマイカに、ヒューズは優しく問い返した。呼吸を整えると、マイカはバッと顔を上げて大きな声で告げた。

「私も学園に行かせてください！」
（私のゲーム知識でこのイベントを乗り越えてみせる！）

マイカのお願いは割とあっさり認められた。とりあえず最低限の礼儀作法は習得済みであるし、メイドとして色々な場所で働くことはよい経験になると判断されたから——というのは建前で、今のルシアナにはフォローしてくれる人員は多い方がいいだろうという考えからだ。

セレーナを連れていければ一番よかったのだろうが、さすがにマイカ一人で伯爵邸を管理することはできないので、これがベターな判断という結論に至ったわけである。

というわけで休み明け、マイカはルシアナ、メロディとともに学園へ向かうこととなった。

「それでは行ってまいります、お父様、お母様」
「気を付けるんだぞ。つらかったらいつでも帰ってきなさい。いくらでも抱きしめてやるからな」
「必要ならお友達でも何でも頼るのよ。勝気に見えてルシアナは意外と繊細なんだから」
「もう、もう！　心配してくれるのは嬉しいけど、恥ずかしいからやめて！」

顔を赤らめて怒るルシアナの様子に、夫妻はホッと安心する。とりあえず嘘偽りないいつも通りのルシアナのようだ。休日に家族と過ごすうちに自分を取り戻すことができたらしい。

「セレーナ、またしばらく一人になるけどよろしくね」
「お任せください、お姉様。グレイルとともに頑張りますわ」
「キャインッ⁉」

玄関ホールの奥で、グレイルはブルブルと震えていた。

「本当に、私とセレーナはいつの間にかグレイルに嫌われちゃったわね。どうしてかしら？」

「私の前では普通なんですけどね。お二人とも何かしたんですか？」

「「さあ？」」

メイド三人組は不思議そうに首を傾げながら、怯えつつもこちらを見送るグレイルを見つめるのであった。……マイカなき今、グレイルの寝床はどこになるのだろうか。

屋敷を出発し学園に到着すると、ルシアナはいつものように直接校舎へ向かう。

「それじゃあ、行ってくるわね。メロディ、マイカをよろしくね」

「行ってらっしゃいませ、お嬢様。でも、大丈夫ですか？」

「ルーナ達もいるから平気よ。もうめげたりしないわ。どんと来いよ！」

「とりあえずその様子なら心配ないですか。でも、苦しい時はいつでも相談してくださいね」

「ええ、もう間違えたりしないわ。それじゃあ、行ってきます」

「「行ってらっしゃいませ」」

ルシアナは元気よく駆け出した。本当はご令嬢が走るなんてと注意すべきところだが、今は優しく見守ることがベストだろう。メロディとマイカは微笑みながらルシアナの後ろ姿を見送った。

「さて、それじゃあ、私達もお仕事を始めましょうか。覚悟はいい？　マイカちゃん」

「はい、頑張ります！」

（よーし、仕事をしながら他のメイドさんと話をして情報収集しちゃうぞ！）

マイカは意気込んでメロディの後についていった。……そしてあっという間にお昼となり。

「……ぜーんぜん他のメイドさんと会わなかった」

「今日はメリアーヌさんもいなくて残念だったわね」

（学園にはたくさん使用人がいるからもっと簡単に知り合えると思ってたのに、当てが外れた！）

各使用人は主の部屋を中心に仕事をしているので、他家の使用人同士が接触する機会はマイカが思っている以上に少ない。共同の洗濯場は数少ない出会いの場のはずなのだが、上位貴族寮でそれを利用している者はほとんどおらず、最近よく遭遇していたメリアーヌも今日はいなかった。

「マイカちゃん、食堂へ行きましょう」

「食堂……はい！」

（食堂ならたくさんの使用人がいるよね。メイドは噂話の宝庫だもの、きっと思いもよらない情報が舞い込んでくるはず。今度こそ頑張らなくちゃ！）

パッと表情を輝かせてマイカは食堂へ向かった。マイカの考えはある意味正しい。メイド同士の交流が深い者なら、何人かは情報通もいるはずだから。

だが、マイカはとても大切なことを失念していた。

——ザワリ。

一瞬のどよめき、そして静寂《せいじゃく》……かと思うと、喧騒《けんそう》が戻り……メロディ達が食堂へ入ると、そんな光景が目に入った。

「い、今のは何だったんでしょう？」

「多分、私がルシアナお嬢様のメイドだって知られてるから、じゃないかな？」

「えーと、つまり……遠巻きにされちゃった感じですか？」

「そういうことだと思う。元々敬遠《けいえん》されがちだったし……」

困ったわ、と頬に手を添えてため息を吐くメロディ。その隣でマイカは内心で絶叫していた。

（のおおおおおおおおお!?　それじゃあ情報収集なんてできないじゃないのよ！）

またしても当てが外れたマイカ。ルシアナの噂の影響が自分達にまで及ぶことを計算に入れていなかったようである。といっても、メロディが言う通り元々こんなものだったので、噂がなくても
マイカの目的は達成できなかった可能性が高い。

ちなみに、いまだにベアトリス、ミリアリアの使用人とは出会えていないメロディだった。そんな機会はもう来ないのかもしれない……。

「今日はサーシャさん達も見当たらないなぁ」

「ぐぬぬぬぬ」

結局、今日は二人だけで昼食を取ることとなった。マイカの情報収集は達成率ゼロパーセント。

昼休みも終わり、午後の仕事が始まる。マイカはメロディに確認した。

「午後からは選択授業の助手をするんですよね？　私もついていって大丈夫なんですか？」

「大丈夫よ。レクトさんにはちゃんと許可を取ったから」

「そうですか。それはよかっ……レクトさん？」

（何だろう、とっても聞き覚えのある名前なんだけど……）

思い浮かぶのは赤い髪と金色の瞳の美青年。いやいやまさか、とマイカは頭を振って否定する。

（だって彼はヒロインちゃんの護衛騎士だもの。それがどう転んだら学園で『騎士道』の臨時講師なんて……ヒロインちゃんのそばにいる、騎士？）

何だかとても嫌な予感がするマイカ。そしてそれは悲しくも的中してしまうのだった。

メロディが執務室の扉をノックすると、一人の男性が二人を出迎えてくれた。

赤い髪と金色の瞳の美青年。その姿はどこからどう見ても乙女ゲーム『銀の聖女と五つの誓い』の第三攻略対象者、レクティアス・フロードその人で……。

「ああ、よく来てくれた、メロディ」

「はい。今日もよろしくお願いします、レクトさん」

名前を呼ばれたレクトはほんのり頬を赤らめてメロディを見つめた。

いや、これ、どう見ても……。

（なんでやねん！　完全に攻略済みやんけ！　ヒロインちゃん、あんた、メイドやってたんちゃうの⁉　ヒロインやらんといて何でキャラクターは攻略済みやねん！　ホントなんでやねーん！）

関西人でもないのに、マイカの内心ではエセ関西弁によるツッコミが響き渡るのであった。

「メイド見習いのマイカと申します。よろしくお願いします」

だが、内心のツッコミを隠しながら、マイカはレクトへ挨拶をした。セレーナによる指導の賜物《たまもの》である。

「よろしく頼む。メロディ、よく見てやってくれ」

「はい、レクトさん」

ニコリと微笑むメロディは、レクトと親しげな様子だ。まさか既に付き合っているのかと勘繰《かんぐ》ってしまうが、どうも違うっぽい。

（これは、レクトさんの片想いかな？　メロディ先輩って恋愛よりもメイドって感じだし）

マイカはメロディのことを的確に理解しているようだ。そんなことを考えていると、レクトが執務机に置いてあった本を手にしてソワソワと落ち着かない態度をとりだした。

「どうかしましたか、レクトさん？」

「……メロディ。その、これを」

レクトが一冊の本を差し出した。疑問符を頭に浮かべながらも、メロディはそれを受け取る。そしてそれが何の本であるかに気が付いた。マイカも覗き込んで本のタイトルを知る。

「『子供のための初めての魔法基礎』？」

「レクトさん、これって……」

「その、以前図書館へ行った時、それを目にしたと言っていただろう。委任状で借りても構わないと言ったが、メロディは結局借りなかったから、その、俺が代わりに借りたんだ」

それはルシアナの魔法の訓練の役に立つかもと、以前レクトの資料探しで図書館を訪れた際に目にした本だった。その日、図書館から戻った際に話題にしたのだがレクトは覚えていたらしい。

傍から見ればとてもピュアで甘酸っぱい現場に遭遇したようにも感じるが……。

「……メロディ先輩、ルシアナお嬢様ってもう魔法使えますよね？」

「う、うん……」

レクトに聞こえないよう小声で話し合う二人。

正直、もう必要のない本であった。それどころかメロディは図書館でパラパラページをめくっている間に大体覚えてしまったので、無理に借りなくてもよかった品である。

（典型的なサプライズプレゼントの失敗例だよね……）

メロディの手にある本を見つめながら、マイカはそんなことを思った。ましてプレゼントですらなく、図書館の本を借りてきただけである。自分が彼女だったら絶対に文句を言うと思っていたが、メロディはそうでもないらしい。

「レクトさん、ありがとうございます。せっかくですから読ませていただきますね」

「ああ。結構古い本でもう絶版《ぜっぱん》だそうだ。あの図書館でもこれ一冊しか取り扱いがないらしくて、ある意味貴重な本だから失くさないよう気をつけてくれ。あと、返却期限は一週間だ」

「分かりました」

レクトの気持ちが嬉しかったようだ。メロディは偽りのない笑顔を浮かべて礼を言った。そして恥ずかしさのあまり、赤面してプイッとメロディから顔を逸らしてしまうレクト。

（いややわー。レクトさんってこんなにピュアピュアなキャラやったのー!?　ゲームでは一途な堅《かた》物《ぶつ》キャラやったのにー！　新解釈！）

マイカは再び内心でエセ関西弁のツッコミを口にしてしまうのであった。

隠しスチルのような恋愛イベントが終わり、三人は授業の準備を進めたが、すぐに執務室の扉が叩かれ、メロディが出迎えた。しかし、その訪問者の顔を見たマイカは再び驚いてしまう。

「やあ、こんにちは、メロディ。久しぶりだね」

「え？　マックスさん？」

ハニーブロンドの髪を後ろでまとめた、中性的な顔立ちの美少年。現宰相の嫡男、マクスウェル・リクレントスだ。学園の二年生で、乙女ゲーム『銀の聖女と五つの誓い』における第二攻略対象者。

その彼が、柔和な笑みを浮かべてメロディと言葉を交わしている。

マイカの心の中でまたしてもエセ関西弁によるツッコミが炸裂《さくれつ》した。

（マックスさんて、なんでやねーん！　何で愛称で呼んでんねーん！　だから、ヒロインやっとらんのに、何であんたは攻略キャラときっちり面識もってんねーん！　こうなると攻略対象者筆頭の王太子クリストファーも手中《しゅちゅう》におさめとんのとちゃうのー⁉）

「あの、メロディ先輩。お知り合いですか？」

内心のツッコミを綺麗に無視して、マイカは尋ねる。そして知らされる出会いイベント。ついでにレクトとの出会いも教えてもらい、ゲームシナリオを無視したメロディの異常なヒロインっぷりに恐怖を覚える。そのうえで面倒事はスルーしているのだから本当に質《たち》が悪い。

「……まさかと思いますけど、入学式の日、学園の通路で黒髪の美少年とぶつかったりなんて経験はしてませんよね？」

「え？　どうしてそれを？　――て、マイカちゃん⁉」

（そっちのイベントはきっちりこなしとんのかーい！）

ツッコミどころしかないメロディの回答に、もう眩暈を隠しきれなかった。ヒロインの立場を完全に無視しているにもかかわらず、現時点で攻略可能なキャラクター全員との出会いをきっちり果たしているとは。メロディは本当にゲーム知識がないのかと疑いたくなる出会い運である。

（いや、これも一種の強制力のようなものなの？　どこまでもカオスね、この世界……）

「マイカちゃん、大丈夫？」

どうにか自力で身体を支えたマイカをメロディは心配そうに見つめた。マイカは心に溜め込んだツッコミの数々を一旦仕舞って、気持ちを切り替える。

「ちょっとよろけただけなので大丈夫です。ところでお客様はどういったご用件でこちらに？」

「そういえば、マックスさんは何をしにいらしたんですか？」

「フロード先生に届け物を持ってきたんだ。俺は別の騎士道の授業を受けていてね、そこの講師からフロード先生へこの書類を渡すよう頼まれたんだよ」

マクスウェルは持っていた書類の束をレクトに手渡した。

「ああ、これか。わざわざ済まない。ありがとう」

「いいえ、私も講師に頼まれただけですから」

「……侯爵令息にお遣いを頼むんですか？」

マイカは呟きながら首を傾げた。いくら身分を重視しない校風の王立学園とはいえ、一介《いっかい》の講師が現宰相の嫡男にそんな頼みごとをするだろうか。その疑問にマクスウェルは笑顔で答えた。

「確かに君の言う通りだね。こんな機会は学園にいる間くらいしかないだろう。だから、なるべくこういった頼みごとは引き受けるようにしているのさ。なかなか新鮮で面白いよ」

「……そういうもんですかね？」

「ところでメロディ、ルシアナ嬢の様子はどうだい？」

「お嬢様ですか？　もしかしてマックスさんもあの噂をご存じなんですか？」

「まあね。一年生ほどではないけど、二年生の間でも広まりつつあるよ」

気がつけばマクスウェルはルシアナの話を始めていた。

「それに俺は生徒会として事件の捜査にも少し関わっているからね。犯人はまだ判明していないが、ルシアナ嬢が犯人とも思えない。なぜあんな噂が広まっているのか不思議でならないよ」

悩ましい表情で首を横に振るマクスウェル。彼もルシアナを信じてくれているのだと知って、メロディは嬉しくなった。

「お嬢様を信じてくれてありがとうございます、マックスさん」

その満面の笑顔に、友人だと思っていてもマクスウェルはドキリとしてしまう。そしてその様子を見ていたマイカの瞳がキラリと光る。

（これは……もしかして、マクスウェルも攻略してるの、メロディ先輩⁉）

レクトほどではないかもしれないが、少なくともマクスウェルはメロディに対して少なからず好意を抱いているように見える。これは選択肢次第でまだまだ攻略の可能性が……て、違うし！

（うう、ついついゲーム脳になってしまった。気をつけなくちゃ。ここは現実、ここは現実）

「お、おい」

乙女ゲームの煩悩《ぼんのう》を振り払おうとするマイカなど無視して、今度はレクトが口を開いた。どこか真剣な様子でメロディとマクスウェルを見つめている。

「どうかしましたか、レクトさん？」

「そ、その、何だ……メロディは、彼とは親しいのか？」

「マックスさんのことですか？」

「あ、ああ。……その、愛称で呼んでいるようだし、その……」

せっかく振り払おうとしたゲーム脳がマイカに舞い戻る。瞳がキラリーンと煌めいた。

（これはもう、攻略度ほぼ百パーセントなんじゃないですかい、レクトさんよう！）

もはやエセ関西弁ですらない。唐突に現れた攻略対象者のせいでマイカの脳はパンク寸前だ。レクトのあまりにもバレバレな態度にマクスウェルは苦笑いを浮かべるしかない。優秀な未来の宰相閣下は恋する男子の表情などお見通しのようだ。

気付いていないのは、無敵の鈍感力を以て不思議そうに首を傾げる黒髪メイドただ一人。

「マックスさんはとても大切な私の友人ですよ」

「ふふ、そうだね。俺と君は間違いなく友人だね」

「友人。……そうか、友人か」

そう口走りながらレクトはメロディ達に背を向けた。だが、その背中からは明らかに安堵の色が見て取れる。恋する男子のなんと単純なことよ。マイカは内心で呆れるばかりだった。

（……私、何しに学園まで来たんだっけ？）

乙女ゲームを攻略すべくやってきたことは間違いないのだが、まさかメインシナリオではなく恋愛パートに遭遇することになるとは。

とりあえず、マイカの学園初日は何の成果も上げられなかったといえるだろう。だがしかし、この日彼女が持参した手帳には何やらびっしりと書き込みがされていたとかいないとか。

こればっかりは乙女ゲージャンキーの性《さが》である。どうしようもないのである。


それから数日。ところ変わって上位貴族寮のアンネマリーの寝室。

「よし、こんなものかしら」

寝室の鏡台の前に一人の少女が座っていた。だが、アンネマリーではないような……？

背丈は彼女と似ているが、アンネマリーの真紅《しんく》の髪に対し、ポニーテールにした少女の髪は黒み掛かった赤銅色。ナイスバディなアンネマリーと比べるとスレンダーな体つきに、妖艶《ようえん》な美貌のアンネマリーとは対照的な可愛らしくてボーイッシュなナチュラルメイクの相貌。

ついでに眼鏡をかけることで瞳の切れ長な印象がいくぶんか和らいでいる。

アンネマリーとは正反対の雰囲気を醸し出す少女。その名は――アンナ……という名のアンネマリーの変装姿であった。お手製の染料で一時的に髪色を変え、胸にさらしをまいてスタイルまで誤魔化して別人になりすましたのである。

実際、変装の事実を知らなければ知人であっても彼女の正体には気がつかないかもしれない。

メイド服に身を包んだ彼女は鏡の前で一回転して身だしなみを確認すると大きく頷いた。

「さすが私。変装は完璧ね！　よーし、それじゃあ、メイドとして情報収集を始めるわよ！」

（生徒の間だけじゃ手に入れられない情報を入手して、中ボスを見つけてみせるんだから！）

どこかのメイド見習いと同じようなことを考える少女が、ここにもいたのであった。

お忍び侯爵令嬢と揺れる操り人形

アンネマリー・ヴィクティリウム。その美しさから『傾国《けいこく》の美姫《びき》』と、優れた能力から『完璧な淑女』などと呼ばれるとんでも令嬢であるが、その実態は元日本人の転生者、朝倉杏奈である。

そんな彼女が二十四時間三百六十五日完璧な令嬢を演じ続けられるかと言えばそんなことは無理な話で、どこかでガス抜きが必要となる。

それが、可愛い平民の少女に変装した姿――アンナであった。まんまである。

この姿で時折平民区画へ行っては息抜きをして、どうにかこうにか麗しの侯爵令嬢という役割を全《まっと》うしてきたわけだが、今回はゲームシナリオへの新しいアプローチとしてこの恰好を利用しようと考えた。

学園でのアンネマリーの捜査は行き詰っていた。生徒会役員として学園側の検分記録を確認したり、それとなく生徒達から聞き込みをするものの大した成果はなく、聞こえてくるのはルシアナへの犯人疑惑の噂ばかり。

現時点での最有力犯人候補はオリヴィアであるが、それだってあくまでアンネマリーの印象に過ぎず、むしろ物証として残っているのはルシアナの鉛筆やハンカチの方だ。

これでは埒《らち》が明かないと考えた彼女は、今回の変装を思い立ったのである。当事者である学園関係者ではなく使用人の視点からなら、何か見える物があるかもしれない。

そのため、どうにかやり繰《く》りして作ったある日の午後のフリータイムを利用して、メイド服に着替えると例の隠し通路を使って学生寮に躍り出たのである。

そして意気揚々《いきようよう》と歩き出したまではよかったのだが……。

「うーん、これはどうしようかしら？」

今はお昼休みの時間。使用人食堂にはたくさんの使用人が集まっていた。聞き込みをするならまさにベストタイム・ベストスポット……なのだが、果たして入ってよいものか。

アンネマリーが気にしているのは、自分に仕える使用人のことであった。基本的に彼らもここで昼食を取るので、彼らに見つかる可能性を危惧しているのだ。とはいえ、侯爵家の使用人はアンネマリーの変装姿を知らない。一見しただけで気付く者はいないとは思うが、絶対大丈夫とまでは言い切れないのも確かだった。

（せめて誰かと一緒に入れば目立ちにくいんだろうけど、この恰好の私と知り合いのメイドなんて思い浮かぶのは一人しか……）

「あれ？　アンナさん？」

「え？」

一体何の偶然だろうか。アンネマリーが振り返ると、そこには例のたった一人のメイドの知り合い――メロディ・ウェーブが立っていた。

「メロディ！」

「わぁ、やっぱりアンナさんでした。あなたも学園に来ていたんですね」

両手を打ち鳴らして笑顔を浮かべるメロディ。友人との久しぶりの再会を喜んでいるようだ。

そう、メロディとアンネマリー……ではなく、平民の娘アンナは友人関係だった。

二人の出会いは今年の五月下旬のこと。ルシアナから休暇を申し渡されて強制的に屋敷を追い出されたとある日、たまたま息抜きのために王都を散策していたアンナとメロディは出会ったのである。そのまま成り行きで一緒に王都巡りをすることになり、二人は意気投合。アンナはヴィクティリウム家のメイドと身分を偽って、同じメイド仲間としてメロディに好かれてしまったのだった。

そして何より――。

「メロディ、私が贈ったあの人形、大事にしてくれてる？」

「ええ、もちろんです。彼女は今日も元気いっぱいですよ。アンナさんはどうですか」

「もちろん戸棚に飾って大事にしてるわ。私達の友情の証《あかし》ですもの」

（元気いっぱいってどういう意味かよく分からないけど）

……元気いっぱいにメイド業務をこなしているという意味である。要するに、魔法の人形メイドセレーナの素材となった人形は、アンナが贈ったものだったのだ。

言ってみれば、彼女はセレーナの生みの親の一人ともいえる存在であった。

「あれ？　メロディ、知り合い？」

「へぇ、初めて見る子だね」

「……美人だ」

食堂の入り口で二人が話していると、サーシャ率《ひき》いる（？）使用人三人組がやってきた。

「皆、こちらヴィクティリウム家のメイドのアンナさんです。アンナさん、彼らはインヴィディア家の使用人のサーシャさんとブリッシュさん。ゲルマン家の使用人のウォーレンさんです」

メロディに紹介されて四人は互いに挨拶を交わした。

「ねえ、よかったら私達と一緒に昼食をどうかしら。歓迎するわよ」

「ぜひお願いします！」

サーシャの誘いはアンネマリーにはありがたいものだった。身を隠せるうえに情報収集もでき、久しぶりにメロディとも話ができる。まさに一石三鳥の素晴らしい提案であった。

「やった、決まりですね。久しぶりにアンナさんと話せて嬉しいです」

「いやぁ、可愛い子が仲間に加わるのは喜ばしい限りだね。よかったね、ブリッシュ」

「俺に同意を求めるな。……いや、別に反対してるわけではないからな」

素直に喜ぶメロディに、ブリッシュを揶揄うウォーレン。何だかとても楽しそうでアンネマリーも自然と笑顔になってしまう。五人で食堂に入ろうとして、サーシャがあることに気がついた。

「あれ？　マイカちゃんは？」

その名前を聞いたアンネマリーはドキリと心臓が跳ねた。『マイカ』と聞いて思い浮かぶのは、王太子クリストファーの前世、栗田秀樹の妹・栗田舞花のことだ。二人で一緒に秀樹も巻き込んで乙女ゲーム『銀の聖女と五つの誓い』をプレイし、ゲーム談議に花を咲かせた回数は数え切れない。まさか彼女もこの世界へ……などと考えて、即座に内心で首を横に振った。今の名前が前世と同じはずがないし、何より彼女がこの世界に来るはずがない。いや、来てはいけないのだ。

なぜならそれは、彼女が不幸の死を遂げて転生してきたということなのだから。

（また会いたいとは思うけど、お互いに転生して再会っていうのはちょっと寂しいわよね……）

舞花ちゃんとは天寿を全うしたらきっと天国で会えるわよね、と少しだけ感傷に浸りながら、アンネマリーは気持ちを切り替えた。

……まさかおばあちゃんになってから、時代を遡って転生してくるなんて思いもよらないアンネマリーであった。

「メロディ、マイカちゃんって誰のこと？」

「ルトルバーグ家に新しく入ったメイド見習いで、私の後輩です。さっきまで一緒だったんですけど、突然知り合いを見つけたからって飛び出して行ってしまって」

「追いかけなくてよかったの？」

「私もそうしようと思ったんですが、マイカちゃんから「後で行くから先に行っててください」と言われちゃって」

「そっか。ちょっと会ってみたかったな」

「ふふ、また次の機会がありますよ。マイカちゃんはとっても頑張り屋でいい子なんです。アンナさんもきっと気に入ると思いますよ」

「へぇ、それは楽しみね」

実際、アンネマリーは近い未来でマイカと出会うこととなる。アンネマリーとして……。

「さあ、昼食をいただきましょう。私もうお腹ペコペコよ」

サーシャの掛け声を皮切りに、五人は食堂の中へ入っていった。


一方その頃。直前でメロディと別れたマイカはというと……。

「待ってー！」

「……」

「待ってってばー！」

マイカは前方を走るとある少年を追って学生寮区画を全力で駆けていた。声を掛けても反応はなく、追い掛けると走って逃げようとする、見覚えのある少年。

とても身綺麗になり、従僕見習いの恰好をしていて見違《みちが》えるほどになっているが、あの紫色の髪と死んだような目はそう簡単には忘れられない。

「待ってって、きゃあっ⁉」

もう見えなくなってしまう。それ程に少年との距離が離れてしまったマイカ。懸命《けんめい》に走ったが圧倒的な身体能力の差は如何《いかん》ともしがたく、体力の限界が近づいていた彼女は何もない地面で思いきり躓いてしまった。

「うう、いたた」

幸い、長いスカートのおかげで膝を擦りむきはしなかったようだが、痛いものは痛い。

するとマイカの頭上に影が差し、小さな手が差し出される。見上げると、そこには初めて転生した日、マイカをスラム街から助け出してくれた少年の姿があった。

マイカはまだ気づいていない。目の前の少年が、魔王の操り人形にして乙女ゲーム『銀の聖女と五つの誓い』における第四攻略対象者、ビューク・キッシェルであることに。

この出会いは、ゲームの世界にどのような影響を与えることになるのだろうか……？


第四攻略対象者ビューク・キッシェル。

ゲームのシナリオ通りの不幸に遭い、ヴァナルガンド大森林で封印の解けかけていた魔王に魅入られ、操り人形となってしまった哀れな少年――に、見えるが実際には十八歳の青年である。

魔王の意思のもと舞踏会を襲撃した彼は、ルシアナのドレスにかけられていたメロディの無敵の防御魔法が原因で、襲撃に失敗してしまった。その際、封じられていた魔王の力のほとんどは剣から解き放たれ、またしてもメロディのおかげ（？）で子犬に封じられることとなった。

そうであれば、本来なら自由の身になってもおかしくなかったはずのビューク。しかし、運命は彼を逃しはしなかった。剣に残されていたわずかな魔王の残滓《ざんし》が、衰《おとろ》えてもなおビュークの意識を支配していたのである。

だが、やはりそれは魔王の残り香。本来のゲームのようにビュークを完全に従えることはできなかった。彼の自我が戻り始めるのは、ゲームではシナリオ後半の話。しかし、春の舞踏会から幾日か経ったある日、唐突に彼の意識は覚醒する。

少女の泣き声が聞こえた。閉ざされていた視界が開き、やはり、泣いている少女がいる。しばらく呆然とそれを眺めていたビュークだったが、気がつけば彼は動いていた。少女の手を引き、スラム街の外に連れていく。

思い起こされるのは、帝国の人狩りによって安住《あんじゅう》の地も家族も何もかもを失った時のこと。あの時もこうやってわけも分からず泣いている子供がいたのだ。そしてその子は……。

こんなところにいてはいけない。連れ出さなければ。そんな思いが心の内を満たし、気が付けばビュークはスラム街の端まで来ていた。少女は泣き止み、少しだけ心が落ち着いた。すると、再びビュークの心の隙をついて闇が広まった。ああ、また、凪《な》いだ心を暗闇が埋めてしまうのだろう。

そうして再び、ビュークはスラム街の闇へ消えてしまう。それからしばらくたったある日、ビュークに宿った黒い力が大きく騒《ざわ》めいた。それは憎らしい銀の魔力、聖女の力。剣に残った魔王の意識——といっても、もはや聖女を憎む想いだけが残ったもの——が、復讐《ふくしゅう》のために動き出す。

ビュークを操り、王立学園へ侵入を果たした魔王の欠片は、駒《こま》を求めた。残滓となった魔王の力にも先日の舞踏会の記憶は残っており、正面から戦っても勝ち目がないことは本能的に理解していた。だから、聖女を貶めるための手駒が欲しい。

……この時、剣に宿った魔王の力が思い浮かべる聖女とは、ルシアナのことだった。その身に纏ったドレスに宿る圧倒的な銀の魔力。それこそが聖女の証。

だからこそ、魔王の残滓は求める。聖女に負の感情を向ける哀れな供物《くもつ》を。そして、見つけた。

己の内側に秘めた負の感情を魔王の力が増幅し、支配する。残り香のような力であっても心の弱い人間を操るのに大した苦労はなかった。そうして魔王の残滓は新しい人形を手に入れたのだ。

それに伴い、新たな人形に命じてビュークの身なりを整えさせた。襤褸を纏った格好では学園で浮いてしまうため、こちらの行動を偽装できるようにビューク自身が発案したのである。

そう、ビュークが発案したのだ。これは本来のゲームではありえなかったこと。魔王本来の力であれば、ビュークの意識は完全に支配下におけたことだろう。だが、現在剣に残されている魔王の力はほんのひと欠片。ゲームとの差異の結果、ビュークは少しずつ自我を取り戻しつつある。それは、今こうして目の前で倒れている少女に手を差し伸べていることからも明らかだった。


「あ、ありがとう」

突然戻ってきて自分を起こしてくれた少年に、マイカは戸惑いながらもお礼を告げる。しばらく無言のまま立ち尽くしていた少年だが、膝の辺りが汚れたスカートを目にしてポツリと呟いた。

「……怪我は」

「え？　ああ、大丈夫だよ。転んだけど怪我はしなかったから。心配してくれてありがとう」

「……そうか」

少年はプイッとマイカから視線を逸らした。表情には出していないが照れているのだろうか。

「えーと、二ヶ月くらい前にスラム街で私を助けてくれた人だよね？」

「……」

「……違った？」

マイカが首をキョトンと傾げながら尋ねると、ビュークは何度か視線を彷徨《さまよ》わせ、ゆっくりと頷いた。見間違いじゃなかったのだと、マイカはホッと安堵の息を零して笑顔を浮かべた。

「その節は大変ありがとうございました。おかげで私、路頭に迷わずに今も元気で生きてます！」

「――っ⁉」

マイカは深々と一礼し、感謝の言葉をビュークに伝えた。それを見たビュークは目を見開いてビクリと肩を震わせる。……誰かにお礼を言われたのは、本当に久しぶりのことだったのだ。

頭を上げると驚いた表情で硬直するビュークの姿が目に入り、マイカもびっくりしてしまう。

「ど、どうしたの⁉」

「……何でもない」

またすぐに無表情に戻ったビューク。こんなこと意味がない。無駄だ。早く去らねば。

……そう思うのに、なぜかビュークの足は動かない。なぜ……？

「そうだ。よかったらお礼がしたいんだけど、一緒にご飯でもどう？　私、奢《おご》っちゃいますよ！」

「……いらない」

「えー、そんなこと言わずに、一緒にご飯食べましょうよ。思いの外長い時間追いかけちゃったから、早くしないと食堂が閉まっちゃいますよ」

「だから、いらないと……」

「マイカちゃーん！」

「え？　あ、メロディ先輩だ。先輩、こっちでーす！」

食事を終えたメロディがマイカを探してここまでやってきた。

「早くしないと食堂が閉まっちゃうよ。あら、その子がさっき言ってた知り合いの子？」

「はい。私がスラム街で迷っていたところを助けてくれたんです」

「まあ、そうだったの。こんにちは、ルトルバーグ家のメイドのメロディです。私の後輩を助けてくれてありがとうございます」

メロディが笑顔でお礼を告げると、ビュークは再び驚いた表情とともに硬直してしまう。

「また固まっちゃった。どうしたの？」

「……何でもない」

「そうだ、お礼もかねて一緒に昼食はどうかしら？　後輩の恩人だもの、私が奢るわ」

マイカと全く同じような提案をするメロディ。先輩と後輩は似るのだろうか。

「メロディ先輩、彼、食事はいらないんですって」

「そうなの？　うーん、それじゃあ、また何か別のお礼を考えましょう。あなたの名前を教えてもらえますか？　あと、どこの家に仕えているんですか？」

メロディが質問して、マイカはようやくまだ彼の名前を聞いていないことに気が付いた。

だが、その質問はビュークの機嫌を深く損《そこ》ねるものだった。

「……俺は誰にも仕えたりしない」

「え？　でも……」

眉根を寄せてそう告げる少年を前に、メロディは困惑してしまう。その恰好はどう見ても使用人のそれであるはずなのに、誰にも仕えないとはどういう意味だろうか。

「誰かに命令されたり、強制されるなんて、真《ま》っ平御免《ぴらごめん》だ！　絶対にお断……り……ぐっ！」

先程まで抑揚《よくよう》のなかった口調だったのに、唐突に怒気《どき》を孕《はら》んだ声を上げたビューク。だが、全てを言い切る前に、彼は胸を押さえて突然苦しみ始めた。

「どうしたの⁉」

ビュークの急変にマイカは慌てた。メロディも診察をすべくビュークに近づこうとした時、彼の身体から黒い靄のようなものが薄っすらと溢れ出した。

驚いて触れようとしていた手を引っ込めるメロディ。その隙に、ビュークは物凄い身体能力でその場を跳び上がった。一回の跳躍《ちょうやく》で建物の屋根に辿り着くと、ビュークはそのまま姿を消してしまうのであった。

「今のは、何だったのかしら……？　あの子は一体……」

わけが分からずビュークが消えた建物を呆然と眺めるメロディ。だが、傍らにいたマイカだけは、今の出来事を正確に認識していた。

（可視化できるほどの黒い魔力。それにあの紫の髪……そんな。じゃあ、彼がビューク・キッシェルなの⁉　ああ、言われてみれば確かにあの顔、小綺麗になってて分かりにくかったけど、確かにあれは第四攻略対象者ビューク・キッシェルだった。もう、何で最初から気づかないのよ、私！）

あれから少し周囲を探したが、二人はビュークを見つけることができなかった。ついでに言えばお昼休みが終わってしまったので、マイカは食堂へ行くことができなかったそうな。

もちろんメロディが軽食を作ってくれたので食いっぱぐれることはなかったが。

「ヴィクティリウム家のアンナさんですか？」

「ええ、私のお友達なの。今日は縁がなかったけど、また機会があれば紹介するわね」

「はい、お願いします」

（アンナさんか。もしかして、私と同じように転生した杏奈お姉ちゃんだったりして。まさかね）

彼女もこのゲームのファンだったから可能性はあるかもしれないけど、そんな都合のいい展開なんてあるわけないか、とマイカは内心で首を振るのであった。

……そういうところだけ現実的なものだから、困ったものである。


一方、メロディ達との昼食を終えたアンナことアンネマリーは……。

「あぁ、楽しかった！　メロディは相変わらず可愛いし、サーシャもしっかりもので頼もしいし。男衆《おとこしゅう》は……ま、どうでもいいか。また一緒にお昼食べられたらいいなぁ。あとマイカちゃんって子にも会ってみたいし。ふふふ」

「……で、そんな感想を聞かされる俺はどうすればいいわけ？　そうですねって言えばいいのか」

「うっ」

その日の夜、隠し通路から王太子クリストファーがやってきていた。アンネマリーの使用人への聞き込みの結果を聞くためだったのだが、開いてみれば単なる美少女達との楽しいランチの報告とはどういう了見《りょうけん》だろうか。アンネマリーはバツが悪そうな顔をして謝った。

「ごめんなさい。もちろん彼らにも事件のことは聞いたんだけど、結局学園の噂以上の情報は得られなかったのよ。そしたらもう、後は彼女達との会話を楽しむくらいしかできなくて……」

「お前ってホント、美少女に弱いのな」

「ぐぬぬぬ……」

アンネマリーの真剣度はどこまでなのだろうか。呆れた様子でため息を吐くクリストファーに全く反論できないアンネマリーだった。

そしてさらにもう一方。サーシャはというと……。

「お帰りなさいませ、ルーナお嬢様」

「お帰りなさいませ、お嬢様」

サーシャとブリッシュが恭しく頭を下げてルーナを出迎えた。少し疲れた様子のルーナは、鞄をブリッシュに預けると、寝室でサーシャに髪を整えてもらう。

「お嬢様、今日の学園はいかがでしたか？」

「そうね。……やっぱりまだクラスの雰囲気がギスギスしていてちょっと大変ね」

「そうなんですか。ルトルバーグ家のお嬢様もご苦労されているんですね。ヴィクティリウム家も使用人を使ってまで色々手を打っているようですけどまだ成果は出ていないみたいですし」

「使用人を使って？　サーシャ、どういうこと？」

「今日、ヴィクティリウム家のメイドの子とお昼をご一緒したんですけど、彼女はお仕えするご令嬢から使用人の間では例の事件がどんな話になっているか調べてくるよう指示されたそうで。私も協力するために知っている範囲で話したんですよ」

「……まぁ、そんなことが。アンネマリー様には本当に頭が上がらないわ。ねぇ、サーシャ。よかったらもう少し詳しく教えてくれる？　私も興味があるわ」

「ええ、構いませんよ」

ルーナの髪を梳《す》きながら、サーシャは今日の出来事を楽しく明るく語ってみせた。事件が起きたあたりから部屋では気落ち気味の様子だったので、サーシャはとてもはりきった。

そしてその翌日。とうとう第三の『水浸し事件』が起きたのである。

きっかけはたった一冊の本

それは七月第三週六日目の昼休みに起こった。

その日、昼食を終えたルシアナとルーナは、中庭の木陰《こかげ》に設置されたベンチに座って穏やかなひと時を過ごしていた。今の教室は残念ながら居心地が悪いので仕方がない。

ルーナは昨日サーシャから聞かされたアンナというメイドの話をルシアナに聞かせた。実はルシアナもメロディから聞いていたのだが、話す人間が変わるだけで不思議と違う話のように感じられ、思った以上に新鮮な面持《おも》ちで聞くことができた。

「さすがは『完璧な淑女』と謳われるアンネマリー様ね。そんなところにまで気が回るなんて」

「本当にそうよね。ルシアナも負けずに頑張ってね。私にできることなんて高《たか》が知れているけど、私も応援し……あ、いけない」

「どうしたの？」

「うっかりしていたわ。図書館で借りた本の返却期限が今日だったこと、すっかり忘れてたの」

「そうなの？　何て本？」

「え？　えーと……『子供のための初めての魔法基礎』って本よ。ほら、前にルシアナが勧めてくれたでしょ」

「ああ、あれね。私はちゃんと読む前に魔法が使えたから結局借りなかったけど」

「分かりやすいって話だったから読んでみたのよ。まあ、いまだに魔法は使えないけどね」

「うーん、それは残念。で、その本を返しに行くの？　放課後は忙しいし今行ってきたら？」

「……そうね、悪いけどそうさせてもらうわ。戻るのが遅かったら先に教室に戻っていて」

「はーい」

急ぎ足のルーナを、ルシアナは笑顔で見送った。

それからしばらく、静かにルーナの帰りを待った。風が吹き、木の葉の揺れる音が耳に心地よい。

気持ちのよい風を受け、うっかりしていると眠ってしまいそうになる頃、ルーナが帰って来た。

「お待たせ、ルシアナ。間に合ってよかったわ」

「思ったより早かったね。でも、おかげでうたた寝せずに済んだわ」

「今眠ってしまうと午後がきついものね。そうだ、もうすぐ期末試験でしょ。それで――」

「ルシアナ・ルトルバーグ！」

平穏を打ち壊すような怒声《どせい》が中庭に響いた。ルシアナとルーナがビクリと肩を震わせる。やってきたのはクラスメートの一人。もともとルシアナをあまり快く思っていなかった男子生徒だ。

「とうとうしでかしてくれたな、ルシアナ・ルトルバーグ！」

「しでかした？　何のことですか？」

「黙ってついて来い！」

「きゃっ！」

「ルシアナ⁉」

男子生徒はルシアナの腕を掴み、強引に彼女を引っ張った。驚いてルーナが声を上げるが意に介した様子はなく、ルシアナの意思も無視して彼女を無理やり教室へ連行していった。

教室に辿り着くとほとんどのクラスメートが揃っていた。そしてルシアナへ向けられる視線の多くに、疑惑以上の敵意を感じる。明らかに昨日までとは異なる雰囲気だ。

「あの、一体何があったんですか？」

周囲の雰囲気に気圧されたルシアナに代わって、ルーナが状況を問うた。そして皆が口々に事情を説明する。それをまとめるとつまり――。

「何者かがアンネマリー様に頭から水を掛けたということですか⁉」

「何者かがだと！　白々しい！　犯人はお前だろうが！」

先程の男子生徒が物凄い剣幕《けんまく》でルシアナを責める。思わず後退りしそうになるが、勇気を出してどうにかその場で堪えることができた。

昼休み、生徒会の用事を終えて教室に戻る途中、何の前触れもなくアンネマリーの頭上から水の塊《かたまり》が降って来たのだそうだ。その場にはクリストファーやマクスウェルもいて、周囲にも目撃者が何人もいたらしい。

現場はルシアナ達がいたのとは別の中庭で、教室に戻る前に立ち寄った矢先に上階の建物から狙われたものと思われる。目撃者によると事件直後に窓から逃げるように揺れ動く金色の髪が目に入ったのだとか。急いでその教室に向かったが室内はもぬけの殻《から》だったらしい。

「まさか、それでルシアナが犯人だって言うつもりですか？」

「こんな真似をするのはこいつくらいしかいないだろうが！」

「いくら何でも横暴《おうぼう》過ぎます！　第一、ルシアナは昼休みの間ずっと私といました」

「本当にずっと一緒だったのか。少しの時間も間違いなく？」

「そ、それは……図書館に本を返すために少しだけ席を立ちましたけど、でも……」

「ほら、やっぱりアリバイがないじゃないか！」

「そ、そんな……だって、それは単なる状況証拠で……」

男子生徒の迫力に、ルーナが言葉に詰まる。明確な証拠があるわけでもないのに、クラスメートのほとんどがルシアナを犯人だと決めつけていた。

「皆さん、憶測《おくそく》だけで犯人を決めつけるものではありませんわ」

「アンネマリー様！」

身だしなみを整え終えたアンネマリーが教室に戻って来た。その後ろにはクリストファーとマクスウェルも同伴している。ルシアナとルーナ、それを取り囲むような周囲を見て、アンネマリーは大体の事情を察した。

「皆さん、先程も申し上げた通り、憶測で誰かを責め立てるのはおやめください。わたくしはそのようなこと、望んでおりませんわ」

「ですが……」

「第一、ルシアナさんが犯人だとして、どうやってわたくしに水を掛けるというのです。バケツに汲《く》んだ水を投げかけるのですか？　そう簡単にできることではありませんわ。これを実行するには水を操る魔法を使ったと考えるのが妥当でしょう」

アンネマリーはルシアナが犯人だとは当然考えていない。だからこそ、彼女を弁護した。ルシアナは魔法が使えない。この点からアプローチしようと考えていたのだが……。

「水の魔法で三階から私を狙えなければこの犯行は不可能で――」

「確かにルシアナは水の魔法を使えますけど、三階から狙い撃つなんて無理ですよ！」

しばし、教室にしんと静寂が訪れる。

「……ルシアナさん。あなた、魔法が使えるの？」

「え、あ、えっと……はい。でも、一度に出せる水の量はせいぜいティーカップ一杯ぶ──」

「やっぱりお前が犯人なんじゃないか！」

「えっ⁉　いや、だから違っ」

男性生徒の言葉を皮切りに、再び教室中からルシアナを責める声が響き始める。ルシアナの言い分など周囲の耳に届かず、ただ彼女に水魔法が使えるという事実だけが浸透していった。

まるで集団ヒステリーのようだ。もはやアンネマリーにもどうやって終息させてよいのか分からない。そんな中、アンネマリーはこの状況を静かに見守っている生徒──オリヴィア・ランクドール公爵令嬢を注視していた。

最初からルシアナに敵意を持っていた彼女だ、これ幸いとこの場でルシアナを罵《ののし》るかと思ってみれば、彼女はずっと扇子で口元を隠しながら状況を見守っている。

何かチャンスを待っているのだろうか、ルシアナを決定的に陥れる最悪の策略を。

（やはり、あなたが『嫉妬の魔女』なの、オリヴィア。ゲームではあなたがこの事件の被害者だったというのに。まさか私にこの役が回ってくるなんてね……て、あら？　となると……）


──悪役令嬢の役は誰がするのかしら？

その時、オリヴィアがパチンと大きな音を立てて扇子を閉じた。それでハッと我に返ったのかクラスメート達の喧騒が収まる。そしてオリヴィアは毅然とした態度でルシアナのもとへと歩みより、その手に持った扇子をルシアナの前へ鋭く突き立てた。

その光景にアンネマリーは『まさか』と思う。いや、でも、そんなはずは……。

「分かりましたわよ、ルトルバーグ様。これまでの事件、狙われたのは学年トップの成績を収めた我らがAクラスそのもの。そして次が成績優秀で裕福な平民の生徒。そして最後は春の舞踏会であなたと注目を分けたヴィクティリウム様」

（……嘘でしょ、ホントに？）

アンネマリーが絶句してしまう。オリヴィアのセリフはアンネマリーもよく知ったものだった。

「あなたは、優秀で将来性のある皆様を妬んでこんな犯行を重ねたのですね！　なんて見苦しいこと！　即刻自らの罪を認め、わたくし達に謝罪なさいませ！」

（ホントに言っちゃったあああ！　なんであんたが、私のセリフを言っちゃうのよおおおお！）

オリヴィアが今告げた言葉。それは、ゲームにおいて当て馬悪役令嬢アンネマリーがヒロインを糾弾《きゅうだん》するために告げたセリフだったのだ。大変稚拙《ちせつ》なセリフゆえにゲームではクリストファーによって一蹴《いっしゅう》されてしまうわけだが、教室中が熱狂しているのか彼らはその言葉を受け入れていた。

（まさか、オリヴィアが今回の悪役令嬢枠なの？　じゃあ本当に、中ボス『嫉妬の魔女』は誰なのよ⁉）

謎は深まるばかり。結局、その後でクリストファーの一喝《いっかつ》によってその場は収められたものの、明らかにルシアナ不利の状況で終わってしまったのであった。

その日の午後、ルシアナは選択授業を受けずに学生寮へ帰った。メロディ達も知らせを聞いてレクトの助手業務を急遽休み、二人でルシアナを出迎えた。

「はぁ、どうしてこんなことになっちゃったんだろう？」

メロディが淹れたお茶を飲みながら、ルシアナは一人愚痴を零す。幸いといってよいのか、今日は七月第三週六日目。明日は休みなので、今日の夕方には伯爵邸へ帰る予定だ。家族に会って気持ちを取り戻してもらえればいいと、メロディは考えていた。

だが、メロディは自分の腑甲斐なさに憤《いきどお》りを感じざるを得ない。マイカも加えてルシアナをフォローするつもりだったのに、結局のところ自分は何の役にも立っていないのだから。

（こんなことで『世界一素敵なメイド』になんてなれるわけないわ……）

答えは出ない。以前、ルシアナから心が温まったと言ってもらえた時は少しだけ目標に近づけたような気がしたのに、今となってはただの勘違いだったのかと思ってしまう。

（私はあの時、どうしてそう思ったのかな？）

項垂れるルシアナを見守りながら、メロディはそんなことを考えていた。

「メロディ先輩、帰宅用の荷物の準備が整いました」

「ありがとう、マイカちゃん。お嬢様、荷造りが終わったそうです。そろそろお帰りになりますか？」

「……うん、そうだね。このお茶を飲み終わったら出発しようかな」

それから数分後。ルシアナはティーカップを置いた。

「私が片付けてきますね」

「ありがとう、マイカ」

ルシアナに礼を言われたマイカはニコリと微笑みながらティーセットを運んで行った。マイカの食器洗いが終われば、後は屋敷に帰るだけである。

(少しでも気がまぎれてくれればいいんだけど……)

「……清き水よ今ここに『水気生成』」

ルシアナの指先に小さな水球が生まれた。ティーカップに入るくらいの小さなものだ。

「これが私の限界だって言ってるのに、どうして誰も信じてくれないのかな。ルーナだってあんなに必死に弁護してくれたのに」

「私は初日以来お会いしていませんが、ルーナ様はお優しい方なんですね」

「そうなの。あの後も図書館へ本の返却に行かなければよかったなんて謝られて、私の方が恐縮しちゃったくらいだわ。本当にお人好しなんだから」

「図書の返却ですか?」

「うん。確か『子供のための初めての魔法基礎』って本よ。お昼休みの途中、ルーナはその本を返却するために図書館に行ったの。それで私が一人になる時間があったから、その時に事件を起こしたんだろうって言われたのよね。って、どうしたの、メロディ。そんな驚いた顔しちゃって」

メロディは目を見開いてルシアナを見つめていた。少しだけ口籠りながらメロディが尋ねる。

「お嬢様、今なんて……」

「え？　だから、ルーナが図書館に本を返却している間に私が……」

「いえ、そうではなくて。本のタイトルです」

「本のタイトル？　『子供のための初めての魔法基礎』だけど？　メロディも知ってるでしょ？」

メロディはハッとした様子で自分の部屋へ駆け戻り、そして一冊の本を持ってきた。

「あら、それ、今言ってた本じゃない？」

メロディが手にしているのは『子供のための初めての魔法基礎』で間違いなかった。

だが、メロディの返答はルシアナに大きな衝撃を齎《もたら》すこととなる。

「図書館から借りたものです。……ちなみにこれは、図書館に一冊しかないそうです」

「？？？　どういうこと？　ルーナが返却してその後すぐに借りたってこと？」

メロディは首を横に振った。

「これはレクトさんが私にと、五日前に図書館から借りてきてくれた本です」

ルシアナはメロディの言っている意味がよく分からなかった。だって、それは……。

「で、でも、ルーナはその本を返すために図書館に行ったのよ。……どういうこと？」

「お嬢様、ルーナ様がこの本をお持ちのところは見ましたか？」

「……いいえ」

首を左右に振るルシアナから表情が抜け落ちていく。思考が上手くまとまらない。

「……ルーナ様はルシアナお嬢様の無実を訴えたのですよね」

「そ、そうよ！　うん、そう！」

「でも、結果だけ見ればお嬢様のアリバイはルーナ様の行動によって失われています」

「……」

「アンネマリー様は水の魔法を使えなければ犯行は難しいと仰った。そうですよね？」

「う、うん」

「そしてルーナ様はお嬢様には無理だと主張した。周囲に水魔法が使えることを伝えたうえで」

「……」

ドクンドクンと胸の拍動《はくどう》が頭の中で大きく響く。自分が酷く動揺していることが分かる。

（……ルーナ？）

メロディはとても悲しそうな表情を浮かべていた。名推理を披露しようとか、そういう気持ちでこんな話をしているわけではないのだろう。気づいてしまったひとつの事実が、あまりに受け入れ難くて、でも、それ以外の答えが見つからなくて。

自分の中に、冷静で理性的なもう一人の自分の声が聞こえる気がした。

『最初の事件。私が犯人だと思われるきっかけになった失くした鉛筆。あれは、なぜなくなったのかしらね？　もしかして、現場に残すためにルーナが盗んだのかも』

（それはさすがにこじつけよ！）

『第二の事件。犯人に対する共通点、最初にそれを口にしたのは誰だったかしら？　あそこからよね、一気に私が疑われ始めたのは。そして第三の事件にしてもそう、疑われるきっかけを作ったのはいつも——』

「やめてっ！」

「お嬢様……」

耳を塞ぐようにして蹲《うずくま》るルシアナ。でも、本当は分かっている。一度生まれた疑念は、自ら確かめない限り永遠に解消することはできないのだ。

「遅くなってすみません。食器の片付けが終わりました。いつでも出発でき……ますけど」

蹲るルシアナをマイカは訝しげに見つめる。何があったのか、メロディに視線を送るが、つらそうな表情で顔を逸らされてしまった。

それからルシアナはゆっくりと立ち上がった。大きく息を吐き、天井を見上げる。そして――。

「……今日は、帰らないわ」

「え？　帰らないんですか？」

「うん。確かめなくちゃいけないから」

「お嬢様……」

ルシアナの瞳には、いつ零れ落ちてもおかしくないほどの涙が溜まっていた。それでもルシアナはそれを流さぬよう、必死に耐えていた。事実を確認するまで、流さないと誓ったのだろう。

「マイカ、屋敷に帰らない旨の知らせを送ってきてくれる？　メロディ、今夜は軽めの夕食でお願い。食べ終わったら今日はすぐに休むことにするわ」

「は、はい、畏まりました」

「畏まりました、ルシアナお嬢様」

まだ状況が呑み込めずに不思議そうにするマイカ。対するメロディは恭しく一礼する。

気づいたことを伝えなければよかったのだろうか。でもきっと、いつかは知ることになる。決意を胸に秘めて歩くルシアナの後ろ姿を、メロディは黙って見送ることしかできなかった。

彼女達の選択肢

ルシアナが寮に留まると決めた夜。隣の部屋のルーナはサーシャに髪を梳かしてもらっていた。

「ありがとう、サーシャ。もういいわ」

「畏まりました。お嬢様、明日のご予定はお決まりですか?」

「……実は、教室に忘れ物をしてしまったの。だから、明日は早めに起きて一度校舎に行くわ」

「それは大変ですね。学園に連絡して私が受け取りにいきましょうか?」

「いいえ、自分で行くから気にしないで。それじゃあ、今日はもう寝るわね」

「……はい、お休みなさい、お嬢様」

サーシャは一礼して寝室を出た。扉が閉まり、サーシャは小さくため息を吐く。

「どうしたんだ、サーシャ」

いつもの澄まし顔で首を傾げるブリッシュ。サーシャはさらに大きなため息を吐いた。

「……何でもないわよ」

とてもそうは見えなかったが、寝室をじっと見つめるサーシャをブリッシュは見守っていた。

（お嬢様、いつもと同じに見えるのに……何でこんなにモヤモヤするんだろう？）

サーシャが出て行った後、ルーナはベッド下の影に目をやった。大した空間などないはずの影から、小柄な少年が姿を現す。彼は苦しそうに胸を押さえていた。

「ううう、ぐううう……」

ルーナはそんな少年を、無表情で見つめる。

「……私を支配し、縛っておいて、あなたはそれが苦痛なのね」

紫色の髪の少年、ビュークから黒い靄が、魔王の魔力が溢れ出す。折れた剣身に残った魔王の残滓の力は、本体からは程遠い。それゆえに今のビュークにも抵抗することができた。

奴隷の身分を強要され、やりたくもない仕事させられ、殴られ蹴られどやされて……もう、誰かに振り回されるのは御免だった。嫌だった。

だが、抵抗できるがために魔王の力はビュークの心身に大きな負担となってしまった。完全に取り払うには、残滓といえども魔王の力は大きすぎたのである。

床に臥《ふ》せって苦しむビュークに、ルーナは近づく。そして手を翳した。手のひらから黒い靄のようなもの、魔王の魔力が溢れ出す。

「内側と外側、両方から抑えれば、もうしばらくは持つでしょう」

「あ、あ、ああああああああああああああああっ」

ビュークの全身を黒い靄が埋め尽くし、次第に声が静まっていく。やがて寝室に静寂が訪れると、感情の色が見えない瞳をしたビュークがゆっくりと立ち上がった。

「明日、私の望みが叶うかもしれません。その時は、よろしくお願いしますね」

ビュークは何も言わず、部屋の影の中へ静かに消えていった。

「明日よ、ルシアナ……明日、私はあなたを――」

ルーナの寝室から光が消えた。


翌朝、ルシアナがルーナを訪ねると、彼女は忘れ物を取りに教室へ向かったという。

「お嬢様、私もご一緒します」

「いいえ、私一人で行くわ」

「お嬢様！」

「大丈夫よ、話をするだけだもの。私はルーナに確かめなくちゃいけないの。そして、もし彼女がそれを認めるというなら、その真意を知らなくちゃいけない。そこにあなたは不要よ、メロディ」

「――っ」

不要と言われ、メロディは何も言えなくなった。求められていない使用人程有難《ありがた》迷惑なものはない。メロディは、これ以上ルシアナに詰め寄ることができなかった。

「二人とも、後はよろしくね」

「は、はい。ルシアナお嬢様」

「……畏まりました、お嬢様」

戸惑うマイカと気落ちした様子のメロディ。二人に見送られてルシアナは学生寮を出立した。

本来、今日は休みなのだから学園の校舎も鍵が閉まっているはずだ。しかし、この日は教室へ続く全ての通路が開放され、ルシアナは苦もなく一年Aクラスの教室に入ることができた。

そしてそこには、彼女がいた。

「……ルーナ」

「おはよう、ルシアナ」

いつも通りに笑顔を浮かべて挨拶をするルーナ。でも、それは自分の知っているルーナの笑顔ではないような気がした。ルシアナの感情の変化が原因なのだろうか、分からない。

「ねぇ、ルーナ。私あなたに聞きたいことがあるの」

「……ルシアナ。春の舞踏会、社交界デビューで私が何番目に入場したか知ってる？」

「ルーナ、何の話を……」

「正解は、あなたの一つ前よ。ふふふ、知らなかったでしょ？」

「……」

「そりゃあ、私みたいな地味な子なんて何番目でも実際には変わらないんでしょうけど、あなたのインパクトが強すぎて私なんて忘れ去られてしまったのは間違いない事実よね」

何が楽しいのか、ルーナはクスクスと笑う。

「あの時、あなたのことをとっても綺麗だって思ったわ。何て素敵な子が現れたんだろうって、そう思ったの。私なんて勝ち目がなくて当然。それくらい『妖精姫』は美しかった。……でもね、それでもね、やっぱり捨てられないのよ、この想いも。あなたのことが『妬ましい』って気持ちは」

「……ルーナ」

「抜き打ち中間試験。私、あなたに勝てなかったわ。あんなに勉強したのにね」

ルーナは微笑みながら教室をゆっくりと歩き出した。

「マクスウェル様って本当に素敵な方ね。でも、生徒会役員に誘われたのはルシアナ、あなた」

「でも、あなたのこと私は推薦して……」

「それであなたの代わりに私が立つの？　ふふふ、私、とっても惨《みじ》めね」

「そんな！　そんなことないわよ！」

「私とあなたって、同じ伯爵家だけどあなたは狭いながらも領地持ち貴族で、我が家は法服貴族。たとえ『貧乏貴族』だなんだと揶揄されたって、どうしたって家格は領地持ちの方が上。……本当になんて妬ましいこと。ふふふ、あははは」

「ルーナ！　どうしちゃったのよ。だって、私達、出会った時から仲良くやってきたじゃない」

その時、ルーナの表情がすっと消えた。

「ルーナ？」

「ええ、そうね。私もあなたのことをとっても好きだったわ。ええ、そう。……でもね、それと同じくらいあなたのことが妬ましくて、あなたのことがとっても、とっても……大嫌いだったのよ！」

「――っ⁉」

突如、ルーナの全身から黒い大きな力が迸った。

「これは……魔力!?　でも、こんな！」

可視化できるほどの強大な魔力がルーナの全身から溢れ出していた。それと同時に風が巻き起こり、机や椅子が弾き飛ばされていく。ルシアナは必死にそれを回避していった。

「あは、あはは、きゃはははははは！　凄い、凄いわ！　これが私の手に入れた力。あなたを妬んで羨んで、憎んで嫌ってそうして手に入れた力！　……あなたを排除するための力よ！」

教室の床や壁、天井に至るまで全てがグニャリと歪みだした。そして壁や天井が取り払われ、教室の床が無限に広がる不思議な空間が生み出される。

「ふふふ、これでもう逃げ出すこともできない。さあ、くらいなさい、ルシアナ！」

ルーナは右手の先に黒い力を凝縮させ始めた。時を追うごとに黒球から紫電《しでん》が走り、解き放たれた時、どれほどの威力になるのか想像もつかない。

「ルーナ、やめて、こんなこと！」

「ああ、嬉しいわ、ルシアナ。もう、さようならなのね。私があなたを……殺すのよ！」

そしてルーナは満面の笑みを浮かべながら……一筋の涙を流した。

「……ルーナ！」

ルーナの右手から高速の黒球が放たれ、着弾と同時に黒い閃光が解き放たれた。

作り出した空間さえ揺らぐほどの威力。これではルシアナなど一溜りもないだろう。

「……本当にさようなら、ルシアナ。これで私の望みは…………え？」

「……え？」

先程攻撃をしたところに、ルシアナが立っていた。二人してポカンとしてしまう。間違いなく葬ったと思ったのにと、目の前の光景が理解できないルーナ。攻撃を受けてもうダメだと思っていたところ、五体満足で何事もなく立っている自分を理解できないルシアナ。

だが、先に自分を取り戻したのはルシアナであった。ルシアナは身に付けている制服を見て、触れて、スカートをたなびかせて、納得したように頷いた。

「……ああ、うん。要するに、さっきの攻撃は『舞踏会会場が木《こ》っ端《ぱ》みじんになる』ほどの攻撃ではなかったってことね。いや、それでも無傷だって話だからそれ以上の可能性もあるけど」

「な、何を言っているの、ルシアナ……」

いまだに無傷なのが信じられないルーナに、ルシアナは不敵な笑みを浮かべた。

「つまりね、一人で行くなんてカッコつけて来たものの、私、全然一人じゃなかったってことよ」

「だから、何の話よ！」

想定外の事態にルーナは激昂《げきこう》する。ルシアナは眉根を寄せて胸元で拳を強く握った。

「ルーナの気持ち、よく分かったわ。でもね、だからって私にだって言い分はあるし、あなたの気持ちをそのまま受け入れられるだけの度量は、まだ私にはないのよ」

ルシアナは一歩前に出た。思わずルーナが後退る。

「いいわ、ルーナ。あなたのその喧嘩《けんか》。この私、ルシアナ・ルトルバーグが買ってあげる！」

ルシアナは力強く拳を前に突き出した。

「覚悟してよね！」

今ここに新旧『嫉妬の魔女』の戦いが幕を開けた。

教室でバトル漫画みたいな戦闘が始まろうとしていた頃、メロディ達は……。

「メロディ先輩、落ち着いてください。あ、ちょ、茶葉が！」

「え？　——ああっ！」

ルシアナを待つ間、気持ちを落ち着かせるべく紅茶を淹れようとしていたメロディ。しかし、注意力散漫というか気もそぞろというか、メロディは茶葉をポットではなく床にばら撒いていた。

「うう、何て勿体ないことを」

メロディはごみ箱へ紅茶を捨てる。そしてマイカはふと思いついたことをポツリと呟く。

「そういえば、茶葉って掃除に使えるんじゃなかったでしたっけ？」

「え？　——ああっ！」

その事実を思い出したが、他のごみと混ざってしまい、もう茶葉を集めることはできない。

（何か、本当にダメメイド……いや、『駄メイド』になっちゃってるな、ヒロインちゃん）

ルシアナに同行を断られた、というか『不要』と言われたことは相当精神的にキているらしい。

何をやってもミスを連発し、その姿はまるで前時代のポンコツヒロインのよう。

とはいえ、マイカもルシアナのことは心配していた。

（もしかして今日のこれって、ボス戦なんじゃ……）

状況的にルーナ・インヴィディア伯爵令嬢が『嫉妬の魔女』である可能性が非常に高い。それを代役ヒロインに選ばれたであろうルシアナが真偽を確かめに行くというのは、シナリオ的には嫉妬の魔女事件の最終局面に相当するはずだ。

真犯人を突き止め、ヒロインが中ボスである『嫉妬の魔女』に真実を突きつける。そして、それが白日の下に晒された時、ヒロイン対嫉妬の魔女の戦闘パートが始まるのだ。

だから、本来ならばルシアナにはメロディを同行させるべきだったのだが……ルシアナの意志は固く、そして不要と告げられたメロディのメンタルは想像以上にボロボロになっていた。

「きゃあああああ！」

ただ歩いていただけなのに、メロディは自分のスカートの裾《すそ》を踏んですっ転んだ。

今まで優秀な技能と魔法ばかり目立っていただけに、この落差は何ともしがたい。

お屋敷でメロディの魔法を見てきたマイカは、彼女のレベルが既にカンストかそれ以上の実力に達していることには気付いていた。何をやったらああなるのか本当に不思議だが、それゆえにルシアナがメロディの同行を断ってもあまり強く反対しなかったのである。

正直、ルシアナの制服にかけられた守りの魔法があれば彼女は多分全然無事だろう。

だが、問題はルシアナに攻撃手段がないことだ。これでは戦闘に決着をつけられない。

ルシアナは確かに今回ヒロイン的立場にある。だが、本当のヒロインはやはり、今マイカの目の前ですってんころりんしている駄メイドなのだ。

本物のヒロインがここにいるのに、物語は正しくハッピーエンドを迎えられるのだろうか。

本当にただの直感に過ぎないが、今、マイカにはメロディが選択肢の前で立ち往生しているように感じられた。前に進むことも後ろに下がることもできずにすってんころりんしているのだ。

……このままではダメだ。ヒロインには、選択肢を選んでもらわないと！

腰をさすりながら立ち上がるメロディの前にマイカはやってきた。

「どうかした、マイカちゃん？」

「メロディ先輩、これからどうするんですか？」

「どうするって、お嬢様はここで待つように仰って……」

「そうですね。ルシアナお嬢様はその選択肢を提示しました。ですが、メロディ先輩はまだそれを選んでいません。もう一度聞きます、メロディ先輩はこれからどうしたいんですか？」

何やらマイカの強気な態度にメロディは気圧《けお》されてしまう。いつものマイカちゃんじゃない？

「でも、お嬢様は……」

「私が聞いているのはメロディ先輩がどうしたいかです。お嬢様はここで待っていてほしいと言いました。メロディ先輩はそれを受け入れて待ち続けるんですか？　それとも、やっぱりお嬢様が心配だからと後を追いかけますか？　それとも、他に選択肢が？」

「私の、選択肢……？」

（きっと、誰がどんな役につくことになったって、メロディ先輩のポジションは変わらないんだ。聖女の力を持つこの人はメイドをしようが何だろうが、どこまでいってもヒロインで、シナリオがハッピーエンドになるかバッドエンドになるか、全てを委ねられているのはこの人なんだ！）

何の根拠もないのに、なぜかそれが真実のように感じる。

（メロディ先輩が選ばなければきっと何も始まらないし、何も終わらない。だから……！）

「メイドとして、ルシアナお嬢様のために何がしたいんですか、メロディ先輩！」

「お嬢様のために……メイドとして……」

「さあ、メロディ先輩。あなたの選択肢を選んでください！」

「……私は――」

メロディが選んだ選択肢。それは――。


本日、王立学園は休日であり、そこの臨時講師を務めるレクトも今日は自宅で寛いでいた。

「旦那様、今からこの部屋を掃除するので出て行ってください」

「掃除のためとはいえ主を追い出すメイドとはどうなんだ、ポーラ」

レクトの屋敷のオールワークスメイド、ポーラは掃除道具を手に仁王立ちしていた。

「はいはい、どこぞのお母さんみたいなこと言わせないでください。さっさとどく！」

「お前のその性格は気楽で貴重だとは思うが、もう少しだけ主を敬《うやま》う心をだ……な？」

「……なんか、突然現れましたね。何でしょう、これ」

言い合う二人の目の前に木製の簡素な扉が唐突に出現した。そしてそれが開かれると――。

「突然失礼します、レクトさん。細かい説明はしてられないんですけど、助けてください！」

「あら、メロディ。いいわよ、好きに持ってっちゃって。頑張ってくださいね、旦那様」

「え？　あ？　何がだ？　ちょ、ま、手、手を引っ張るな、メロディ！　自分で歩けるから！」

「行ってらっしゃいませ～。ふぅ、これでゆっくり掃除ができるわね！」

メロディに引っ張られてレクトは扉の向こうへ消えた。動じないポーラは掃除を始める。


メロディは助けを呼ぶことを選択した……いろんなところから。


学園が休日であるにもかかわらず、アンネマリーは学生寮の寝室にいた。こっそりやってきた王太子クリストファーも一緒だ。二人は『嫉妬の魔女事件』の情報を整理していた。

「お前が犯人候補と睨んでいたランクドール公爵令嬢は、なんと悪役令嬢、つまりお前の役を代行していたってことか？」

「彼女が『水浸し事件』で発言した内容を考慮すればね。本物のアンネマリーはもうちょっとコミカルでおバカなセリフ満載だもの。当て馬ライバルキャラだから仕方ないんだけど」

「えー、お前のそんなキャラ、見て見たかったなぁ」

「ふふふ、いいわよ。命を対価に見せてあげる」

「もう、あれだな。日を追うごとに物騒になってくよな、お前」

雑談を交えつつ、アンネマリーは真剣に事件について考える。有力候補だったランクドール公爵令嬢オリヴィアは白である可能性が高い。では、一体誰が『嫉妬の魔女』なのか。

おそらく魔女の力の影響で、クラスメートの多くはルシアナを犯人だと思い込んでいる。

（確か、ゲームでは黒い雨が降って学園全体が軽い洗脳状態になるのよね。対抗するには一定以上の魔力が必要。だから、魔力の高い者が多い学園上層部は慎重論を唱え、逆に魔力の低い者が多い一般職員や学生達はルシアナちゃん犯人説を簡単に支持した。でも、オリヴィアだって魔力は高いはずなのに。……魔王の力関係なく素でルシアナちゃんが嫌いってこと？）

シナリオに沿った形で考えるなら『嫉妬の魔女』は一年Aクラスにいることになる。

アンネマリーはクラス名簿に改めて目を通した。

目撃証言から犯人は金髪である可能性が高い。そして水魔法を行使できる。それでいて、代役ヒロインを貶めたいと思うだけの、ルシアナと深い人間関係を築いている人物。

そう、何よりも大切なのは犯人が『嫉妬の魔女』であり、ヒロインを妬んでいるという事実。

それは髪の色だとか魔法が使えるかなどよりも重要なピースだ。ヒロインに、この場合はルシアナに嫉妬したからこそ魔王に魅入られ、彼もしくは彼女は『嫉妬の魔女』となるのだから。

そうやって名簿確認していくと……アンネマリーの指先が、とある人物の前で止まった。

「……ルーナ・インヴィディア」

（確か、ルシアナちゃんとはクラスで一番仲がよかったはず。事件でも毎回彼女はルシアナちゃんを擁護していた……けど）

その発言の多くは墓穴《ぼけつ》を掘る内容ではなかっただろうか。思い返してみると、最終的にはルシアナを追い詰めるきっかけになっていたようにも思える。

「何だ、アンナ。ルーナちゃんが気になるのか。まあ、少女漫画とかだと定番だよな。入学時から仲の良かった子が実は主人公をいじめる奴らのリーダーだったとかよ。『あんたのことなんて最初から大嫌いだったのよ！』とか何とか言ったりしてさ」

まあ、漫画の話だよな、と冗談めかして語るクリストファーだが、案外バカにできないかもしれないとアンネマリーは思った。女子ってやるときゃ本気で陰険《いんけん》だしね、と内心で納得する。

そうして悩んでいると、寝室の扉をノックする音がした。侍女のクラリスだ。

「お嬢様、お休みのところ申し訳ございません。少しよろしいでしょうか」

「どうかしたの、クラリス」

「ルトルバーグ伯爵家のメイド見習いの娘がお嬢様へお目通りを求めておりまして」

「メイド見習いの子が？　ルシアナさんがではなくて？」

「はい。何でも向こうのお嬢様のことで大切なお話があるとか」

「ルシアナさんのこと？　……分かったわ。お通ししてちょうだい」

アンネマリーは無言で天井を指差し、クリストファーに隠し通路に身を潜《ひそ》めるよう指示する。そして応接間を整え、アンネマリーはメイド見習いの少女、マイカと顔を合わせた。

「お、お初にお目にかかります。ご無理を聞いてくださり、誠にありがとうございます」

「ええ、よろしくてよ。今お茶を淹れさせますからどうぞ席に座ってちょうだい」

「ありがとうございます。ですが、あまり時間がないかもしれないんです。申し訳ないのですが、早速本題に入らせていただけないでしょうか」

「……そう、構わなくてよ」

アンネマリーの部屋に、三人の転生者が集った。前世・朝倉杏奈のアンネマリー。前世・栗田秀樹のクリストファー。そして前世は秀樹の妹、栗田舞花のマイカ。そしてアンネマリーとマイカは互いに顔を突き合わせている。……だが、お互いがその事実に気付くことはない。

マイカはルーナの件を説明した。彼女の発言がルシアナに不利益を与えていること、第三の事件発生時、図書館へ行くと言って姿を消したがそれは嘘であったこと、休みの日だというのにルーナがわざわざ教室へ向かったこと、ルシアナがそれを追ったことなどなど。

「ルシアナお嬢様からは部屋で待つように言われたのですが、とても心配で」

メロディは一つの選択をした。ルシアナを待つのでも、ただ追い掛けるのでもなく、周りに助けを求めるという選択肢を選んだのだ。

マイカはその一つとして、上位貴族寮の上階にいるアンネマリーに助けを求められないか聞いて来てほしいと頼まれたのであった。休日なので帰省しているかもしれないが、いればめっけものという気持ちで訪問したのだが、どうやら当たりだったらしい。

(でも、アンネマリー・ヴィクティリウムってもっとおバカキャラじゃなかったっけ？)

メロディが転生者だと確証を得られなかったせいだろうか、この時のマイカは他の転生者の可能性を失念していた。そんなことを考えていると、バッとアンネマリーが立ち上がる。

「クラリス。わたくし、ちょっと校舎に出掛けてまいりますわ」

「畏まりました。お供はお付けしますか」

「不要です。それと……緊急事態のようですので早急に対応してくださいませ」

「そのようだね」

応接室の扉が開き、そこから制服姿の美しい男性が姿を現す。

「お、王太子殿下！　ど、どうして女子寮に⁉」

クラリスが驚きの声を上げた。マイカもびっくりである。

「こ、このようなこと、正式な婚約すらまだですのに許されることではありませんわ！」

「クラリス」

アンネマリーの鋭い視線が刺さり、クラリスは言葉を失った。

「……わたくしが何を求めているか、分かりますわね」

しばらく硬直していたクラリスは、緊張気味にそっとカーテシーをしてみせる。

「承知いたしました。このことは、死ぬまで秘密にいたします」

「ありがとう、クラリス。……マイカさんもお願いしますね」

「は、はい！」

これが上位貴族！　あまりの迫力にマイカは背筋がピンと伸びる思いであった。

「さて、戦闘になりそうだね。悪いが、少しばかり分けてもらって構わないかな」

「ええ、構いませんわ。お好きにどうぞ」

どこから取り出したのか、クリストファーは銀の短剣を手にしていた。そしてそれを高く掲げると、呪文を詠唱《えいしょう》する。

「万物《ばんぶつ》よ、我に従え『錬金術《アルケミー》』」

応接間に置かれていた銀の装飾の数々が形を失ってクリストファーの短剣に集まってゆく。それから数秒後、銀の短剣は見事な銀の剣へと進化した。

その光景をマイカは瞳をキラキラさせて見入っていた。

(凄い凄い！　王太子クリストファーにこんな設定ってあったっけ？　でもうちのお兄ちゃんと違ってメッチャカッコイイ！)

まさかご本人様だとは、とても気付けまい。顔が違うのだよ、顔が。

「それでは先に行くよ」

「私も準備を整えて追いつきますわ。ついでにマクスウェル様も巻き込んでくださいまし。戦力は多いに越したことはありません。おそらく今日も生徒会室にいるはずですわ」

「了解！」

応接間の大きな窓が開けられた。だが、そんなところを開けて何を――。

「えええええええええええええっ!?」

マイカは叫んだ。だって王太子が三階の窓から飛び降りたのだから。

「嘘でしょ!?　……嘘っ!?　空を蹴ってる！」

慌てて窓に駆け寄ったマイカは、空中を蹴って降下するクリストファーの後ろ姿を見た。

(う、うちのお兄ちゃんとは大違いじゃないのよ！)

何度も言うがあなたのお兄ちゃんである。ただ、顔が違うだけなのだよ、顔が！

「わたくしも準備できましたわ。では、後はお任せくださいな、マイカさん」

そう告げるアンネマリーは普段着から制服姿に着替えていた。そして彼女も窓へ近づいて。

「我が身に軽やかなる足取りを『浮空歩《エアステップ》』」

一瞬だけ圧縮した空気を足元に配置することで軽やかな跳躍を可能にするアンネマリー達のオリジナル魔法だ。三次元的な高速機動が求められる時、大変重宝する魔法である。

アンネマリーもまた三階の高さを軽々と駆け抜けていった。

（何あの二人。メッチャ規格外なんだけど。メロディ先輩が頼るわけだよ……って、いけない！）

マイカはクラリスにお礼を言ってアンネマリーの部屋を後にした。そして走り出す。ルシアナがいるであろう、校舎の方へ。

（きっと向こうにはあの子が、ビューク・キッシェルもいるはず！）

思い出されるのは先日の邂逅《かいこう》。黒い魔力に苦しんでいたビューク。それはつまり……。

（ビュークは、魔王と同調できてないんだ。だったら、できるかどうか分からないけど……）

——助けてあげたい。今度は、私が！

マイカは学生寮を飛び出すと、校舎に向かって全速力で駆け抜けるのであった。


「まったく。君達は俺を何だと思っているのかな？」

「最高の親友だと思っているさ、友よ！」

「とても頼りに思っておりますわ、マクスウェル様」

そう言われては苦笑するしかない。生徒会室から半ば無理矢理連れ出されたマクスウェルは、クリストファー、アンネマリーとともに一年Aクラスの前に来ていた。

だが、中に入ろうにもなぜか扉を開くことができない。

「これは、結界が張られている？　殿下」

「ああ。銀剣よ！」

クリストファーは銀の剣に魔力を流して教室の扉に勢いよく突き立てた。だが、扉の表面に紫電が走り、鉄よりも硬い感触の黒い壁が現れ、剣が押し戻されてしまう。

「ちっ、やはり結界が」

「もう、戦いは始まってしまっているんだわ。ルシアナさん……」

思わず出た二人の呟き。だが、それをマクスウェルは聞き逃さなかった。

「……君達は随分この状況を理解しているようだね。残念だよ、幼馴染の俺に隠し事だなんて」

転生者ではないマクスウェルに理解してもらうことは難しいとして、二人は魔王や聖女のことを彼に話したことはなかった（ただし、クリストファーの発作《ほっさ》的発言は除く）。

だが、ここに来て魔王が現れた今、彼の助けを借りるなら説明は避けては通れない。

「これが落ち着いたら、近いうちに必ずお話しますわ。だから……」

「はぁ、仕方ないですね。今はこちらに集中します。ですが、必ずですよ」

「ああ、これ以上親友に嘘はつかないさ。……おい、結界が⁉」

教室を覆《おお》っていた黒い壁一面に突然、白銀の亀裂《きれつ》が走り始めた。亀裂は収まらず、拡散し、結界の力を根こそぎ奪っていく。

「何があったんでしょうか？」

「原因は分からないがチャンスだな」

「……お二人とも、結界に入ったらまずは中にいる人達の保護を最優先にしてください」

（ゲームの中ならいざしらず、この世界では絶対にルシアナちゃんのような悲劇は起こさせない）

「結界が壊れた！　行くぞ！」

クリストファーの掛け声とともに、アンネマリー達は教室へ飛び込んだ。

嫉妬の魔女　対　嫉妬の魔女

ルシアナとルーナの戦闘は熾烈《しれつ》を極めた。といっても、お互いに怪我などはない。

ルシアナはメロディの魔法のおかげでダメージゼロであるし、ルーナは無数の黒球を放ち音と光でルシアナを牽制《けんせい》しているため、二人の距離は縮まらない。

ルシアナには攻撃手段がなかった。

ルーナに近づくべく走り出すルシアナ。だが、ルーナから黒球が放たれ、視界を遮られてしまう。気づいた時にはルーナはルシアナから距離を取っているのだ。

お互いに堂々巡り。千日手《せんにちて》状態であった。

「……これはちょっとまずいかも。何か決め手がないと終わらないいんじゃない、これ？」

ダメージを負わないとはいえ、人間には体力の限界というものがある。この場合、異空間に閉じ込められているルシアナの方が圧倒的に不利だ。最悪、ルーナはルシアナを閉じ込めた状態で逃げ出せばいいのだから。

「ルシアナ、一体何なのその力は！　どうして私の攻撃が効かないのよ！」

黒球を放ちながらルーナは叫んだ。

「一体どんなズルをしたの！　許せないわ！」

よく分からない黒い力の影響なのか、ルーナはとても感情的になっていた。そして、ルーナの力を完全に防ぐ守りの魔法を妬んでいるのだ。だが、これにはさすがのルシアナもカチンときた。

「何よ、人のことズルいズルいって！　自分ばっかり苦労してきたみたいに言わないで！」

あまりに一方的な嫉妬心を向けられ、ルシアナも感情を爆発させた。だが、それは事態を好転させる鍵となる。ルシアナの感情が大きく動いたせいだろうか、彼女はその瞬間、胸元に揺れる不思議な力を感じ取った。それは、いつも身に付けている指輪のペンダント。胸の奥からそれを取り出すとペンダントの先の指輪が、白銀の煌めきを放っていた。

「これは確か……」

それは、一ヶ月ほど前のこと。魔法を使えるようになるため、メロディに魔力感知の訓練をつけてもらったのだ。自分の体内にメロディの魔力を循環させてもらいながら訓練をして、いつの間にか指輪の石の真ん中に銀色の粒が埋まっていた。

当時は気が付かなかっただけかと思っていたが、今になってみればよく分かる。

これは――。

「メロディの力の結晶……」

自身の体内でメロディの魔力を流されていたからよく分かる。指輪から溢れ出しているこの煌めきは、メロディの魔力だ。指輪の魔力が自分に何かを訴えかけている。でも、それって何？

「はあああああああああああ！」

「――っ⁉」

指輪に気を取られた隙を狙って、ルーナが黒球を放ってきた。当たったところでダメージは入らないが、それでも心情的に当たりたくはない。ルシアナは全力で回避する。その時、手に持っていたペンダントの鎖が揺れ、指輪が黒球の一つに当たってしまった。

「指輪が⁉」

と、叫びはしたが……それではじけ飛んだのは黒球の方であった。

「今度は何っ⁉」

驚くルーナ。ルシアナもその光景に目を見張った。まさか、この指輪なら……。

「ルーナへ攻撃ができる？」

指輪の輝きが強まった気がした。まるでルシアナの呟きを肯定するかのように。しかし――。

「ルーナを傷つけたいわけじゃないのよね。どうしよう」

もし指輪をぶつけてルーナが先程の黒球のように弾けでもしたらと思うと、攻撃に使ってよいものか判断に悩む。

だが、そんなルシアナの気持ちを察するかのように、銀の光が溢れ出した。そして、指輪から声にならない不思議な意思が伝わってくる。

「……指輪をはめればいいの？」

ルーナの攻撃を避けながら、指輪を鎖から外し、右手の中指にそっとはめた。すると、指輪からさらに多くの光が放たれ、ルシアナの右手の中に何かを象りながら収束していく。

そして出来上がったものは――。

「……ハリセン？」

光り輝く見事な白銀のハリセンが生まれたのである。

非殺傷型拷問具ハリセン。メロディに教えてもらい、主に伯爵邸で父ヒューズへツッコミを入れるためにルシアナも愛用している品である。使い方なら熟知している。

ハリセンを手に入れたルシアナはそれをギュッと握りしめ、不敵に笑った。

「これなら、全力でひっぱたいても死ぬ心配はないわね。ハリセンってそういうものだもの」

「――っ⁉」

戦意の籠ったルシアナの視線にルーナは戦《おのの》く。そしてルシアナは一直線に駆け出した。

「させない！」

ルーナは再び無数の黒球を打ち出す。だが、ルシアナは避けなかった。光と音は面倒だが、ダメージは通らないのだ。向かうべき道が分かっているなら、逃げる必要はない！

だが、そんな光景を目にしたルーナは焦った。攻撃は効かず、ルシアナは逃げない。この場を離れて距離を取ればいいのに、そんな思考すら浮かんでこない有様だ。

気がつけば、ルシアナはルーナの目の前に辿り着いていた。

「ルシアナ⁉」

「ルウウウウナアアアアアアアアアアアアア！」

両腕を振り上げ、ルーナの頭頂《とうちょう》目掛けてルシアナはハリセンを振り下ろす。

「いい加減にしなさああああああああああああああああああああい！」

ルシアナの力強いツッコミとともに、小気味よい『スッパーン！』という音が空間に響く。同時に、ハリセンに宿っていた全ての銀の魔力がルーナの体内を駆け巡った。

「あああ、あああ、ああああああああああああああ！」

白銀の光がルーナの体内に溜まっていた黒い力を相殺していく。やがてルーナは光に包まれ、残滓の魔王によって与えられていた全ての力は光とともに消えてしまった。

気が付けばハリセンも消滅し、ふと見ると指輪にあった銀の粒も消えている。今の攻撃で蓄《たくわ》えられていた全ての力を使い果たしたらしい。

ルシアナは指輪を見つめながらクスリと微笑んだ。

（来ないでいいなんて言って、本当に最初から最後まであなたの力に頼り切りだったわね）

不要と言った時、とても傷ついた顔をした最高のメイドのことを思い出す。

後で謝らなくちゃと思ったが、今は目の前の友人のことを優先しなければ。

ルーナは呆然と立ち尽くす。そして、自分の手を見て、そこに涙が零れ落ちた。

涙を流したままルーナはルシアナの方を向いた。そして……。

「……ごめんなさい、ルシアナ」

正気を取り戻したルーナは、そのまま地面に倒れ臥してしまった。

「ルーナ！」

ルシアナはルーナを抱きかかえた。ハリセンのショックが大きかったのか、意識はやや朦朧《もうろう》としていて、身体に力が入らないらしい。ルシアナに身体を預け切っている。

「大丈夫？　苦しくない？」

「……どうしてそんなに心配してくれるの？　私、あんなにあなたのこと罵って、殺そうとまでしたのよ。なのに……」

「あれは、さっきの変な力のせいでしょ。気にしなくていいわよ」

「違うわ……確かに、あの力に酔っていた部分もあるけど、でも、あれは私の本心だもの」

ある程度思考を誘導されていた節はあった。でも、全ての感情が偽りだったわけではない。可憐で成績優秀で、素敵な人達に囲まれるルシアナが羨ましかったのはどうしようもない事実なのだ。

醜い。なんて醜い。あの黒い力から解放された今だからこそよく分かる。

（私って、何て汚い子なのかしら……？）

ルーナは大粒の涙を流した。

「もう、ルーナ。まだ変な力に操られてるんじゃないでしょうね？　本当に何を言ってるのよ？」

「え……？」

「人間なんて嫉妬する生き物よ。私がどれだけあなたのこと羨みながら友達やっていたと思っているの。そんなことも分からないなんて、ルーナったらむしろそっちを反省してほしいわ」

呆れたように叱られて、ルーナは理解ができなかった。ルシアナが自分を羨む？　どこを？

「……全然理解してないって顔ね。いいわ。よーく聞いていてね。教えてあげるから」

そうして、ルシアナはルーナへの嫉妬ポイントを口にするのだった。

一つ目。ひたむきに努力する心。うちのスパルタメイドもいないのに自力で十位の試験結果を得られるなんて羨ましくて仕方がない。自分だったら絶対サボっているはずだ。

二つ目。初めてのことにも気後れしない積極性。入寮初日、率先して挨拶に来てくれたのはルーナだけだった。後になって気付いたが、おかげで初日の緊張は大分解れていたのだ。自分にはなかったその心根がとても羨ましかった。

「そして三つ目。あなたの笑顔よ」

「私の笑顔……？」

「そう。優しくて柔らかくて、笑顔を誘う素敵な笑顔だったわ。何よりそれが一番羨ましいなって思ったの。私もあんな風に笑えたらなって」

「……そんなこと？」

「ええ、そんなことよ。でもね、私からすればルーナの嫉妬だって『そんなこと』なのよ？」

「ち、違うわ。だって、どれも大切なことで」

「ルーナが持っているものだってとても大切なものよ。代わりなんてないんだから」

「ルシアナ……」

「だからね、ルーナ。そんな泣きそうな顔じゃなくて、私が大好きで羨ましくて毎日見ていて飽きないあなたのいつもの笑顔を見せてよ。ね？」

ルシアナはふわりと柔らかい笑顔を見せた。ルーナの心が解きほぐされていくように温まる。

「……うん」

ルーナは笑った。涙を堪えて、ぎこちなく笑った。

（ルシアナを羨む気持ちは今もやっぱりなくせない。でも、それでも私は――）

「ルシアナ、私達、今度こそ……本当のお友達に……」

『――役立たずめ』

「――っ⁉」

ルーナが伸ばした手を取ろうとした瞬間、空間に亀裂が走った。残っていた黒い力が本当に尽きて、教室が元に戻ろうとしている。その隙を狙ったようにルシアナの背後から何者かの影が現れた。

ハッと気づいたが既に遅く、黒い靄を纏った小柄な男が、黒い力で剣身を補《おぎな》った剣をルシアナ達へ向けて振り上げている姿が目に入る。

『使えぬ駒はいらない――死ね』

そして剣が振り下ろされる。

「させないわ！　『流星撃《シューティングスター》』！」

星を象った魔力の塊が剣に向かって飛び出した。剣筋は逸らされ、ルシアナ達は難を逃れる。

「クリストファー！」

「マックス！」

息のあった掛け声とともに、クリストファーとマクスウェルが駆け出した。連携を取り、二つの剣閃《けんせん》が交差する。ルシアナ達の襲撃者、ビューク・キッシェルは軽やかに跳んで攻撃を回避した。

『……』

虚《うつ》ろな瞳がクリストファー達を静かに捉える。

「前回と同じ状況だな」

クリストファーの発言に、ビュークの目が細められた。

『雑魚が、邪魔を……』

「その雑魚に何度も邪魔されているお前は何なんだろうな」

相手を挑発するためか、クリストファーの口調が荒い。実際は、内心で冷や汗をかいていた。

『弱者が。この我に勝てると本気で……が？』

言葉の途中で、ビュークの動きが止まる。大きく目を見開き、呼吸が荒れる。ビュークはグッと胸を押さえると、誰にも聞こえない声量でこう言った。

『もう、誰かの言いなりになるなんて……まっぴらだ』

ルーナによる外からの圧力を失ったビュークは、残滓の魔王の力に抗って暴走状態となった。全身に黒い魔力を纏い、雄たけびを上げて元に戻った教室の窓から勢いよく飛び出してしまう。

あまりに突然の事態にしばし呆然としたクリストファー達だったが、すぐに正気を取り戻すとビュークの跡を追った。しかし、結局それ以降、彼らはビュークを見つけることができなかった。

どこまで行ってもシナリオブレイク

『通用口』によってレクトを学園に連れて来ることに成功したメロディは、二人で校舎の方へ走り出した。ほどなくしてマイカの後ろ姿を捉える。

「マイカちゃーん！」

「あ、メロディ先輩！　それにレクティアス様も」

マイカと合流し、アンネマリー達の協力が得られたことを知って安堵していると、メロディは校舎の方から何か黒い物体がこちらへ飛んでくる光景を目にした。

「二人とも離れろ！」

三人の前に転がり落ちてきたものは、黒い靄のような異様な塊。そして中に人影が見える。

まさか、あそこにいるのは……。

「もしかして、ビューク・キッシェル!?」

マイカの叫びに呼応するように、黒い靄が暴れ出す。

「あ、あ、ああああああああああああああああああ！」

黒い靄、魔王の残滓に覆われたビュークは、錯乱状態に陥っていた。本能的な魔王の復讐心と、誰の命令にも従いたくない心が反発し合い、ビュークの心身を苦しめ狂暴化させているのだ。

「うがあああああああああああああああ！」

「ちっ！」

近くにいたメロディを襲おうと、ビュークの腕が伸びる。レクトはそれを鮮やかな剣技で牽制し、メロディから距離を取らせた。ビュークの真正面に立ち、メロディには近づかせない。

叫び声とともに異常な怪力で攻め立てて来るビュークを、レクトは持ち前の技量を駆使《くし》して互角以上の戦いに昇華《しょうか》する。

ビュークは剣身の折れた剣を振り上げ、レクトに向けて勢いよく振り下ろした。接触寸前のところを見極めて最小限の動きで躱《かわ》し、回避の動きをそのまま攻撃に転用する。ビュークは慌てたように剣を振り回し、その攻撃を見事に受けきった。

本物の騎士を前に、拙《つたな》い剣技で相手になるはずがない。レクトが優勢に見える。だが——。

「ぐっ、重い……！」

攻撃をするにも受け流すにも限度がある。残滓とはいえ魔王の魔力を宿したビュークの怪力は、想像以上にレクトへの負担が大きかった。あまり長く戦い続けられないかもしれない。

メイドとして護身術を身に付けているメロディだが、この戦いを前にしてはとても割り込むことはできそうにない。もちろん護身術すら会得していないマイカなど言うまでもないだろう。

「ぐおおおおおおおおおお！」

「はあああああああああああ！」

だが、いつまで均衡が保たれるか分かったものではない。二人でおろおろしつつも、何かできることはないかと考えあぐねていた。そして、マイカがあることに気が付く。

(これって、ビュークの攻略シーンなんじゃないの⁉)

ゲームでは、物語の後半でビュークが魔王から解放されるシナリオが発生する。その際、ビュークは今のように精神を錯乱させ、暴走状態でヒロイン達に迫ってくるのだ。

ゲームだと、戦闘パートに移り、戦いに勝利することでビュークの解放スチルをゲットできるようになるのだが、そのためには――。

「レクティアス様！　彼の手から剣を離してください！」

必要なのはビュークが剣を手放すことで魔王の魔力との繋がりを断ち切ること。そして、聖女の銀の魔力で体内に残留している魔王の力を浄化するのだ。

「そうしたいのはやまやまなんだが、なっ！」

ビュークを上回る速度と剣技をもって剣を奪おうとするが、余りある怪力と鎧《よろい》のように硬い魔力の壁に遮られ、思うように事を運べずにいた。

(このままじゃダメだ。せめて、何かで彼の気を引くとかしないと。でも、何を……あ！)

マイカはメロディを見た。そうだ、ここにあるではないか、魔王の気を引く銀の魔力が。

「メロディ先輩、魔法でビュークの気を引いてください。それはもうドカンと！」

「ド、ドカン？　えっと、何の魔法を使えば……」

「何でもいいです。こう、メロディ先輩の魔力をグッと込めて空に解き放つ！　とかでもいいので、とにかく少しでいいので奴の気を引いてください。メロディ先輩の魔法ならきっと食いつくはず」

だって聖女だし！　マイカに急かされて、メロディは右手を空へ掲げると――。

「えいっ」

自重という言葉をすっかり忘れて、人が二、三人くらいは余裕で入れそうな可視化された銀の魔力の大玉を、何気なくポコッと生み出した。

圧倒的な魔力の気配に当てられて、マイカ、レクト、そしてビュークの動きがピタリと止まる。

唯一の救いは、その魔力に何の意志も込められていなかったことだろう。とにかく魔力をと慌てていたメロディは、魔法というよりは単純に体内の魔力を吐き出しただけだったからだ。

攻撃にしろ防御にしろ魔力に目的が与えられていれば、それにも意志の色が乗る。もしあれに攻撃の色が塗られていたら、この場にいる者達は皆その威圧だけで意識を失っていたかもしれない。

「後はこれを、空に打ち出せばいいのよね？　はっ！」

ドピュンッ！　メロディは銀の大玉を空に向けて勢いよく射出した。おそらく、最初から目にしていなければあまりに速過ぎて目視できなかったのではないだろうか。

多分二十九．九万キロメートル毎秒くらいの速さだったので。ちなみに光の速さは約三十万キロメートル毎秒らしい。……おそらくこの場にいた者達以外の目に留まることはなかっただろう。

だが、目的は十分に果たされた。大玉が生み出された時点でビュークは隙だらけになったのだから……これでレクトがちゃんと動けていれば完璧だったのではあるが。

「レクトさん、剣を！」

「え？　……はっ⁉　ていっ！」

放心しているレクトを見て、思わずメロディが声を上げた。それによってビュークも意識を取り戻したが、名前を呼ばれたレクトの方がほんの少しだけ初動が速かった。

レクトの剣がビュークの剣を弾き飛ばした。

ガキンという音がして、ビュークの頭上を剣身の折れた剣がクルクル舞った。そのまま剣はどこかの茂みに落ち、剣から解放されたビュークは全身を覆っていた黒い魔力が霧散していく。

そして完全に力尽きたのか、ビュークは膝をつき、その場に倒れ臥してしまった。

「ビューク！」

慌ててマイカが駆け寄り抱き起こすが、ビュークに意識は戻らない。それどころか、この前のように胸を押さえて苦しみ始めた。

（剣を手放したのに、まだ完全には魔王との繋がりが断たれていないの？　そうだ、剣は……って、どこにも見当たらないし！）

おそらくゆっくりと剣を探している余裕などない。となると、やるべきは――。

「マイカちゃん、その子の様子はどう？」

「メロディ先輩！　先輩の魔法で彼の中にある黒い魔力を取り払えませんか⁉」

「黒い魔力？　よく分からないけどやってみるわ」

焦った様子のマイカを見て、とにかくやってみようと少年の手を取った。ルシアナの魔力感知の訓練をした時と同じように、ビュークの体内に自身の魔力を流し込む。そして、それはすぐに分かった。ビュークの体内を、彼のものとは違う異質な魔力が巡っているのだ。

メロディは流し込んだ魔力をそのまま黒い魔力の中和に利用した。処置が進むにつれてビュークの顔色もよくなっていく。その光景にマイカはホッと安堵の息を漏らすが……。

「……ダメ。大体のものは中和できたけど、完全に取り払うことができない」

「それってどういう意味ですか？」

「私もどう説明していいのか。私でも到達できないようなところまでこの魔力が入り込んでいるみたいなの。無理矢理すればできるかもしれないけど、今度は私の魔力が害になりかねなくて」

長い間魔王の支配下にあったビュークの魂に、黒い魔力が侵食を始めていたのだ。いくら最強無敵のメロディといえど、そこまで進んだ侵食にはそう易々とは手を出せない。

「そんな……」

多少症状が改善したとはいえ、ビュークはまだまだ苦しそうだ。表面的に魔王の魔力を消したところで根本的な部分ではまだ魔王の支配下にあるということなのだろう。

「どうにかならないのか？」

メロディにはちょうどよい対処法は思い浮かばなかった。そんなご都合主義的な方法など……。

（……あった！　そんなご都合主義展開！）

ゲーム知識を持つマイカだけがその手段に心当たりがあった。

「剣の台座だ！」

「え？　マイカちゃん？」

「メロディ先輩、一瞬で別の場所へ移動する魔法、できましたよね？」

「ええ、できるけど」

「だったら、特定の場所を探す魔法なんてのもできませんか？　大森林の奥に剣を封じるための銀の台座が設置されている場所があるはずなんです。そこに行けばもしかしたら……！」

乙女ゲーム『銀の聖女と五つの誓い』でも、ヒロインは単独でビュークを救うことはできなかった。ビュークとの戦闘はヴァナルガンド大森林の、魔王の剣を封じた地にて行われたのだ。

戦いに勝利したヒロインは銀の台座に残されていた先代聖女の力の名残の手を借りて、聖女の力を共振《きょうしん》させることによって魔力を増幅し、見事ビュークを魔王の支配から解放したのである。

(でも、銀の台座の場所が分からないとさすがに時間的に厳しいものが……)

「森にある銀の台座？　……ああ、あれ。大丈夫、探さなくても場所は知ってるわ」

「知ってるんかい！　なんでやねん！」

(ご都合主義にもほどがあるでしょうが！)

正直助かるが、なぜメロディがそんな場所を把握しているのだろうか。まさか、やはり彼女はゲーム知識を持つ転生者で……。

「王都の近くにある森のことでしょう。毎日食材採取で行ってるからあの森のことなら任せて。マイカちゃんが言う銀の台座っぽいものならこの前見つけたから」

(ヴァナルガンド大森林で食材採取って……)

「……メロディ、今、聞き捨てならない話をしなかったか？」

「？」

（やばい。メロディ先輩、あそこが危険地帯だっていう認識がない。どんだけ無双メイドなのこの人……って、今はそんな場合じゃなかった）

「すぐに連れて行ってください！」

「任せて。『通用口』」

簡素な扉が出現し、扉を開けた先にはヴァナルガンド大森林が広がっていた。ビュークをレクトが抱き上げ、三人は台座の前に集まる。

「マイカちゃん、それで何をどうすればいいの？」

「はい。この台座に残された魔力をメロディ先輩の魔力と共振させて——え？」

ピキリ。マイカが台座に触れた瞬間、とても嫌な音が鳴った。銀の台座に亀裂が走った。

「へ？　え……？」

ピキピキバキバキと亀裂が広がり、収まる気配がない。最終的に、台座はそのまま音を立てて全壊してしまうのだった。

「なんでよおおおおおおおおおおおお⁉」

マイカは絶叫した。私？　私が悪いの？　何したっけ？　ちょっと触っただけだよね⁉

「嘘でしょ⁉　台座に残ってる力が必要だったのに！　これじゃあ……」

慌てふためくマイカ。最後の希望だったのに、まさかこんなことになるなんて！

だが、まだ希望は残されていた。正確に言えば元凶なのだが。

「台座に残っていた力？　それだったらそっくりそのままセレーナの動力に利用されているけど」

「セレーナさんの動力って、もう！　どんだけ我が道を行ってるんですか、メロディ先輩！　すぐにセレーナさんを呼び出してください！」

ヒロインやらずにメイドをするだけでは飽き足らず、メインシナリオのフラグすら気付かぬうちにポキポキ折りまくっているとは。もう既に他にもいろいろやらかしているのではないかと、マイカは大変不安に思った。だが、今はやっぱりそんな場合ではない。ビュークを助けなくては。

程なくして『通用口』からセレーナがやってきた。

「えっと、急な呼び出しでしたが何をすればよいのでしょう？」

「メロディ先輩と魔力を共振して、力を増幅させてほしいんです。その力を利用して、彼の中に巣くった異質な魔力を完全に取り払いたいんです」

「……どこのどなたか存じませんが、彼を助けたいのですね、お姉様」

メロディはコクリと頷いた。セレーナはニコリと微笑みメロディの手を取る。

「承知しました。では、早速始めましょう」

仰向けに寝かせたビュークを挟むようにメロディとセレーナが陣取ると、二人は膝をついて互いの手を取り合った。二人の魔力を循環させ、魔力の共振と増幅を図る。

ゲームでは、親和性の高い新旧の聖女の力が共鳴することで、爆発的に魔法の効果を高めることができた。きっとうまく行くはず、とマイカは信じて両手を組んでいたが……メロディのシナリオブレイクは既に始まっていたのである。

「……凄い。これまでにない魔力の高まり。これならいけそう」

瞳を閉じ、意識を集中させながら、メロディはビュークの魂に銀の魔力を注ぎ始めた。セレーナと共振することで、自身の中の魔力が光り輝いていることが分かる。

ビュークの魂を銀の煌めきが包み込み、弾けるように黒い魔力を一つ、また一つ浄化していく。同時に、ビューク自身も銀の光に覆われ始めた。あえていうなら、魔王の魔力が聖女の魔力に置き換わったような光景だ。

全ての魔王の魔力はこうしてビュークの体内から、魂から消え失せた。ビュークの顔色も戻り、既に呼吸も落ち着いている。胸の苦しみからは、解き放たれたようだ。マイカは安堵の息をついた。

「よかった。メロディ先輩、セレーナさん。ありがとうございます。もうこれで……あれ？」

ビュークが白銀の光に包まれる。瞳を閉じて共振を続けている二人は全く気付いていない様子。

「あの、ちょっと、お二人とももう十分ですからそろそろ終わって……ちょっと⁉」

ビュークの心身を銀の魔力が完全に満たしきった。感覚的にそれを悟った二人は、自然と互いの手を放し、ホッと息をつく。不思議な満足感に、二人は微笑み合った。

「笑いあってる場合じゃなーい！　なんかビュークの様子がおかしいんですけど！」

ビリ、ビリビリビリッ。

「え？」

布が破れるような音が聞こえ、メロディはビュークを見下ろした。

そして聞き間違いではなかったらしい。ビュークの衣服がビリビリと破れだしたのだ。何せ彼の身体が急速に成長を始めたから。失われた時間を取り戻すように、ビュークの肉体が実年齢に則《そく》したものへと変貌《へんぼう》していく。身体が大きくなるたびに服が破れ、ビュークの肢体《したい》が露《あらわ》になる。ズボンなど腰回りが合わずに最初に弾けてしまった。

髪は伸び、背丈も高くなって、胸元は開き、割れた腹筋が露になって、小柄な少年はいつしか見事な細マッチョの美青年に……。

「「「…………」」」

そう、サイズが合わない服はそのほとんどが破れさり、美しくも逞《たくま》しいすっぽんぽんが少女達の目の前に現れたのであった。

世界最大の魔障の地にして、世界最悪の危険地帯『ヴァナルガンド大森林』に、絹《きぬ》を裂くような少女達の悲鳴が木霊したことを知る者は誰もいなかった。……レクトは別ってことで。

あいつの知られざる活躍

王立学園のとある茂みの中に、剣身の折れた銀製の剣が無造作に落ちていた。

ビュークの手を離れ、そのビュークがすっぽんぽんになった衝撃で、少女達はすっかりこの剣の存在を失念してしまったのである。

剣はその断面から瘴気《しょうき》を漏らし、ビュークの手を離れた今も聖女への憎しみが忘れられない。自分を封じた先代聖女、そして、襲撃を邪魔した今代聖女……許すまじ。

剣身から黒い魔力を溢れさせ、人知れず怒りを滲ませていると、茂みの奥から一匹のネズミが姿を現した。このネズミは危機感が薄いのか、不思議そうに首を傾げながら剣に近づく。

だが、残滓の魔王にとっては大変好都合だった。先程の二度にわたる戦闘によって少なかった魔王の力がさらに減じてしまった。手足もない状態では身を隠すことすらままならない。

となれば、すべきことは……。残滓の魔王は剣の断面から魔力を吹き出し、目の前のネズミへそれを送り込んだ。魔力を満たし、自身の手駒とするためだ。

魔力の全てをネズミに移し、次なる宿主を探そう。もう、この剣では使い物になるまい。そう思った魔王は、剣身から魔力を移動させて――ネズミは何か大きなものに踏みつけられた。

「チュッ!?」

『貴様、我が残滓ながらとんでもないことをしてくれたものだなぁ?』

小さなネズミの背筋が凍るように震えた。残滓とはいえ魔王の力を有する自分が恐怖を感じるとはどういうことなのか？　ネズミが恐る恐る見上げると、怒りの形相を浮かべた白銀の子犬がネズミを睨みつけていた。

ルトルバーグ家の愛すべき子犬――グレイルこと、魔王である。

それは一ヶ月以上前のこと。いつものようにセレーナから餌をもらって上機嫌だったグレイルは甘えるようにセレーナを舐めまわしていた。犬の愛情表現である。

だが、グレイルはやらかしてしまった。新旧の聖女の魔力をたっぷり含んだ彼女の首の銀細工をペロリと舐めてしまったのである。その時、グレイルの魂に銀の魔力が電流のように駆け巡り、グレイルの中でぐっすりと眠っていたはずの魔王の意識が覚醒してしまったのだ。

それ以来、銀の魔力を放つメロディとセレーナが怖くてしょうがない魔王グレイルであった。

グレイルに踏みつけられたネズミは、小さな体をプルプルと震わせる。自分と同質でありながら、いや、だからこそ感じる圧倒的な力の差に打ち震えているのだ。

そんなネズミの態度を見て、グレイルは大きくため息を吐いた。

『お前、我を見てそんなに怯えられるのに、あれを見ても何とも思わなかったわけ⁉ あいつが片手間で飛ばした『あれ』に何も感じなかったのか！ あれ一発で我もお前も即消滅レベルの魔力が込められていたのだぞ⁉ あれを気軽にポンと出せちゃう正真正銘の化け物なんだぞ！ あれが本気になったらどうしてくれる！ 我、消えちゃう！ 消えちゃうぞ、マジで！ 跡形なく消し飛ばされたっておかしくないんだからな！ その辺ちゃんと分かってんのか、ボケが！』

もう泣きべそ寸前の魔王。舞踏会襲撃後に受けた仕打ちを思い出し、ネズミを踏みつけながら恐怖に打ち震える。だからこそこっちは大人しくしていたのに、まさか自身の残滓がこんな面倒事を引き起こしてくれるとは。魔王は怒り心頭に発している。

魔王はネズミをひょいと摘まみ上げると、自らの口に放り込んだ。

「チュウッ⁉」

『ふがふがふが！（己の愚かしさをよーく覚えておけ、このバカもんが！）』

ネズミを口に含むと、魔王はしばらくもぐもぐと軽い咀嚼をしてペッと中身を吐き出した。

「チュ、チュウ……チュッ！」

しばし放心状態だったネズミはすぐに正気を取り戻すと、そそくさとその場を逃げ出してしまった。グレイルはそれを何でもないように見送る。

『魔力を全て食らってやれば、あれもただのネズミだな。ふん！　今は力を溜める時よ。聖女に身バレなどしてまた封じられるわけにもいかんからな！　そ、そう、今は雌伏《しふく》の時なのだ。断じて聖女が怖いから逃げているわけではないのだからな！』

誰も聞いていない中、グレイルは一人言い訳するように言い放つ。

『さ、さて、それでは帰るとするか。今日は確か、手作りソーセージの日だったな。ぐふふ』

もはや魔王というよりただのペットに成り下がったのではないだろうか。魔王グレイルはその活躍を誰にも知られることなく、日常へ帰っていく。

茂みには、魔力がからっぽになった折れた剣がそのまま放置されるのであった。

その日の夜、王都の空に白銀の雲が生まれた。天空に拡散したどこかの誰かの魔力が反応し、白銀の雨が降り注いだとかいなかったとか。誰もが寝静まった深夜の出来事だったので、その優しい雨を目にした者は終《つい》ぞいなかったという。

エピローグ

「……夢を見た、ですか？」

夏の爽やかな日差しの中、木陰の下に用意された王城のテラスにクリストファー、アンネマリー、そしてマクスウェルの三人が集まってお茶会を開いていた。

その目的は先日の教室での戦闘について。自分だけが知らない現状を問い詰めているのだ。

とはいえ、クリストファーもアンネマリーも自分が元日本人の転生者だと素直に教えようとはまだ思えなかった。正確に言えば、信じてもらえるかどうか不安だったとも言い換えられる。

そのため、二人は幼い頃から不思議な夢を見るようになったという前提で魔王や聖女の存在を説明することにした。

だが、そこは昔ながらの幼馴染。この二人が取り繕うことに長けていることなどよく分かっているマクスウェルは、彼らが全てを正直に話していないことに気付いていた。

（……ですが、今回はこのくらいにしておきますか）

何か事情があることくらい、マクスウェルにだって理解できる。機会があればまた問い詰めればよいかと結論づけるマクスウェルなのであった。

二人が語った内容は驚くべき、というよりは眉唾ものと言って差し支えない内容だった。

古の聖女と世界を滅ぼす魔王の存在。そして対処しなければ王国に悲劇が訪れる。二人はそれを回避するためにこれまでにも色々と対策を考えてきたのだとか。

「お二人がこれまで取ってきた政策もこれの一部であると?」

「間接的にはそうですわ。基本は国力増強ですけれど」

「確かに経済力が向上すれば自然と軍事力の強化にも繋がりますね。そのうえで不正を許さぬ態度を取って見せるわけですか。確かに効果はありそうです」

かつて、アンネマリーは唐突に王都の孤児院を慰問したことがあった。そこはとても貴族令嬢が足を運べるような場所ではなく、生活環境は底辺、衛生環境も最悪というもので、資金援助をしているはずの王城にはその実態が全く届いていなかったのである。

原因は担当役員の腐敗だった。幼いアンネマリーが率先して抜き打ち訪問をすることで事態が白日の下に晒され、王太子クリストファーを中心に孤児院の不正が正されたのである。

つまり、マイカが孤児院にやって来た時には既に孤児院は救われた後だったというわけだ。

「君達がそんな子供の頃からそのために活動していたとは思いもしなかったよ。だったら、最初から俺も仲間に入れてくれればよかったのに」

「すまない。その、直接夢を見ていないお前には信じてもらえないと思って」

「ふふ、まあ、確かに当時の俺がそんな話を聞かされても首を傾げただろうけどね」

きっとはいはいと言ってスルーしたに違いない。つまり、彼らの対応はある意味正解だったということだ。長い年月をかけて積み重ねてきた信頼があるからこそ、今の話を聞けるのだ。

「それで、君達は夢で今回の件も把握していたということかい？　犯人が彼女であることも？」

アンネマリーは首を横に振って否定する。

「いいえ、わたくし達には事件が起きることは分かっても、具体的なところは分かりませんの。実際に起きてみると、人物の役割が異なっていたり、夢とは差異のある出来事が起きたりして、むしろ混乱することも多いのですわ」

アンネマリーはゲームと現実の違いをそのように説明した。

「おそらく、未来は確定していないということなんだと思う。誰かの想定外の行動が小さな波紋を生み、気が付けば夢とは違った未来が描かれる」

「そして君達は変化した未来を夢に見ることはできないと」

二人はコクリと頷いた。

「なかなか難しい問題だね。君達のいう魔王や聖女の存在も、ちょっとした弾みで消えていてもおかしくないということだから」

「正直、そうなってくれた方がわたくし達としても助かるのですけどね」

アンネマリーは力なく笑った。

「でも、いるんだよなぁ。少なくとも魔王は」

「それが舞踏会の襲撃者で、ルーナ君を殺そうとした彼というわけか」

「正確にはあの方も操られているのですわ。聖女さえいれば救う方法もありますのに」

アンネマリーは嘆息した。それも仕方がない。二人の夢での最大の齟齬。それが聖女の不在なのだから。根本的に魔王への対抗手段がない状態なのだ。ため息も出るというもの。

「それはそうと、君達はあれも夢に見て知っていたのだよね？」

「「あれ？」」

マクスウェルの質問に、二人は首を傾げた。

「学園のことだよ。正確にはルーナ嬢や他の生徒達のことかな」

「ああ、確かに夢で知っていました。といっても結果だけで、過程はさっぱりなのですけど」

「本当にどうしてああなるんだろうな。ルーナも他の生徒達も事件のことなんてきれいさっぱり忘れてしまうなんて」

クリストファーは腕を組んで悩ましげに唸り声を上げた。

そう、嫉妬の魔女事件終息後、休みが明けると学園は事件などなかったかのように普段の雰囲気を取り戻していた。生徒達はルシアナへの不信などなかったかのようにいつも通りで、例の事件の存在すら覚えていなかったのである。

嫉妬の魔女にされたルーナ自身も事件のことは覚えておらず、ルシアナとケンカをして仲直りしたという事実だけが記憶に残っているだけだった。

「覚えている者とそうでない者の違いは何なんだろうね」

「魔力の強さと言いたいところですが、それに該当する学園上層部でさえ覚えていないのですから本当に何がどうなってそうなったのやら、さっぱりですわ」

そう言いながら、アンネマリーはゲーム特有の強制力のような何かが働いたのではと思っている。

代役ヒロインや悪役が勝手に配置されるくらいだから、こんなことも起きるだろうと思っていたら案の定というわけだ。ご都合主義万歳である。

「ルシアナ嬢の方はどうだったんだい？」

「そっちもダメっぽい。後日話を聞いたら「ハリセンで叩《はた》いたら正気に戻った」って言うんだ。何かの力が働いて別の記憶が補完されているらしい。現場に居合わせた張本人だったんだがなぁ」

「あの時、彼女はハリセンなんて持っていませんでしたものね」

ハリセンって……。アンネマリーは嘆息し、マクスウェルは呆れた表情になる。

「これは問題解決には相当苦労しそうだね」

「まあ、それとは別に書類を処分するのにも苦労したけどな」

クリストファーは遠い目をした。誰もが忘れ去ったとしても起きてしまった事件そのものが本当の意味でなくなったわけではない。クリストファー達は完全に事件を闇に葬ろうと、秘密裏に学園側の検分記録などをこっそり処分したのだ。

「これで今回の件は一応解決したってことでいいのかい？」

「とりあえずは。ですが、聖女が見つからない限りずっとこんな調子なのでしょうね」

「ハッピーエンドはまだまだ遠そうだね」

晴れ渡る空を見上げるアンネマリーに、マクスウェルは苦笑を浮かべるのだった。

同じ頃、メロディは学園にあるレクトの執務室にいた。今日は七月の最終日。今日で一学期が終わり、明日から学園は夏季休暇に入る。つまり、レクトの臨時講師は、ひいてはメロディの臨時助手業務は今日で終わりというわけだ。二人は一緒に執務室の後片付けを行っていた。

「新しい正式な騎士道の講師が決まってよかったですね」

「ああ、そうだな……」

「？　あまり嬉しくなさそうに見えますけど……？」

「そんなことはないさ、ないんだが……」

頬を赤らめて視線を逸らすレクトに、メロディは首を傾げた。

恋する女性と二人きりになれる機会が失われるのだ。未練があって当然といえよう。

「どうかしました？」

「……いや、片付けを手伝ってもらえて助かるなと思っただけだ」

ヘタレである。ここにヘタレ二十一歳がいますよ、奥様。

「このくらいの片付けなんてメイドにかかればちょちょいのちょいですよ♪」

「メイドにかかれば、そうだな。さすがは『世界一素敵なメイド』を目指しているだけはある」

「そう思いますか？　ありがとうございます」

どこか得意げなメロディの様子に、レクトは「お？」と思う。

「なんだ？　『世界一素敵なメイド』とやらに一歩近づけたのか？」

「ふふふ、それは秘密です♪」

口元に人差し指を立ててウィンクをするメロディのなんと愛らしいことか、などと考えていそうな顔でレクトはしばし無言を貫くのだった。

レクトの片付けが終わり、メロディはルシアナの部屋へ戻った。

「遅くなって申し訳ございません、お嬢様」

「お帰りなさい、メロディ」

学生寮の部屋では全ての荷物がまとめられ、屋敷へ持ち帰る準備が進められていた。明日からは夏季休暇。しばらくここに戻ることはないので全ての荷物を今、馬車に載せている最中だった。

見ればもう残っているのは自分達で運ぶ分だけのようだ。

「全部任せてしまってごめんなさいね、マイカちゃん」

「いいえ、これもお仕事ですから。それに、力仕事をしてくれる人もいますしね」

マイカはニコリと微笑む。すると、部屋をノックする音が。ルシアナが入室を許可すると執事服に身を包んだ背の高い青年が姿を現した。

「……荷物、全部載せ終わりました」

「そう、ありがとう、リューク」

「男手がいて助かっちゃった。ありがとう、リューク」

「私がいない間に済ませてくれたのね。ありがとう、リューク」

「……ああ」

リュークと呼ばれた青年こと、ビューク・キッシェルは恥ずかしそうにコクリと頷いた。

ビューク・キッシェル改め、今の彼はリュークと呼ばれている。命名者はマイカだ。

魔王に魅入られ操り人形にされていた彼は、メロディの力によって魔王の支配から解放されたところまではよかったのだが、魔王に操られていたせいなのか、それとも急激な肉体変化のせいなのか、目覚めた彼は記憶を失っていた。

自分の名前さえおぼろげで、これまでの人生の記憶のほとんどが残っていなかった。

彼には春の舞踏会の襲撃事件と今回の件で容疑がかかっているはずだ。見つかれば捕らえられる可能性が高い。といっても、既に見た目が全く違うので見つけられるとも思えないが。

魔王に操られ、記憶まで失った彼がそんな目に遭うことをマイカは許容できなかった。何よりスラム街から自分を助けてくれた彼を見捨てるなんてできなかったのである。

彼を助けたいと訴えるマイカに、だったらとメロディが『うちの使用人になればいいのよ』と発案した結果が今というわけである。

ルトルバーグ家は男性使用人も求めていたのでちょうどいいとメロディは提案したが、レクトは猛反対。恋する女性の前で事故とはいえ全裸を晒した男なんて置いておけるか！　……なんて、似たような前科を持つ身としては言えるはずもなく、反対は空しくも却下されるのだった。

そして名前不詳、住所不定の訳ありイケメンをあっさり受け入れてしまうあたり、ルトルバーグ家は器が大きいんだか危機感が薄いんだか。ここは寛容で偉大なご主人ということにしておこう。

というわけで、リュークはルトルバーグ家の執事見習いとなった。これに喜んだのはヒューズである。ようやく我が家に同性が増えたと喜んで、執事の何たるかを講釈をたれていたりする。

最初の数日はあまりにベッタリだったので妻マリアンナが違う意味で心配になったのは、また別の話である。普通、色男が来たら心配すべきなのは夫の方だと思うのだが……。

記憶を失う前、ビュークは誰かに仕えることを強く拒んでいた。だが、今はその記憶がないせいか、執事見習いをすることに拒否感はないらしい。ただ、誰かから礼を告げられると頬を赤くして少し嬉しそうに照れる姿はとても微笑ましかった。

「メロディ先輩。私、リュークと一緒に馬車の確認に行ってきますね」

「お願いね。こっちの荷物は私に任せてくれればいいわ。リュークも馬車で待ってて」

コクリと頷くと、リュークはマイカとともに部屋を出て行った。

「ふふふ、リュークの言葉遣いは要教育かしら、メロディ？」

「そうですね。お屋敷に戻ったらメイド流執事レッスンをしてあげなくちゃいけませんね」

「……藪蛇だったわね。ごめんなさい、リューク」

自分が受けた淑女教育を思い出し、ルシアナはリュークに謝るのだった。

「さてと、荷物の忘れ物は本当にありませんか？」

部屋の中を見回すが、特に何も忘れてはいなさそうである。

「あるとしたらこれかしら？」

ルシアナはテーブルの上に置かれていた一枚の書類をメロディに差し出した。

「学園の成績表ですね」

ルシアナの成績が記されている。中間試験三位。そして期末試験も三位である。

ちなみに期末試験の結果は一位から四位までは変わらず、なんとルーナは七位を取った。記憶に残ってはいないが、例の事件で何か吹っ切れたものがあったのかもしれない。

ルシアナは最後に会ったルーナが『次の試験では勝ってみせるからね！』と宣戦布告した姿を思い出し、クスリと笑った。

「お嬢様、何かいいことでもありました？」

「ううん、何でもないの。あ、そういえばありがとね、メロディ」

「何がですか？」

「ずっと言いそびれていたけど、この前のルーナとのことよ。あなたの魔法のおかげで助かったし、何よりアンネマリー様達を呼んでくれたのもメロディなんでしょ？　おかげでルーナを失わずに済んだもの。本当にありがとう、メロディ」

ルシアナは笑みを浮かべて礼を言った。だが、メロディは少しだけ後ろめたい気分だ。

「でも私、待っていてというご命令に従いませんでしたのに」

「ふふふ、結果良ければすべてよしなのよ。気にしない、気にしない」

「……お嬢様」

ニコリと微笑むルシアナを見て、メロディは自分の選択が間違っていなかったのだと実感した。

「こちらこそありがとうございます、お嬢様。おかげで私、ちょっとだけ『世界一素敵なメイド』に近づけた気がします」

「そう？　それはよかったわね！」

メロディとルシアナはお互いに微笑み合った。

（やっぱりこれ、これなんだ。この笑顔を守れるメイドこそ『世界一素敵なメイド』なんだわ）

技術と知識。もちろんあるに越したことはないが、きっとそれだけでは主の笑顔は守れない。そのためには何が必要なのか、それが今後、メロディが『世界一素敵なメイド』になるために探していかなければならない目標になる……のかもしれない。

「ふふふ」

「どうしたの、メロディ？」

「いいえ、お嬢様が笑ってくれて嬉しいなと思って」

当たり前のようにそんなことを言われては、さすがのルシアナだって照れてしまう。そして照れたら照れ隠しをするものと相場が決まっているのである。

「そ、そう。でも、こーんなことをさせてくれたらもっと笑顔になっちゃうわよ～」

「きゃあああ！　淑女がメイドに抱き着いちゃ、って、何度も同じことを言わせないでください！」

「ちょっとだけ、ちょっとだけだから！　そしたら私も笑顔になるから！　大丈夫よ、ほんの少しの間天井のシミでも数えているうちに終わるから～！」

「いやー！　お嬢様、笑顔が嫌らしいです！　というか、本当にどこでそんな恥ずかしいセリフを覚えてくるんですかあああああああ⁉」


ところ変わってルトルバーグ伯爵邸。

「さてと、これでおしまいですね」

魔法の人形メイド、セレーナは本日最後の洗濯物を吊るし終えると軽く額の汗を拭った。

夏の爽やかな日差しが洗濯物を包み込み、白いシーツがより一層美しくさえ見える。

セレーナはその光景を見つめ、優しく微笑んだ。

「これから夏真っ盛りね。ふふふ、楽しい夏休みになるといいわね……メロディ」

セレーナの首の銀細工が仄かな淡い銀の光を灯し、やがて消えた。

「さあ、お洗濯も終わったし次の仕事を始めましょうか。お姉様が帰る前に済ませないと」

ルトルバーグ伯爵邸に、涼やかなハミングが響く。

夏の始まりを予感させる、美しい音色だったと、誰かが語ったとか語らなかったとか。

書き下ろし番外編

姫と護衛騎士の気晴らしデート

『嫉妬の魔女事件』が無事終わり、しばらく経ったある日の伯爵邸。本日休暇のマイカが久しぶりに孤児院へ行こうと自室を出ると、ちょうど同じタイミングで部屋を出るメロディに遭遇した。

「おはようございます、メロディ先輩。珍しいですね、こんな時間に部屋にいるなん……て？」

現在午前九時を回ったところ。今日はメロディも休日だが、いつもならそれをガン無視してメイド業務に勤しんでいるはず。だというのにこんな時間になぜ？　それに……。

「どうしたんですか、その恰好」

メロディは私服姿であった。メイド服以外なんて初めて見たかもしれない。

半袖の白のブラウスに丈の長い赤のスカートというシンプルな出で立ちでありながら、どこか清《せい》楚《そ》で可憐な印象を伴う素敵コーデ。肩から斜め掛けにしている小ぶりの黒いバッグも何気に可愛いし、よく見ると垂らしている髪の後ろの一部を編み込んでリボンが結わえられている。

上から下まで美少女の魅力を余す所なくあざといほどに見せつけるその姿にマイカは……。

（デートだキタコレ！）

これは乙女の勝負服に違いない！　マイカの女子中学生脳がキラキラとピンク色に染まった。

「おはよう、マイカちゃん。今日はちょっと用事があってこれから貴族街を回る予定なの」

マイカは納得するように頷く。確かに、その恰好なら貴族街でも浮いたりはしないだろう。

「まさか一人で行くわけじゃないですよね？」

「レクトさんが案内してくれることになっているわ」

（マジか、あのヘタレ騎士にそんな甲斐性が！）

酷い言われようである。メロディと一緒に騎士道の臨時助手を務めたマイカのレクトに対する評価であった。もはやゲームにおける硬派なイメージはマイカの中には残っていない様子。

（……ん？　ちょっと待って。この時期にこの二人がデートって、確か……）

マイカはハッと思い出した――サブイベント『姫と護衛騎士の気晴らしデート』のことを。

『嫉妬の魔女事件』において、犯人捜しのパートナーにレクトを選ぶことで発生するデートシナリオである。ボス戦を乗り越え、改心したルシアナと友達になれそうだったその時、彼女は魔王の手にかかりその命を落とした。クラスメートを失った悲しみと、無力な自分への自己嫌悪から心が沈んでしまうヒロインに、護衛騎士のレクトが気晴らしに貴族街の散策を提案するのだ。

（確か貴族街の庭園迷路を散歩して、カフェで少し休んでから宝石店へ連れていかれるのよね。そして正しい選択肢を選ぶと彼の瞳の色のアクセサリーをプレゼントしてもらえて、ヒロインも自分の瞳の色のアクセサリーをプレゼントすることで好感度が急上昇するイベントだったはず……）

レクトから『今日の記念に何か贈らせてほしい』と言われるのだ。最初は断るヒロインだが、この時のレクトは意外と押しが強く、断り切れなかったヒロインに選択肢が表示される。

（確か、何がいいか聞かれて選択肢は、①レクトに任せる、②レクトの瞳の色の物、③自分の瞳の色の物……だったかな。それで正しい回答は……）

「そろそろ出ないと。あ、そうだ、マイカちゃん。お嬢様には内緒でお願いね。行ってきます」

「え？　あ、メロディ先ぱ……行っちゃった」

呼び止める間もなく、メロディはそそくさと出掛けてしまった。

「お嬢様に内緒って、結構本気ってこと？　うぅ、ヒロインちゃんの生デート、鑑賞したいよ～」

マイカは悔しそうに呟いたが、さすがにそれは無理な話だ。モラル以前に、平民が貴族街をこそこそとうろついていたら犯罪者扱いされかねない。さすがに出歯亀《でばかめ》でそんな危険は冒《おか》せない。

マイカは断腸の思いで孤児院へ向かうのであった。


「わぁ、綺麗なところですねぇ」

「王都を訪れた貴族は、一度は見に来ると評判の庭園だ。特にこの生垣で作られた迷路が人気で、その、か、かか、カップルは、こぞって利用するのだそうだ」

顔を赤くして、ちょっとどもりながら説明をするレクト……二人は貴族街の庭園を訪れていた。中央に大きな噴水が配置され、左右対称で幾何学《きかがく》模様の生垣の迷路が広がっている。迷路の中には休憩できる四阿《あずまや》がいくつかあり、途中で退場できるように扉まで設置されていた。

まさにマイカが想像していた通りのデートスポットである。

「イタリア式庭園に似てますね」

「いたり……？」

「何でもありません。さ、レクトさん。せっかくですから迷路に入りまし、きゃっ！」

「メロディ！」

迷路に入ろうとしてうっかり躓いてしまったメロディを、レクトが逞しい腕で支えた。

「あ、ありがとうございます」

「……気を付けるようにな」

「はい。すみません。それじゃあ、行きましょう」

「ああ……」

楽しそうに歩き出すメロディの後ろをレクトはついて歩いた。顔が真っ赤である。

（……ぷにゅってしたぷにゅってした）
※純情男子二十一歳の顔は現在お見せできません。あらかじめご了承ください。

それから二人はやはりマイカが知るデートイベントに沿うように行動した。庭園を回り、休憩のために近くのカフェで昼食を取り、しばし談笑する。そして二人は――。

「ここが俺のおすすめの店だ」

サブイベント『姫と護衛騎士の気晴らしデート』のデートコースそのままに、シナリオの最終目的地である宝石店へと足を運ぶのだった。

「いらっしゃいませ。本日はどのような物をお探しでしょうか」

店員らしき女性がやって来て二人に、正確にはレクトへ声を掛けた。男女でやって来たのだから男性が女性へ宝石をプレゼントするものと思っての判断である。だが――。

「……用があるのは俺じゃない」

「はい？」

レクトは今日初めて、少しだけ不服そうな表情を浮かべてそう言った。レクトの視線がそっとメロディへ向けられ、店員もつられて彼女の方を向いた。そしてメロディは笑顔を浮かべて――。

「私の大切な方へ贈り物をしたいので、アクセサリーを見せていただけませんか？」

ポッと頬を赤らめて告げる少女のなんと可憐で愛らしいことか。そしてその贈り物をする相手は隣に立つ美丈夫《びじょうふ》ではないらしい。……店員はレクトへ憐憫《れんびん》の視線を送った。

悲しい三角関係なのね――と。

（そんな目で見ないでくれ！）

「綺麗なアクセサリーがいっぱい。お嬢様の誕生日プレゼントに相応しい物はあるかしら」

メイドをこよなく愛する少女は、恋よりお嬢様《ルシアナ》が最優先であった。

何とここに来て初設定。八月七日はルシアナの誕生日なのだ。夏休みになれば領地へ帰ることとなるため、メロディはその前に王都で誕生日プレゼントを用意しようと考えた。それをポーラに相談したところ、レクトに案内させようという話になったのである。

庭園などに寄ったのは、貴族街に不馴れなメロディが少しでも貴族街に慣れ親しめるようにというポーラの親切、と言う名のお見合いおばさん的お節介によるものであった。

「こちらは慎《つつ》ましやかでシンプルなデザインでございますから普段使いにはもちろん、合わせ方次第で舞踏会でもご使用いただけるかと存じます」

「これは素敵ですね」

メロディが手にしているのは、金の鎖に小さなブルートパーズをあしらったペンダント。宝石の色がルシアナの瞳の色によく似ていて、彼女にとても似合いそうである。

以前、普段使いには多用できない安価な指輪をプレゼントしてしまったので、今回はきちんと使ってもらえる装飾品を用意しようと考えたのだ。

そのためならこれまでに得た収入を全て使い切っても悔いはない所存である。

「では、これをください」

「ありがとうございます」

店員は安心したような朗らかな笑みを浮かべて一礼した。女性向けのペンダントを選んだことで、ドロドロの三角関係ではないことが分かったからだろう。誤解が解けて何よりである。

「ふふふ、いい物が見つかってよかったです」

メロディは嬉しそうに微笑む。

何ということでしょう。本来ならレクトの好感度を上げるはずのイベントが、気が付けばルシアナの好感度を上げる不思議イベントに成り代わっていた。

目の前の攻略対象そっちのけでお嬢様へのプレゼントを選んでいるのだからどうしようもない。

これがゲームシナリオを無意識に打ち砕いてしまう、無敵のメイドヒロイン補正なのか⁉

……だが、世界の強制力とやらもそこまで弱くはなかったようで。

「……メロディ」

「え？　レクトさん？」

ルシアナへのプレゼントがラッピングされるのを待っていたメロディに、レクトが声を掛けた。

振り返ると、彼は頬を赤く染めて緊張した表情を浮かべている。

「どうかしましたか？」

「その、えっと……今日は、その、とても楽しかった」

「え？　ええ、私も楽しかったです。ありがとうございます、レクトさん」

そんな事が言いたかったのだろうか？　不思議に思いつつもメロディは笑顔で答えた。

「それで、そのだな……」

「？」

「……今日の記念に…………君に、アクセサリーを贈らせてもらえないだろうか」

「え？」

ヘタレ騎士がこの日、一番の勇気を出した瞬間である。

「貴族街を案内してもらったのは私の方なのに、そんなの悪いですよ」

「いや、それは、俺の気持ちというか、今日の思い出を記念にしたいというか、その……」

「……」

メロディはどう答えていいか少し迷った。口調はとても噛み噛みであるが、なぜか意志だけはとても強いような気がするのだ。それこそ、メロディがメイドになるんだという意気込みのような。

（……でも、どうして？）

ここまであからさまな反応を示しているにもかかわらずこの思考。

……メロディは天然鈍感系難聴型主人公のようだ。さらに恋が遠のく予感である。

メロディはジッとレクトを見つめた。レクトは恥ずかし過ぎてメロディと目を合わせられない。

周囲の者達は微笑ましそうに生暖かい瞳で二人を見つめている。

(((青春だなぁ)))

宝石店はほんわかとした雰囲気に包まれた。それから数秒後。ようやくメロディが口を開く。

「分かりました。では、贈り合いっこにしましょう」

「……贈り合いっこ?」

キョトンと首を傾げるレクトに、メロディはニコリと微笑んだ。

「今日は私もとても楽しかったですから。今日の記念にというのなら、私もレクトさんに贈り物をするのが妥当でしょう。お互いに似合いそうなアクセサリーを選んで交換しませんか?」

「そ、そうだな!」

(これなら一方的にプレゼントされるわけじゃないから友人関係としては対等よね)

周囲の視線がさらに生暖かくなったのは言うまでもない。傍から見たらバカップルである。

「メロディ、何か希望はあるか?」

「いいえ、レクトさんに任せますよ。私に似合いそうな物をレクトさんが選んでください。私もレクトさんに似合いそうな物を探しますから」

「——っ! わ、分かった」

嬉々として店内を物色し始めるレクトをメロディは静かに見つめた。

今日のレクトは、シュッと腰が細く見えるネイビーのスーツベストを着こなしている。全体的にシンプルで落ち着いた雰囲気だが、意外とよく似合っていると思う。

（でも、もう少しだけ彩《いろど》りがあってもいいような……あ）

そしてメロディは、飾り気のない白い長袖の襟《えり》シャツを見て何を贈るかを決めた。

そうして二人はそれぞれにアクセサリーを選び、それを贈り合うことができた。その場で互いにアクセサリーを身に付けると、メロディとレクトは満足そうに宝石店を後にするのであった。

……その日、この宝石店はとても幸せな雰囲気に包まれたのだとか。

（（青春っていいなぁ））


「ふふふ、素敵なプレゼントが用意できてよかった」

自室に戻り、ラッピングされた小箱をそっと撫でながら、メロディは嬉しそうに微笑む。

「お嬢様、喜んでくれるといいな」

あなたの出番はもう少し先とでもいうように、小箱を机の引き出しに仕舞う。そして今度は胸元に付けていた、花の形の琥珀《こはく》のブローチを外して天へと翳した。

「……綺麗」

レクトの髪と瞳によく似た赤色と金色の琥珀が、花弁を象って交互に並んでいる。ほんのり部屋に差し込む夕焼けの光が琥珀に透き通り、ブローチを優しく煌めかせた。ふと、これを贈ってくれた時の彼の顔が思い浮かび、メロディの口元が少しだけ可笑しそうに綻んでしまう。

人に贈り物をすることに慣れていないのか、頬を真っ赤に染めて照れている表情が年齢に見合わず、つい可愛らしいと思ってしまったことは彼女だけの秘密である。

「さてと。夜は楽しい夕食の給仕の時間ね。待っててくださいね、お嬢様♪」

ブローチもまた引き出しに仕舞い込むと、メイド服に着替えたメロディは部屋を後にした。


「……で、お互いに贈り合うところまでいったのに、結局もらったのはそれなんですか？」

ところ変わってレクトの屋敷。彼の着替えを手伝いながらポーラは呆れた口調で言った。彼女の視線の先には、レクトのシャツにはめられた瑠璃色のラピスラズリをあしらったカフスがある。

「せっかくメロディに自分の瞳と髪の色のアクセサリーを贈ったんですから、そこは旦那様もメロディの瞳の黒色をあしらったアクセサリーを貰えるようにすればよかったのに」

正式ではないとはいえ、デートらしいことをしてきたまではよかったが肝心なところで詰めが甘い、とポーラは嘆息してしまう。だが、レクトは気にした風でもなくシャツからカフスを外すとそれを愛おしそうに見つめて――。

「これで……いや。これが、いいんだ」

かすかに笑みを浮かべると、レクトはカフスを大事そうに装飾箱へと仕舞い込んだ。

あとがき

第二巻なわけですし、はじめましての方は多分いませんよね？　作者のあてきちです。

このたびは『ヒロイン？　聖女？　いいえ、オールワークスメイドです（誇）！』を手に取っていただき、誠にありがとうございます。

冒頭からなんですが、まずは書籍作成の関係者の方々にお詫び申し上げます。

書くのが遅くて申し訳ございませんでした！

実は、執筆が遅れに遅れて、もう少しで発行が見送りになるほど締め切りをオーバーしてしまったのですよ。おほほほほ……って、笑いごとじゃないですね。反省します。

こんな私を見捨てず、書籍発行にご尽力くださった皆々様へ、改めてお礼申し上げます。

そんなこんなで、どうにか予定通り（？）第二巻が発行されたわけですが、喜ばしいことにこの作品が漫画化されることとなりました。巻末にその第一話が掲載されているのですが、既にお読みいただけましたでしょうか？

原作イラスト担当の雪子様デザインのメロディ達が、漫画担当の螢子様の手によって楽しく、可愛らしく、自分で言うのもなんですが、面白く描かれています。まだの方は必見ですよ！

この作品をコミカライズできるのも、ひとえに読者の皆様の応援あってのこと。お礼を言う相手が多くて困っちゃいますね。本当にありがとうございます！

さて、作品についてお話ししましょう。といっても、今回はこの世界の魔法についてですが。

既にお気付きの方もいらっしゃるでしょうが、メロディ達が使う魔法の呪文はイタリア語をもじったものです。アンネマリー達のオリジナル魔法は区別するために英語をもとにしています。

では、なぜイタリア語なのか？　その理由は、物語の最初に登場した魔法『灯火』にあります。

だって、『ルーチェ』って響きがとても綺麗だったんだもん！

……もうちょっと深い意味とかあればよかったですね。

まあ、物語の裏設定なんてこんなもげふんげふん……作者の海よりも広く深い思惑があるのですよ、多分おそらくメイビーきっと……。本編だけでなく、そういった視点も含めて読んでみるとまた違った面白さを発見できるかもしれませんね。

改めまして、この本を手に取っていただき、誠にありがとうございます。またお会いできることを信じて、今日はイタリア語でお別れしましょう。

アリヴェデルチ！（じゃあまたね！）

二〇二一年二月　　あてきち

キャラクター原案：雪子

描き下ろしおまけ漫画＆コミカライズ第一話

漫画：螢子
原作：あてきち

コミカライズ担当・螢子先生による
特別4コマ漫画

メロディはすごい
オールワークスってなんでもやらないといけない雑役メイドのことで
掃除に洗濯身だしなみを整えたり給仕だってやるけど
メロディはドレスも作るし
掃除どころか屋敷の修繕も気付いたら終わってたし
料理どころか食材も狩ってくるし
何よりその仕事量に喜んでるところが
うふふふふ ここのお仕事はすべてわたしのもの
……すごいっていうか……
こわい(小声)
ヒロイン？聖女？
いいえ、
オールワークスメイドです！
(誇)
2巻発売おめでとうございます!!
コミカライズもよろしくお願いします！

サァァ―
キラ
キラ
これが
ルシアナの屋敷
ですって…？
でも この前
うかがった時は
もっと――
コッ
幽霊屋敷
みたいだった？

ルシアナ！
いらっしゃい
ベアトリス
ミリアリア
コッ
第1話

ヒロイン？聖女？いいえ、
オールワークスメイドです（誇）！
@comic
漫画 螢子 原作 あてきち キャラクター原案 雪子

ルトルバーグ伯爵家王都別邸――
通称〝幽霊屋敷〟
公爵 侯爵に次ぐ伯爵の家格でありながら先々代の失態によって財を失った貧乏貴族が
本邸ではない屋敷を整える余裕があるはずもなく――
錆びついた門 ひび割れた石畳
カァ
カァ
ギィ…
手入れのされない木々で薄暗く影を落とすその屋敷は
まさしく幽霊屋敷の名に違わぬボロ屋敷――

だった
2週間前までは
パァーッ
ようこそ 我が家へお越しくださいました
今日は来てくれてありがとう
とても嬉しいわ
キラ
キラ
キラ
キラ
キラ

メロディ
わたしたちはテラスへ行きますね
お茶の用意をお願いします
かしこまりました お嬢様
ぽかーん
ハッ
スタスタ
いったい何があったの？
それよりテラスに行くのですか？
でも あのテラスは……！
・2週間前・
キャーーッ!!
ポトッ

キラ
キラ
素敵！
まるで
妖精が住む
箱庭みたい！
本当に綺麗です…
以前より
広く感じるような
ニコニコニコ
さあ
ふたりとも
お茶をどうぞ

ゴク…
これは…！
なんて
芳醇《ほうじゅん》ないい香り
華やかな
春の花の香りが
優しく
包み込んでくるわ
味もとても
美味しいですわ
喉を通り抜ける
爽やかな
口当たり
深いけれど
渋さを
感じさせない
まろやかな味…
でもこんな
いい茶葉を
使って
大丈夫ですか？
ふふふ
安心なさって
これはいつも
お出ししている
紅茶ですもの
ビンボー貴族
ご用達
安
ええっ!?

どういうことなの？
これがいつものあの紅茶だなんて…
ガーン
低品質な茶葉でも淹れ方次第で変わるそうよ
そうよねメロディ？
はい お嬢様
そういえば
メイドも変わってるじゃない…
もう変わってないところがないわ!!!
紅茶だけではありませんよ
本当にどういうことなのですか？ルシアナさん
そうよ たった2週間で何もかも見違えちゃって！
いい加減説明してちょうだい！
ふふふ こればかりは秘密よ
意地悪なんだから！
きゃあ
きゃあ
でも そろそろ その話し方はどうにかならない？
ルシアナさんらしくありませんわ
ちら、
コク

はぁ…
結構お嬢様って感じがでてたでしょう？ わたし頑張ったんだからね！
ドヤッ
でてたでてた
わたしはいつものルシアナさんが好きですよ
そう思う？ありがとう！
『淑女ルシアナ』は春の舞踏会まで取っておくことにするわ！
キュッ
春の舞踏会は入学式の後ですからもうすぐね
わたしたちの社交界デビューですね
楽しみです
ふわり
舞踏会といえば——

それではまた
ぺこり
お嬢様
夕食の前に
御髪《おぐし》を
整えましょう
メロディ…
ぐっ
ばっ

ありがとう！メロディ!!
が
ばっ!!
きゃあああああ!?
メイドに抱きついてはいけません！
だって嬉しいんだもん！
お茶会が成功したのはメロディのおかげだよ
掃除も！紅茶も!!ドレスも!!!
わかりましたから離れてください！
ふふふ よいではないか よいではないか
ふふふ〜
どこでそんな言葉覚えてきたんですか!?
ぷち

これはもう淑女教育のやり直しですね
ゴゴゴゴ
ごめんなさい!!それだけは勘弁して!
ホールドアップ!!
さっ
だっ大丈夫よっ公式の場ではちゃんと教育通りにやってみせるから!
……本当ですね？
こくこく
はーっ
…かしこまりました
とりあえず御髪を整えましょう
ううん!
そういえばメロディはどうしてうち《幽霊屋敷》で働く気になったの?
正直あなたなら引く手あまたでしょう?

このお屋敷では使用人はひとりなので
すべての仕事を任せていただけるからですね
すべて？
さあ できましたよ
ええ メイドにはさまざまな仕事がありますから
王城などでは仕事が分担されています
ランドリー（洗濯）
スカラリー（皿洗い）
パーラー（給仕や接客）
でもこちらならあらゆる仕事はわたしのもの…
こんなに素敵な話はそうありません！
す 素敵…なのかしら？
たいへんなだけじゃないかしら…
もちろんです！大好きなメイドの仕事を全部できるんですよ！
こんなに素晴らしいことはありません！
メイドならすべての業務を任される『オールワークスメイド』一択です！
ぱぁあ
そう……
そ、そうなの…
ぐっ

せっかく生まれ変わったんだもの
わからないわ〜
わたし絶対に『世界一素敵なメイド』になってみせるわ
見ていてお母さん!
これは没落令嬢のサクセスストーリー…ではなく
令嬢の傍《かたわ》らにたたずむメイドの物語である

世界は
モノクロで
できている——
当時 瑞波律子《みずなみりっこ》は
本気でそう
思っていた
6歳にして
優秀すぎる頭脳
ありあまる
才能
規格外な天才だった
彼女には 世界が
色あせて見えていた
けれど
井の中の蛙
大海を知らず
世界の
本当の広さも
奥深さも
まだ知らなかっただけ
……そして
律子は出会った

いらっしゃいませ ようこそお越しくださいました
…おかあさん あのきれいな人はだーれ？
綺麗なひと？ ああ あれはメイドさんよ
…メイド

律子の知識は学問にかたよってるからなあ
彼女は主催が英国からわざわざ呼び寄せたらしい
パーラーメイド《接客担当》だ
ハッ
ふわリ
ホァァ
とってもきれい…
確かに……あらあなた何を見とれているのかしら？
いやいやそんなわけないよ!?
話としてはたったそれだけ…だけど

■ 英国の歴史とメ
■ メイドの仕事
メイド… 女性の 家事使用人
特にメイドが 栄えたのは 19世紀後半の 英国…
キッチンメイド ハウスメイド パーラーメイド
仕事は 多岐に渡る…
たか たか たか
なんて 可愛らしい メイドさんだ!
最近の律子は 楽しそうで よかった
本当に… ここのところ 何をしても 楽しくなさそう だったから
おや
お帰り なさいませ 旦那様
失いかけた 世界の色彩が 取り戻されて いく

すごい…お姫様がいろいろと頑張ってるけど
それを支えるのはやっぱりメイドなんだわ!
律子はすっかりメイドジャンキーに成長した
……?
なんの関係が……??
類い稀な学習能力でメイドに関わるあらゆる技能を身につけ
あらゆる学問を学び
お父さん お母さん
わたしメイドになるために英国へ留学します!
おお そうか
ビッグ・ベンが観光名所らしいぞ
律子ちゃんは本当にメイドが好きねぇ
楽しんできてね
そして――

お母さん
あのきれいな人はだーれ？

綺麗なひと？
ああ あれはメイドさんよ
カッ
……あっ
メイド…
飛行機…
そうだわたしは――
ハッ
ぎゅっ
セレスティ？どうしたの
んーん
なんでもないのお母さん
ぎゅ
そう じゃあそろそろ帰りましょう
うん！

セレスティ・マクマーデン
それが今のわたしの名前
お母さーん お洗濯終わったよ
最近のセレスティはご機嫌ね
うん！
ぱたぱた
どうやらわたしは異世界にて生まれ変わったらしい
テオラス王国アバレントン辺境伯領の町アナバレス
地球でそんな地名を聞いたことはないし なにより

ここには魔法がある
優しく照らせ『灯火《ルーチェ》』
ポ
ワン
それで何かいいことでもあったのかしら?
うん!でもひみつなの!
そのときが来たら教えてあげるね
あらあら
それにこの世界ではメイドは現役の職業!
今度こそ本物のメイドになろう!
この世界では15歳で成人だからそれまでにこっそり修行して
お母さんを驚かせるんだ――
お母さん!!

お母さん！
お母さん!!
セレスティ…
ごめんね
手紙が…
あるから…
——愛するセレスティへ
あなたを残して逝く
わたしをどうか
許してちょうだい——

もっとあなたと
一緒にいたかった
成人して
メイドになったあなたを
祝福したかった
驚いた？
セレスティの秘密なんて
お母さんには
お見通しだったわよ
あなたはきっと
素敵なメイドに
なれるでしょう
…実はね
わたしも昔は
メイドをしていたのよ
あなたの父親は
当時の伯爵家の跡取り息子――
きっともう爵位を継いでいると思うわ

セレスティ あなたには
ふたつの選択肢があるわ
ひとつはお父さんの
もとへ向かい
伯爵令嬢となること
もうひとつは
もちろん
メイドを目指すこと
わたしはあなたの意思を
尊重します
でもそうね
どうせメイドを目指すなら……

『世界一素敵なメイド』になってちょうだい
愛しているわ セレスティ――
お母さん……
わたし メイドになる！
ずっと夢だったの
お母さん わたし メイドになる！
お母さんの言う通り『世界一素敵なメイド』になってみせるわ！
自分のためにも 母のためにも 世界で一番の――
……自身のため 誰かのための 大いなる誓い――

……？いま なにか……
すべてが揃った……
聖なる乙女に白銀の祝福を
…優しく照らせ『灯火《ルーチェ》』

ガコッ
きゃっ……

これは……魔力？
ぶわっ
わたしは魔法の才能はないと言われていたのに……
魔力の気配は感じるのですが…
メイドになりたいから別に魔法が使えなくても困らないくらいに思ってた
あんな…少し触れただけで？
お母さんは1日1回しか『灯火《ルーチェ》』は使えなかったのに
通常
このくらい
これってもし暴走したらまずいんじゃ…
こんな魔力——
ドキ
ドキ
ドキ

危ないから仕舞っとこ
一瞬
セレスティは知らない――
自身の魔力が王国十指の魔法使いも比ではないほどの魔力量であることも
ちょっとだけ試してみようかな
優しく照らせ『灯火《ルーチェ》』
ポッ
適量
たったひと言で片付けたそれが魔法使いたちが悶絶してしまうほどの魔法制御能力であることも
あ そうだ
もしかして火魔法と風魔法を組み合わせたら…
規格外な天才はどこに行ってもやはり天才なのである
ふわ
埃あつめ～ふわ～

魔法って凄い
こんなことまで簡単にできちゃうなんて！
※普通はできません
きゃあ
きゃあ
凄いわ
これならこれだけの力があれば…
セレスティの手に入れた力は——
その気になれば世界に君臨することすら難しくないほどの力だ
人を惑わせる大きな力は
「何でもできる」
それは倫理観という人間の大いなる楔《くさび》を解き放つ悪魔の囁き
場合によっては彼女は世界を——
…この魔法を使えば……

この魔法を使えば『世界一素敵なメイド』も夢じゃないわ！
……場合によっては彼女は世界を――
こうしちゃいられない 早速『メイド魔法』の開発をしなくっちゃ！ 忙しくなるわよ！
ぱた ぱた
…まあ あれである バカと天才はかみひと―― いややめておこう
ともかく こうして メイドの無双は はじまったのだ

漫画配信サイト
CORONA EX
コロナEX
TObooks
TOブックスコミカライズ
連載最新話が
読める!
詳しくはこちら!
https://to-corona-ex.com/

ヒロイン？聖女？
いいえ、オールワークスメイドです（誇）！2

2021年　3月　1日　第1刷発行
2023年 11月 20日　第2刷発行

著　者　あてきち

発行者　本田武市

発行所　TOブックス
〒150-0002
東京都渋谷区渋谷三丁目1番1号　PMO渋谷Ⅱ　11階
TEL 0120-933-772（営業フリーダイヤル）
FAX 050-3156-0508

印刷・製本　中央精版印刷株式会社

ISBN978-4-86699-129-0

Printed in Japan